Piano Forte
Ludwig van Beethoven
sempre legato
cresc.
adagio espressivo.
f
p
cresc.
f
cresc
Ped.
f
p
cresc.
p
Piano Forte
dim.
p

DARKLOVE.

Copyright © Rose Tremain, 2016
Todos os direitos reservados.
Tradução para a língua portuguesa
© Bruna Miranda, 2020

Os personagens e as situações desta obra são reais apenas no universo da ficção; não se referem a pessoas e fatos concretos, e não emitem opinião sobre eles.

Diretor Editorial
Christiano Menezes

Diretor Comercial
Chico de Assis

Gerente Comercial
Giselle Leitão

Gerente de Marketing Digital
Mike Ribera

Editoras
Marcia Heloisa
Raquel Moritz

Editora Assistente
Nilsen Silva

Capa e projeto gráfico
Retina78

Coordenador de Arte
Arthur Moraes

Designers Assistentes
Aline Martins/Sem Serifa
Sergio Chaves

Finalização
Sandro Tagliamento

Revisão
Aline TK Miguel
Amanda Mendes
Isadora Torres

Impressão e acabamento
Gráfica Geográfica

DADOS INTERNACIONAIS DE CATALOGAÇÃO NA PUBLICAÇÃO (CIP)
Angélica Ilacqua CRB-8/7057

Tremain, Rose
  A sonata perfeita / Rose Tremain ; tradução de Bruna Miranda.
— Rio de Janeiro : DarkSide Books, 2020.
  272 p.

  ISBN: 978-85-9454-215-1
  Título original: The Gustav Sonata

  1. Ficção inglesa 2. Guerra Mundial, 1939-1945 — Ficção
I. Título II. Miranda, Bruna

20-1347   CDD 823.6

Índices para catálogo sistemático:

1. Ficção inglesa

[2020]
Todos os direitos desta edição reservados à
DarkSide® *Entretenimento LTDA.*
Rua Alcântara Machado, 36, sala 601, Centro
20081-010 — Rio de Janeiro — RJ — Brasil
www.darksidebooks.com

Rose Tremain
A Sonata Perfeita

TRADUÇÃO
BRUNA MIRANDA

DARKSIDE

Em memória de
Richard Simon
1932-2013

"Se insistirem em um motivo por que
o amava, não saberia o que dizer senão:
porque era ele, porque era eu."

— Michel de Montaigne, *Sobre a Amizade* —

A SONATA PERFEITA

DARKSIDE

SUMÁRIO

PARTE I

Mutti	11	Vistas de Davos	52
Anton	19	Ludwig	57
Nusstorte	27	Solo	64
The Linden Tree	34	Farmácia	71
Gelo	40	Montanha mágica	80
Coco	44		

PARTE II

Schwingfest	97	Pérola	133
Fribourgstrasse	104	Loucura	140
Chá Dançante	111	Dois domingos	147
Liebermann	117	Coração	153
Roubo	126	Começo e fim	159

PARTE III

Hotel Perle	169	Nunca saberemos	212
Anton	175	Ausência	218
Passatempo	181	Interlúdio	225
O momento Zimmerli	188	Pai e filho	234
Frau Erdman	193	Duas mulheres	242
Hans Hirsch	200	O lugar errado	251
Três movimentos	205	Allegro Vivace	258

Posfácio.....................263
Agradecimentos...........270

Parte 1

MUTTI
Matzlingen, Suíça, 1947

Aos cinco anos de idade, Gustav Perle tinha apenas uma certeza: ele amava sua mãe.

Sua mãe era Emilie, mas todos a chamavam de Frau Perle. Naquela época, na Suíça do pós-guerra, as pessoas eram formais. Você poderia passar a vida inteira sem saber o primeiro nome de seu vizinho mais próximo. Gustav chamava Emilie Perle de "Mutti". Para ele, ela sempre seria Mutti, mesmo quando o nome começasse a soar infantil demais; sua Mutti, sua mãe, somente sua, uma mulher pequenina, de voz esganiçada e cabelos desarrumados, com um jeito hesitante de se mover de um cômodo para o outro no pequeno apartamento, como se tivesse medo de se deparar com objetos — ou até mesmo pessoas — que não estava preparada para encontrar.

O apartamento no segundo andar, que podia ser acessado por uma escadaria de pedra majestosa demais para o prédio, tinha vista para o rio Emme, na cidade de Matzlingen, localizada na região conhecida como Mittelland, entre o Jura e os Alpes. Na parede do pequeno quarto de Gustav havia um mapa de Mittelland, montanhosa e cheia de áreas verdes repletas de criações de gado, moinhos d'água e igrejinhas telhadas. Às vezes, Emilie segurava a mão de Gustav e a guiava até a margem norte do rio, onde Matzlingen estava marcada. O símbolo de Matzlingen era uma roda de queijo com um pedaço cortado fora. Gustav lembrava-se de perguntar a Emilie quem havia comido o pedaço que faltava, mas Emilie dizia para que ele não desperdiçasse seu tempo com perguntas tolas.

Em um aparador de carvalho na sala ficava uma foto de Erich Perle, o pai de Gustav, que falecera antes do menino ter idade suficiente para se lembrar dele.

Todo ano, no dia 1º de agosto, Dia Nacional da Suíça, Emilie colocava arranjos de gencianas ao redor da foto e fazia Gustav ajoelhar-se e rezar pela alma de seu pai. Gustav não entendia o que era uma alma. Ele só via Erich como um homem bonito, dono de sorriso confiante e que usava um uniforme policial de botões brilhantes. Então Gustav decidiu rezar pelos botões — que eles continuassem a brilhar e que o sorriso orgulhoso de seu pai nunca se apagasse com o passar dos anos.

"Ele foi um herói", Emilie lhe lembrava todo ano. "Eu não entendi no começo, mas ele foi um bom homem em um mundo horrível. Se alguém disser o contrário, está errado."

Às vezes, com os olhos fechados e as mãos juntas, Emilie murmurava outras coisas que lembrava sobre Erich. Um dia, ela disse: "Foi tão injusto. A justiça nunca foi feita. E nunca será".

Com o cabelo cuidadosamente penteado e vestindo uma bata, Gustav ia todas as manhãs para o jardim de infância da cidade. Ele ficava completamente imóvel, na porta da escola, observando Emilie se afastar pelo caminho. Ele nunca chorou. Apesar de sentir o choro se formando em seu peito com frequência, ele sempre se controlava, pois foi assim que Emilie o ensinou a se comportar no mundo. Ele devia ser *mestre de si mesmo*. O mundo estava cheio de coisas erradas, dizia ela, mas Gustav deveria ser igual ao pai, que, quando foi injustiçado, agiu como um homem respeitável; ele foi mestre de si mesmo. Desse modo, Gustav estaria pronto para as incertezas que viriam, pois até mesmo na Suíça, onde a guerra não havia chegado, ninguém sabia como seria o futuro.

"Veja só", disse ela, "você precisa ser *como a Suíça*, entendeu? Você deve manter-se forte e corajoso, estar preparado e ser forte. Assim, viverá do jeito certo."

Gustav não fazia ideia do que era "viver do jeito certo". Tudo que conhecia era a vida que tinha, aquela com Emilie em seu apartamento, com o mapa de Mittelland em seu quarto e as meias-calças de Emilie secando no varal acima da banheira de ferro. Ele queria que aquelas meias-calças estivessem sempre ali. Ele queria que o sabor e a textura do *knödel*[1] no jantar nunca mudassem. Até mesmo o cheiro de queijo no cabelo de Emilie, do qual ele não gostava tanto, mas sabia que precisava continuar assim, porque o trabalho de Emilie na Cooperativa de Queijo de Matzlingen era o que os mantinha vivos.

A especialidade da Cooperativa de Queijo de Matzlingen era o queijo emmental, feito de leite do Vale do Emme. Como se fosse uma guia turística, Emilie explicou para Gustav: "Existem várias invenções maravilhosas feitas na Suíça, e o queijo emmental é uma delas". Apesar da qualidade, as vendas de emmental — tanto na Suíça quanto em todos os outros países que ainda lutavam para se reconstruir no pós-guerra — eram inconstantes. E se as vendas estavam baixas, os bônus de Natal e do Dia Nacional seriam decepcionantes.

Esperar para saber de quanto seria o seu bônus deixava Emilie Perle em um estado de ansiedade. Ela sentava-se na bancada da cozinha (não era uma mesa, só uma prateleira presa por dobradiças onde ela e Gustav comiam) e fazia suas contas nas bordas cinza do jornal local, o *Matzlingerzeitung*. Os artigos sempre atrapalhavam suas contas, que não ficavam somente nas colunas, mas sobrepunham a reportagem das Competições de Luta e relatos sobre aparições de lobos nas redondezas. Às vezes, os rabiscos caóticos ficavam ainda mais borrados com as lágrimas de Emilie. Ela havia dito a Gustav para nunca chorar, mas parecia que a regra não se aplicava a ela, porque, de vez em quando, tarde da noite, Gustav saía de fininho de seu quarto e encontrava Emilie derramando lágrimas sobre o *Matzlingerzeitung*.

Nesses momentos, seu hálito geralmente cheirava a anis, e ela segurava um copo turvo por um líquido amarelado, e tudo isso assustava Gustav — o hálito de anis, o copo sujo e as lágrimas de sua mãe. Ele subia em um banquinho ao lado dela e a

---

1 Bolinho típico da gastronomia alemã, feito à base de batata ou pão amanhecido, geralmente servido como acompanhamento ou prato principal.

observava pelo canto dos olhos acinzentados até que, por fim, Emilie assoasse o nariz e fosse abraçá-lo pedindo desculpas. Ele beijava a bochecha quente e úmida da mãe, e ela o carregava de volta para o quarto, cambaleando com o peso do filho.

Porém, no ano em que Gustav completou cinco anos, Emilie não recebeu o bônus de Natal e se viu forçada a conseguir um segundo emprego como faxineira na Igreja Protestante de Sankt Johann aos sábados de manhã.

Ela explicou para Gustav: "Esse é um trabalho em que você pode me ajudar".

Eles saíam de casa bem cedo, antes da cidade acordar, antes de qualquer luz no céu. Atravessavam a neve com o brilho fraco de duas lanternas e suas respirações condensando sob os cachecóis de lã. Quando chegavam na igreja, que também estava fria e escura, Emilie ligava duas faixas de luz verde nos dois lados da nave e começava as tarefas — organizar hinários, limpar os bancos, varrer o chão de pedra, polir os candelabros de bronze. Eles ouviam corujas piando na escuridão que decaía lá fora.

À medida que o dia clareava, Gustav retomava sua tarefa favorita: ajoelhado em uma almofada, limpava as grades de ferro no piso ao longo do corredor. Ele fingia que precisava fazer isso com muito cuidado por causa dos padrões e ornamentos nas grades e porque o pano precisava passar por cima e por baixo, por dentro e por fora de cada um, e Emilie só respondia: "Muito bem, Gustav. Fazer um trabalho minucioso é bom".

O que ela não sabia era que Gustav estava procurando por objetos que caíam por entre as grades. Ele considerava essa estranha coleção como seu tesouro. Somente mãos pequenas como as suas conseguiam alcançar tais objetos. Uma vez ou outra, encontrava dinheiro, mas em tão pouca quantidade que não conseguiria comprar nada. Os itens mais comuns eram grampos de cabelo, pétalas de flores secas, pontas de cigarro, papéis de bala, clipes de papel e pregos. Ele sabia que essas coisas não tinham valor, mas não se importava. Um dia, ele encontrou um batom novinho em folha em um estojinho dourado. Ele o escolheu para ser seu "maior tesouro".

Ele levava tudo para casa nos bolsos do casaco e escondia os objetos em uma caixa de madeira que um dia havia guardado os charutos que o pai costumava fumar. Ele desamassava os papéis de bala, apreciando as cores vibrantes, e limpava o tabaco das pontas de cigarro, despejando-o em uma pequena lata.

Quando ficava sozinho no quarto, Gustav admirava seu tesouro. De vez em quando, tocava-o e cheirava. Manter isso escondido de Emilie — mesmo que fosse um presente para um dia surpreendê-la — era o que o deixava empolgado. O batom era roxo-escuro como ameixas, quase preto, e era lindo.

Eles precisavam de duas horas na igreja para deixar tudo em ordem para os cultos do fim de semana. Durante esse período, algumas pessoas, agrupadas bem perto uma da outra para combater o frio, entravam e sentavam-se nos bancos para rezar, ou iam em direção ao altar para observar a *pietà* no vitral âmbar na janela oeste.

Gustav percebia que Emilie ficava perto dessas pessoas, tentando se fazer invisível. Raramente eles a cumprimentavam com um *"Grüezi"* ou diziam o nome de Frau Perle. Ele os observava de sua almofada para ajoelhar e notava que quase todos eram velhos. Pareciam ser pessoas desafortunadas, que não tinham um tesouro secreto. Ele imaginou que, talvez, eles não "vivessem do jeito certo". E se perguntou se "o jeito certo" estaria ligado a coisas que só ele conseguia ver — coisas embaixo de grades, que passavam despercebidas para a maioria das pessoas.

Quando terminavam a limpeza, Gustav e Emilie iam para casa andando lado a lado. Os bondes já estavam funcionando, um sino tocava em algum lugar, revoadas de pombos iam de telhado em telhado, e a vendedora de flores colocava seus vasos e jarros na esquina da Unter der Egg.[2] A vendedora, que se chamava Frau Teller, sempre os cumprimentava e sorria, mesmo quando nevava.

---

2   Em alemão, "Debaixo do Rastelo".

Unter der Egg era o nome da rua em que moravam. Antes desses quarteirões serem construídos, Unter der Egg era uma área rural onde os moradores de Matzlingen podiam alugar lotes e plantar verduras e legumes, mas isso era passado. Agora era só um pavimento largo com alguns bebedouros de metal e a banca de Frau Teller, o último lembrete do verde crescendo na região. Às vezes, Emilie dizia que teria gostado de plantar verduras, como repolho-roxo, ervilhas e abobrinhas. "Pelo menos", suspirava ela, "este lugar não foi destruído pela guerra."

Ela mostrou para Gustav uma revista com algumas fotos de locais destruídos e disse que eram todos fora da Suíça. Dresden. Berlim. Caen. Não havia pessoas nas fotos, mas em uma delas um cachorro branco estava sentado sozinho em um monte de escombros. Gustav perguntou o que tinha acontecido com o cachorro, e Emilie disse: "Não adianta perguntar, Gustav. Talvez ele tenha encontrado um bom dono, ou talvez tenha morrido de fome. Como eu posso saber? Na guerra, tudo dependia de quem você era e *onde* você estava. E então o destino decidia".

Gustav encarou a mãe. "Onde nós estávamos?", perguntou.

Ela fechou a revista e a guardou com cuidado, como se fosse uma roupa delicada que planejava usar novamente, em um futuro próximo. Ela colocou as mãos no rosto de Gustav. "Estávamos aqui", disse ela, "a salvo, em Matzlingen. Por um tempo, quando seu pai era assistente-chefe de polícia, nós moramos em um belo apartamento na Fribourgstrasse. Tínhamos uma varanda, onde eu plantava gerânios. Não consigo ver um gerânio sem me lembrar dos que eu plantava."

"Depois viemos para a Unter der Egg?", quis saber Gustav.

"Sim, depois viemos para a Unter der Egg."

"Só eu e você?"

"Não. No começo éramos nós três, mas não por muito tempo."

Após a faxina na igreja, Gustav e Emilie se sentavam diante da bancada da minúscula cozinha, bebiam chocolate quente e comiam pão preto com manteiga. O longo dia de inverno se estendia perante os dois, frio e vazio. Às vezes, Emilie voltava para a cama e lia suas revistas, e não se sentia culpada por isso.

Ela dizia que as crianças tinham que aprender a brincar sozinhas. Ela dizia que, se elas não aprendessem, nunca desenvolveriam a imaginação.

Gustav observava o céu branco através da janela de seu quarto. O único brinquedo que tinha era um pequeno trem de metal, então ele colocava o trenzinho no parapeito e o manobrava para a frente e para trás. Muitas vezes estava tão frio perto da janela que a respiração de Gustav fazia vapor de verdade, que ele soprava para cima da locomotiva. Nas janelinhas dos vagões havia rostos de pessoas pintados, todos com expressões de surpresa absoluta. De vez em quando, Gustav sussurrava para essas pessoas assustadas: "Vocês precisam ser *mestres de si mesmos*".

O lugar mais estranho do prédio em que moravam era o *bunker*. Ele havia sido construído como um abrigo nuclear, mas as pessoas normalmente se referiam a ele como um "abrigo de proteção contra o ar". Logo, todo prédio na Suíça seria obrigado a ter um desses.

Uma vez por ano, o zelador reunia todos os moradores, incluindo as crianças, e todos desciam juntos para o abrigo. Ao descer as escadas, portas pesadas de ferro se fechavam às suas costas.

Gustav se agarrou à mão de Emilie. As luzes foram acesas, mas tudo o que iluminavam eram mais escadas para descer. O zelador sempre lhes lembrava que eles deviam "respirar normalmente", pois o sistema de filtração de ar era testado com frequência para funcionar perfeitamente. Ele não era chamado de "abrigo de proteção contra o ar" à toa, dizia ele. Entretanto, havia um cheiro estranho no lugar, um cheiro animal, como se ratos e raposas tivessem se aninhado ali, vivendo da poeira ou de lambidas na tinta cinza das paredes.

Após incontáveis degraus, o abrigo terminava em um grande depósito, apinhado do chão ao teto com caixas de papelão lacradas.

"Vocês devem se lembrar do que guardamos nas caixas", disse o zelador. "Comida suficiente para todos nós para aproximadamente dois meses. E o suprimento de água está naqueles tanques ali. Água própria para beber. Racionada, é claro, pois o estoque principal, mesmo que estivesse funcionando, seria desconectado em caso de contaminação radioativa, mas é o suficiente para todos."

Ele seguia em frente. Era um homem pesado. Falava alto e de maneira categórica, como se estivesse com um grupo de pessoas surdas. O som de sua voz ecoava nas paredes de concreto. Gustav notou que os moradores sempre ficavam em silêncio durante as visitas ao abrigo nuclear. Suas expressões faziam com que ele se lembrasse das pessoas pintadas em seu trenzinho. Maridos e esposas ficavam juntos. Idosos seguravam-se uns nos outros para se manter firmes. Gustav sempre torcia para que a mãe não soltasse sua mão.

Quando chegaram na parte do "dormitório" do abrigo, Gustav notou que os beliches eram empilhados em cinco. Para chegar na cama mais alta era preciso subir uma escada, e Gustav não gostou da ideia de ficar tão longe do chão. E se ele acordasse no meio da noite, no escuro, e não achasse Mutti? E se Mutti ficasse na cama mais baixa ou em outro beliche? E se ele caísse da cama, batesse a cabeça e ela explodisse? Ele cochichou que não queria morar ali, dormir em uma cama de ferro e comer comida com gosto de papelão, e Mutti respondeu: "Isso provavelmente nunca vai acontecer".

"O que nunca vai acontecer?", perguntou ele.

Emilie não queria falar. "Você não precisa pensar sobre isso agora", desconversou ela. "O abrigo é só uma medida de segurança caso os russos, ou quaisquer outros, pensem em atacar a Suíça."

Gustav deitou-se em sua cama à noite e pensou sobre o que aconteceria se a Suíça fosse atacada. Ele se perguntou se Matzlingen viraria uma pilha de escombros, e se ele ficaria sozinho, como o cachorro branco da foto.

ANTON
Matzlingen, 1948

Anton chegou ao jardim de infância durante a fria primavera.
 Ele se aproximou da sala de aula e ficou chorando na porta. Nenhuma das crianças tinha visto aquele menino antes. Uma das professoras, Fräulein Frick, foi até ele, pegou sua mão, ajoelhou-se e começou a conversar com o menino, mas ele parecia não ouvi-la. Só continuou chorando.
 Fräulein Frick fez sinal para Gustav. Ele não queria ser o ombro amigo do menino em prantos, mas Fräulein Frick insistiu que ele se aproximasse e disse para Anton: "Esse é Gustav. Gustav vai ser seu amigo. Ele vai levar você até a caixinha de areia e vocês podem construir um castelo juntos antes da aula começar".
 Anton olhou para Gustav, que era ligeiramente mais baixo do que ele.
 Gustav disse: "Minha mãe diz que é melhor não chorar. Ela diz que você precisa ser *mestre de si mesmo*".
 Anton pareceu tão assustado com isso que parou de soluçar abruptamente.
 "Pronto", disse Fräulein Frick. "Muito bem. Vá com o Gustav, então." Ela pegou um lenço e limpou as bochechas de Anton. O rosto do menino estava afogueado, seus olhos eram duas piscinas escuras e seu corpo tremia.
 Gustav o guiou até a caixinha de areia. A mãozinha de Anton estava fervendo. "Que tipo de castelo você quer fazer?", perguntou Gustav. Mas o garoto não respondia. Então

Gustav lhe deu uma pá e tentou: "Eu gosto de castelos com fosso. Vamos começar por ele?".

Gustav desenhou um círculo na areia e eles começaram a cavar. Algumas das outras crianças agruparam-se ao redor, encarando o menino novo.

Antes de Anton chegar, Gustav não tinha amigos próximos no jardim de infância. Tinha uma menina com quem brincava, chamada Isabel. Ela gostava de subir nas mesas e pular, aterrissando como uma ginasta com os pés juntos e os braços abertos. Ela sempre trazia seu rato de estimação para a escola em uma gaiola de madeira, e Gustav era uma das poucas crianças com permissão para acariciar o rato. Porém, era exaustivo brincar com Isabel por muito tempo. Ela queria ser a rainha de todos os jogos.

A vida inteira, Gustav se lembraria com clareza da primeira manhã com Anton. Eles não falaram muito. Era como se Anton estivesse tão cansado de chorar que não *conseguia* falar. Ele apenas seguiu Gustav de um lado para o outro e sentou-se do seu lado à mesa, observando e copiando o que fazia. Quando Gustav perguntou de onde era, ele respondeu: "Sou de Berna. Nós tínhamos uma casa lá, mas agora só temos um apartamento em Matzlingen".

Gustav disse: "O lugar onde eu moro é bem pequeno. Nós nem temos uma mesa na cozinha. Você tem uma mesa na cozinha?".

"Sim", respondeu Anton, "temos uma mesa. Eu vomitei em cima dela durante o café da manhã porque não queria vir aqui."

Mais tarde, Anton perguntou a Gustav: "Você tem um piano?".

"Não", disse Gustav.

"Nós temos um piano e eu sei tocar. Posso tocar 'Für Elise'. Não o trecho rápido, mas sei a primeira parte."

"O que é 'Für Elise'?", perguntou Gustav.

"Beethoven."

Talvez fosse a ideia de Anton tocando piano com suas mãos pequenas, ou talvez quando Anton disse que seu sobrenome era Zwiebel, idêntico à palavra "cebola" em alemão, e isso o fez sentir pena do menino; o que quer que tenha sido, algo em Anton fez com que Gustav sentisse que precisava protegê-lo.

No dia seguinte, Anton estava chorando de novo quando Gustav chegou. Ele viu Fräulein Frick se aproximar, mas ele se colocou diante dela e disse que Anton ficaria bem com ele. Gustav o guiou para a Mesa da Natureza, onde mostrou ao amigo os bichos-da-seda que eram criados em uma caixa com uma tampa furada. "Na caixa que tínhamos antes os buracos eram grandes demais, e os bichos fugiram", explicou ele.

"Para onde eles foram?", perguntou Anton em meio às lágrimas.

"Estavam por todo lugar", contou Gustav. "Nós tentamos encontrá-los e colocá-los de volta, mas alguns foram pisoteados. Pisar em bichos-da-seda é nojento."

Gustav viu Anton sorrir, mas logo as lágrimas voltaram a surgir e ele cobriu o rosto com as mãos.

"Por que está chorando?", quis saber Gustav.

Anton gaguejou que chorava por ter perdido os amigos do antigo jardim de infância em Berna.

"Eles morreram?"

"Não. Mas acho que não vou vê-los de novo. Estou aqui agora".

Gustav respondeu: "Então eu acho que é idiota chorar por eles. A sua mãe não fica brava por você ficar chorando?".

Anton tirou as mãos do rosto e encarou Gustav. "Não, ela entende que eu estou triste."

"Bem", começou Gustav, "*eu* acho que é um pouco idiota. Você está aqui agora, então tem que se acostumar."

O sinal do começo das aulas da manhã tocou. Anton seguiu Gustav até uma das mesas. Papéis-cartão cinza e caixas de giz de cera foram colocados na frente deles, e os meninos deveriam começar o dia desenhando algo de que gostassem.

As lágrimas de Anton manchavam o papel como gotas grossas de chuva, mas depois de cinco ou seis minutos, ele parou de chorar.

"O que você vai desenhar?", ele perguntou a Gustav.

"Minha mãe".

"A sua mãe é bonita?"

"Não sei. Ela é minha mãe. Ela trabalha na cooperativa de queijo fazendo emmental."

Fräulein Frick bateu com uma régua na mesa. "Vocês sabem as regras", disse ela, "quando estamos desenhando, ficamos em silêncio. Conversamos silenciosamente com nossos desenhos, não com os outros."

Gustav queria desenhar Emilie sentada à bancada da cozinha, então ele desenhou a bancada primeiro, meio oval, flutuando no ar, e a pintou de marrom. Então passou para o rosto de Emilie, que não era redondo, mas tinha um formato estreito que ele não sabia como fazer. Ele logo percebeu que estava estreito *demais*. Ele levantou a mão. Fräulein Frick veio em sua direção e Gustav explicou: "Era para ser um rosto, mas parece um cone de sorvete".

"Não tem problema", respondeu Fräulein Frick. "Por que você não transforma o desenho em um cone? Coloque um pouco de sorvete de morango no topo."

Tinha algo muito engraçado em tudo isso — Emilie Perle de repente era uma casquinha de sorvete. Gustav sussurrou para Anton: "Eu ia desenhar minha Mutti, mas errei. Agora ela é um sorvete".

E essa foi a primeira vez que ele ouviu Anton rir. E era o tipo de risada que não podia ser contida; era preciso se juntar a ela, e não demorou muito para que os dois garotos não parassem de rir. Gustav suspeitou que Fräulein Frick estava observando os dois de cara fechada, mas ela não disse nada, e quando ele ergueu o olhar em sua direção, após conseguir controlar o riso, sua expressão não era nada severa, mas levemente entretida.

Gustav pegou um giz de cera rosa e desenhou uma bola de sorvete no cone. Então ele se virou para ver o que Anton estava desenhando. Ele usava apenas o giz preto e contornou uma régua inteira. Dentro dessa forma, fez uma série de linhas pretas de diferentes comprimentos. Gustav sabia o que aquilo deveria ser: um piano.

Gustav contou para Emilie sobre a risada de Anton. Ele disse: "Eu gostei de ouvir".

À noite, ele começou a pensar em histórias engraçadas para contar a Anton, para que, assim, ele pudesse ouvir sua risada o dia inteiro. Então teve uma ideia que o surpreendeu: Gustav decidiu mostrar o tesouro na caixa de charutos. Ele mostraria porque imaginou que Anton entenderia que era uma coleção que valia a pena guardar. Mas Gustav não arriscaria levá-la para o jardim de infância. Ele perguntou para Emilie: "Podemos convidar Anton Zwiebel para o chá?".

"Zwiebel?", repetiu Emilie. "É um nome muito peculiar."

"Ele não tem culpa de ter esse nome."

"Não. Mas nomes são importantes. Quando eu conheci seu pai, ele me disse que seu sobrenome era Perle, e eu pensei em como era bonito e em como eu gostaria de ser a Frau Perle."

Gustav olhou para a mãe. Ela estava soltando seu cabelo bagunçado do lenço vermelho que usava para trabalhar e deixando-o cair ao redor do rosto. Então ela o alisou e deu uma ajeitada como se estivesse se arrumando ali mesmo para aquele primeiro encontro com um homem chamado Erich Perle.

"Podemos convidá-lo na quarta-feira?", sugeriu Gustav. "É quando você trabalha meio período."

"Anton Zwiebel. Bem, eu nunca ouvi um nome assim antes, mas, sim, podemos convidá-lo... se os pais dele concordarem. Eu posso fazer uma *nusstorte*, se conseguir encontrar nozes nesta época do ano..."

"Talvez ele não goste de nozes."

"Que pena. Se não gostar, ele não precisa comer."

Era quase o fim da primavera quando o convite para o chá foi feito. Ficou combinado que Anton e Gustav iriam juntos da escola para a Unter der Egg e que o pai do menino o buscaria no apartamento de Emilie às seis da tarde. O pai, ao que parecia, era banqueiro e havia trabalhado para um grande banco nacional em Berna, e agora estava em uma filial menor do mesmo banco em Matzlingen. Os motivos da mudança não foram explicados. Tudo o que Anton dizia era que a família sentia saudades da vida em Berna. Herr Zwiebel, o banqueiro, sentia falta do banco maior; Frau Zwiebel, que era dona de casa, sentia falta das lojas maravilhosas; e Anton sentia falta de seus outros amigos.

Todo mês de maio, no pátio atrás do apartamento, uma cerejeira florescia. Naquela primavera de 1948, talvez por causa das chuvas constantes do fim do inverno, tantas flores desabrocharam que os galhos da cerejeira ficaram vergados com o peso, pendendo na direção das pedras do pátio.

Da janela de Gustav, onde ele brincava com seu trenzinho de metal, era possível ver a árvore, e ele notou como quase todos os moradores que entravam e saíam do prédio por aquele caminho paravam para observar a beleza da cerejeira, e às vezes estendiam o braço com saudade, como se tentassem alcançar um ente querido que haviam acabado de perder. Emilie dizia que, antigamente, havia cerejeiras em frente ao prédio e ao longo de toda a Unter der Egg, mas elas foram removidas e só sobrara aquela do pátio.

Ela disse: "Essa árvore é especial para as pessoas porque ela aguentou a agitação e as reviravoltas, como certas coisas parecem aguentar".

"Que coisas?", perguntou Gustav.

"Bem, como aquele cachorro branco que você apontou nos escombros de Berlim. Ele sobreviveu."

"Você disse que ele pode ter encontrado um bom dono ou pode ter morrido de fome."

"Eu sei o que eu disse. A questão é que quando tudo foi destruído, ele ainda sobreviveu por um tempo. Ele resistiu."

A quarta-feira do chá chegou. Gustav gostou de andar para casa sob o sol com Anton. Ele se sentiu orgulhoso de um jeito que não conseguia explicar.

Quando Anton foi apresentado a Emilie, Gustav notou que sua mãe o encarou por mais tempo do que o normal ao conhecer alguém, e ele se perguntou o que se passava em sua cabeça. Ela disse: "Vão brincar no quarto de Gustav um pouco, e depois teremos chá e a *nusstorte*. Espero que goste".

"Eu não sei o que é isso", disse Anton.

"Ah, bem, Gustav vai explicar para você."

Eles foram para o quarto, onde, naquele momento do dia, o sol entrava na diagonal pela janela, e Gustav explicou: "*Nusstorte* é uma espécie de torta com recheio de caramelo e nozes".

Mas Anton não estava prestando atenção. Eles estavam em frente ao parapeito da janela, ao lado do trem de metal, e Anton encarava a cerejeira. Ele perguntou: "Podemos ir lá embaixo?".

"Ir brincar no pátio?"

"Eu quero ver aquela árvore."

"É só uma cerejeira", respondeu Gustav.

"Não podemos ir lá?"

"Precisamos pedir para a Mutti."

Emilie disse: "Tudo bem, mas eu vou com vocês. Não quero que façam barulho nas escadas. Lembra que Herr Nieder está muito doente, Gustav?".

"Herr Nieder é nosso vizinho", Gustav explicou para Anton. "Ele está morrendo."

"Oh", exclamou Anton. "Ele tem um piano?"

"Não sei. Tem, Mutti?"

"Um piano?", questionou Emilie. "Por que você quer saber?"

"Bem, se ele tiver um, eu posso tocar 'Für Elise' para ele", sugeriu Anton.

"Talvez ele não vá querer que você toque 'Für Elise'", comentou Gustav.

"Ele vai querer, sim. Todo mundo gosta quando eu toco essa música."

"Bem, agora não", disse Emilie. "Vamos descer em silêncio, tudo bem?"

Eles chegaram ao pátio e os olhos escuros de Anton se arregalaram ao encarar a cerejeira. Ele correu até a árvore e começou a pular de um lado para o outro, soltando gritos de alegria.

Gustav ficou imóvel observando Anton. Ele decidiu que havia algo que conectava a alegria de Anton ao ver a cerejeira com o choro matinal antes da aula, mas não sabia exatamente o quê. Ele foi em direção ao amigo, pegou sua mão e, juntos, saltitaram ao redor da árvore, rindo até os dois ficarem sem fôlego. Gustav não fazia ideia de *por que* estava pulando, mas sabia que Anton tinha um motivo, e isso era suficiente.

Um ou dois dos moradores chegaram ao pátio e pararam para sorrir diante dos dois meninos dançando ao redor da árvore. Mais tarde, quando Anton foi embora, Emilie disse: "Imagino que não existam cerejeiras em Berna. Parece improvável, mas não tenho certeza. Talvez ele nunca tenha visto uma".

"Não sei", disse Gustav.

"Acho que ele é um bom garoto", continuou Emilie, "mas está claro que é um judeu."

"O que é um judeu?", quis saber Gustav.

"Ah, os judeus são as pessoas que seu pai morreu tentando proteger."

NUSSTORTE
Matzlingen, 1948

No fim do ano, Gustav e Anton saíram do jardim de infância. Os dois tinham seis anos.

Eles foram para a mesma escola em Matzlingen, próxima à igreja que Gustav e Emilie limpavam aos sábados. O nome da escola era Academia Protestante de Sankt Johann e ela ficava em um prédio antigo e com eco, graças ao estuque que cobria as paredes de pedra antiga. As persianas eram pintadas de vermelho-escuro, a porta pesada tinha ornamentos em ferro e pombos se empoleiravam no telhado íngreme.

Gustav sentia falta do jardim de infância; a Mesa da Natureza, a caixinha de areia, os desenhos das crianças nas paredes. Havia uma espécie de *leveza* no lugar, uma sensação de liberdade nas salas de aula, como se do lado de fora houvesse pastos, florestas e rios, em vez de uma rua comum. Em contrapartida, a Academia Protestante de Sankt Johann era escura, e as salas de aula, simples. Lá, Gustav sentia frio. O lugar era cercado por outros prédios e cheio de barulhos estranhos e constantes.

"Com o tempo", disse Emilie, "você se acostuma. É a sua única opção."

Ele aguardava ansiosamente pelos sábados, quando eles limpavam a igreja e ele podia passar o dia todo com Emilie. Em vez de ler suas revistas, ela ajudava Gustav com o dever de casa, mas isso raramente terminava bem. Ela dizia que o trabalho dele era *lamentável*. "É tudo que posso dizer, Gustav. Lamentável."

Ele não era tão ruim em matemática. Ele se sentia confortável com os números, mas sabia que sua leitura era fraca, e a escrita, precária. Às vezes, ela batia nas costas da mão dele com uma régua e dizia: "Se seu pai estivesse aqui, teria feito muito pior".

Ele se esforçou o máximo que pôde — por Emilie, pelos "padrões elevados" esperados das crianças suíças —, mas via que seus esforços não eram suficientes. Gustav pensou em como já sentia falta da infância, de quando tudo que precisava fazer era *cuidar das coisas*: alimentar bichos-da-seda com folhas de amora e falar com as pessoas pintadas em seu trenzinho.

Gustav perguntou várias vezes a Emilie se Anton poderia vir para o chá novamente, e Emile dizia que sim, mas quando ele sugeria um dia específico, ela sempre respondia que não era um dia conveniente. "A verdade é que", explicava ela, "esse apartamento é muito pequeno para duas crianças."

"Não é, não", retrucava Gustav. "Não era pequeno da última vez."

"Sim, mas por que você não convida outro garoto? Você tem outros amigos além desse menino Zwiebel, não tem?"

Gustav encarou a mãe. Ela estava dobrando o avental depois de ter terminado de lavar a louça, e continuava dobrando e dobrando até que o avental de algodão fosse um pacotinho duro em suas mãos.

"Anton é o único amigo de quem eu gosto de verdade", admitiu Gustav.

Emilie desdobrou o avental e o pendurou em um gancho atrás da porta. Ela suspirou e disse: "Muito bem. Ele gostou da *nusstorte*?".

"Acho que sim."

"Tudo bem. Convide-o para a próxima quarta-feira. Eu vou fazer outra."

Anton pareceu gostar do convite. Então, no dia em que o menino veio para o chá, houve um problema com a *nusstorte*.

Essa era uma iguaria que Emilie se vangloriava de conseguir fazer de olhos vendados. Mas naquela tarde a massa queimou nas bordas e o caramelo ficou grosso demais.

Emilie não se desculpou. Ela jogou o prato de *nusstorte* na bancada da cozinha, ao lado do bule de chá, cortou os pedaços raivosamente, acendeu um cigarro e fumou de costas para Anton e Gustav.

Quando terminou o cigarro, ela olhou diretamente para Anton e disse: "Você não nos contou nada sobre você da última vez. O que o seu pai faz?".

Anton tentava comer seu pedaço de *nusstorte*, mas estava difícil. Ele tirou da boca um pedaço grudento da massa e colocou de volta no prato. "Ele é banqueiro."

"Isso é falta de educação, sabia?", reclamou Emilie Perle, olhando torto para o pedaço de *nusstorte*. "Há quanto tempo vocês estão na Suíça?"

"O que disse, Frau Perle?", quis saber Anton.

"Eu perguntei há quanto tempo sua família está na Suíça."

"Não sei."

"Zwiebel é um nome mais alemão do que suíço. Talvez tenham vindo da Alemanha durante a guerra, não?"

"Não sei. Acho que não."

"Ou da Áustria? Com a ajuda de outros, talvez? Espero que você saiba que muitas pessoas, como o pai de Gustav, ajudaram várias famílias alemãs que estavam sendo perseguidas a começar uma vida nova na Suíça. Talvez a sua família tenha sido ajudada dessa forma?"

Anton encarou Emilie. Ela tragava outro cigarro e soprava a fumaça pela janela aberta. Anton desviou o olhar e virou-se para Gustav: "Podemos ir brincar agora?".

"Você se lembra da Alemanha?", insistiu Emilie.

Anton balançou a cabeça. Gustav percebeu que o rosto do amigo estava vermelho como ficava quando ele ia começar a chorar. Gustav sabia, de alguma forma, que essa estranha conversa sobre a Alemanha tinha começado por causa da *nusstorte* que deu errado.

No quarto de Gustav, Anton sentou-se na cama estreita e olhou para a cômoda de madeira, a cadeira estilo Biedermeier, o tapete de trapos, a cesta de lixo de metal e o mapa de Mittelland — os únicos objetos que o pequeno cômodo continha. Ele não falou nada.

Gustav ficou em frente à janela, empurrando o trenzinho para a frente e para trás. O quarto permaneceu em silêncio por vários minutos, e esse silêncio foi um sofrimento para Gustav. Ele abriu a janela esperando ouvir, como às vezes conseguia, os pombos arrulharem no telhado. O som de animais ou pássaros podia ser reconfortante, mas não havia barulho algum. Gustav foi até a cômoda e pegou a caixa de charutos que continha seu tesouro. Ele levou a caixa para a cama e colocou-a ao lado de Anton.

"Olha isso", disse ele. "Eu ia mostrar da outra vez para você. É o meu tesouro."

Anton prestou atenção nos itens da caixa. Seu rosto ainda estava vermelho, e Gustav viu uma lágrima escorrer pela bochecha do amigo. Ele sabia que devia falar alguma coisa, mas não sabia o quê.

Anton passou as mãos pela coleção de clipes de papel, pétalas de flores e pregos. Então pegou o batom dourado, girou a tampa para abrir e encarou o objeto. Ele enxugou a lágrima com as costas da mão, observou o batom por mais um momento e então lentamente começou a pintar os lábios com o tom escuro de roxo. A visão de Anton com os lábios cor de ameixa era tão estranha que tudo que Gustav conseguiu fazer foi rir. Uma risada alucinada, aguda e receosa.

Anton sorriu. "Você tem um espelho?"

"Não."

"Eu quero ver como ficou."

"Você está estranho."

"Eu quero ver."

"Podemos ir no banheiro."

Eles correram pelo corredor. Agora os dois riam, e o medo na risada de Gustav havia diminuído. O riso os levou até o banheiro, e de repente eles notaram que o cômodo estava cheio de vapor, e, através do vapor, viram Emilie na banheira. Seus olhos estavam fechados, a cabeça úmida descansando na borda da banheira. Quando Emilie estava cansada ou irritada, ela gostava de fazer isso — preparar um banho tão quente que enchia o cômodo de vapor e ficar deitada, nua, no meio da névoa morna. Naquele momento, quando viu Gustav e Anton entrando no banheiro, ela gritou. Ela pegou o sabão e o jogou na direção dos meninos, atingindo o braço de Gustav. Ele sabia que a dor não era grande, mas, por um segundo, a dor pareceu a pior que já sentira. Anton estava encarando Emilie, olhos fixos em seus braços magros descansando na borda da banheira e em seus pequenos seios, e Gustav sabia que essa era a coisa mais terrível que o amigo podia estar fazendo. Ele o empurrou para fora e o seguiu rapidamente, batendo a porta ao sair, e correu para a segurança do próprio quarto.

"Desculpa", disse para Anton. "Eu não a ouvi preparando o banho."

Anton limpava o batom com as costas da mão. Em seguida foi para a janela e ficou observando a cerejeira no pátio. Gustav passou a mão no braço atingido pelo sabonete. Pensou no sabonete deslizando pelo chão do banheiro e em sua mãe presa na banheira sem sabão para se lavar.

"O que aconteceu com a cerejeira?", perguntou Anton.

"O quê? O que aconteceu?"

"Não está mais branca."

"Não", respondeu Gustav. "Algumas coisas só ficam brancas por um tempo."

Emilie não se despediu de Anton quando ele foi embora às seis da tarde, nem saiu para cumprimentar seu pai quando ele veio buscá-lo. Ela foi para o quarto e ficou lá, com a porta trancada.

"Como está sua mãe, Gustav?", perguntou educadamente o pai banqueiro.

"Bem, senhor, obrigado", respondeu Gustav.

"Ela não está doente, eu presumo..."

"Não. Acho que está dormindo."

"Ah, bem, então não devemos fazer barulho. O que é isso no seu rosto, Anton?"

"Nada, pai."

"Bem, é um nada muito colorido."

"Foi minha culpa", começou Gustav. "Devo buscar um pano para limpar?"

"Sim, é uma boa ideia. Ele não pode ir para casa desse jeito."

Gustav entrou no banheiro e abriu a torneira de água quente. O vapor do banho de Emilie já evaporara, mas permanecia um cheio úmido e desagradável no lugar, que fazia com que Gustav se sentisse desconfortável por estar ali. Ele molhou a toalha de rosto e rapidamente voltou até Anton e seu pai. O pai pegou a toalha e esfregou o rosto de Anton. Gustav notou, pela primeira vez, o tamanho do anel de sinete dourado que Herr Zwiebel usava no anelar.

"Eu e minha esposa estávamos nos perguntando", Herr Zwiebel falou após um instante, "se você não gostaria de tomar chá conosco algum dia."

Gustav sentiu uma pontada de alegria misturada com algo que parecia medo, mas não queria admitir a segunda parte.

"Obrigado", respondeu ele.

"Você pode pedir para a sua mãe? Você e Anton podem vir andando da escola e minha esposa o traz de volta de carro."

"Obrigado", repetiu Gustav.

"Você pode me ouvir tocar", comentou Anton. "Agora eu quase consigo tocar a parte rápida de 'Für Elise'. E estou aprendendo uma música de Schubert. Schubert é difícil, não é, pai?"

"Sim, é mesmo. Mas tantas coisas são. Não é, Gustav?"

"Sim, mas minha mãe diz que você precisa continuar até dominá-las."

"Certo", concordou Herr Zwiebel. "Absolutamente certo."

Mais tarde naquela noite, Emilie, com o cabelo recém-lavado emoldurando o rosto sério, disse a Gustav que aquela tarde inteira — e não só o incidente do banheiro — havia sido muito difícil para ela.

"Desculpa, Mutti. Não sabíamos que você estava no banheiro", disse Gustav.

"Eu disse que *não foi só isso!*", esbravejou Emilie. "O problema é que a presença daquele menino neste mísero apartamento é dolorosa demais para mim."

"Por quê?"

"Quando você for mais velho, tentarei explicar tudo. Mas por enquanto, por favor, não o convide novamente. Pelo menos não por um tempo."

Gustav encarou sua mãe. Tinha diante dela um dos seus drinques de anis, e ela o bebia rapidamente.

Sempre que se recordava desse momento, Gustav lembrava que aquilo que havia sentido era um cansaço súbito e insuportável — um cansaço que brotava de todas as coisas que ele não entendia. Ele lembrou-se de ter fechado os olhos. A visão de Emilie com seu cabelo limpo e seu copo vinha e voltava, vinha e voltava, como acontecia quando ele estava quase pegando no sono.

THE LINDEN TREE
Matzlingen, 1948

Emilie perguntou onde ficava o apartamento dos Zwiebel, e quando Gustav disse que era na Fribourgstrasse, ela gemeu: "Ah, não".

Gustav não se lembrava da Fribourgstrasse — ele ainda era muito novo quando esteve lá —, mas sabia sobre o antigo apartamento e os gerânios de Emilie, os quais ela tanto amava.

"Qual o número na Fribourgstrasse?", perguntou ela.

"Setenta e sete."

"Ah, bem, pelo menos não é no mesmo prédio. Talvez eles não tenham uma varanda boa como a que tínhamos."

Emilie estava fazendo batata *rösti*,[1] o prato preferido de Gustav, mas ela as deixou fritando enquanto ia até a janela da cozinha pegar um pouco de ar, então Gustav foi até o fogão para vigiar a frigideira. Ele gostava de tomar conta das coisas que estavam cozinhando. Gustav pensou que, no futuro, que sua mãe chamava de "o jeito certo de viver", ele poderia ser um chef de cozinha.

Ele cutucou o *rösti* com a espátula de Emilie, que logo em seguida foi tirada de sua mão. "Larga isso!", mandou ela.

Gustav estava tão acostumado com a irritabilidade de Emilie que aquilo não o chateava mais. Fazia parte de quem era, como seu cabelo fino, seu hábito de fumar e seu amor por revistas. Ele saiu da cozinha, foi para o quarto e sentou-se na cama, no lugar onde Anton estava quando passou o batom cor de ameixa. Tudo

---

[1] Prato tradicional da culinária suíça que consiste em batata ralada preparada na frigideira com manteiga ou outro tipo de gordura, em formato aberto, como uma panqueca. Pode incluir outros ingredientes, como queijo ou ovo.

que Gustav queria era poder ir tomar chá com os Zwiebel, mas ele tinha quase certeza de que, agora que Emilie sabia que eles moravam na Fribourgstrasse, ela acharia um motivo para dizer não.

Gustav se levantou, mexeu na caixa de charutos e pegou o batom, lembrando-se de como a embalagem brilhava em meio à poeira sob a grade da igreja. Ele o limpou em seus shorts, o levou para a cozinha, onde o *rösti* cheirava bem e parecia crocante, e abriu a mão para mostrá-lo. "Tenho um presente para você, Mutti.".

Emilie encarou o batom na mão aberta de Gustav. "Onde conseguiu isso?", perguntou ela. "Você não roubou, não é? Sua vida não valerá nada se você começar a roubar, Gustav."

"Eu achei na igreja. Embaixo da grade."

Emilie hesitou. Ela limpou o rosto, que estava levemente suado por causa do fogão quente, com a extremidade do avental. Então ela disse: "Você não acha que deveria ter entregado ao pastor Sammlung?".

"Não", rebateu Gustav. "Estava lá jogado na poeira. Eu peguei para você."

"Eu acho que você deveria ter dado ao pastor. Alguém da congregação pode ter procurado por isso..."

Gustav ignorou o que a mãe disse e continuou: "Olha, Mutti...". Ele tirou a tampa do batom e mostrou o belo tom de roxo.

"Meu Deus!", exclamou ela. "Quem usaria uma cor dessas?"

"Você não gostou?"

"Não, não gostei. O *rösti* está quase pronto. Vá lavar as mãos. E quando formos à igreja no sábado, leve o batom de volta. Lembre-se de que seu pai era um policial. Ele nunca teria encorajado pequenos furtos como esse."

Mais tarde, consolada pelo drinque de anis, Emilie perguntou: "Se você for tomar chá com os Zwiebel e o pai dele não estiver em casa, quem vai trazer você de volta?".

"A mãe do Anton. Ela tem um carro."

"E você estaria em casa até as seis da tarde?"

"Não sei."

"Não quero que fique muito tempo lá."

"Por quê?"

"Eles vivem de um jeito diferente de nós. Eu não quero que fique pensando que nossa vida poderia ser como a deles."

"O que quer dizer?"

"Carros. Pianos. Comidas caras. Esse tipo de coisa."

"Eu gosto das nossas comidas. Gosto dos nossos bolinhos e do *rösti*..."

"Que bom, porque é tudo que podemos ter. Esteja em casa até as seis, então."

A primeira coisa que Gustav viu na sala de estar do apartamento dos Zwiebel, no número 77 da Fribourgstrasse, foi o piano de cauda preto e a jardineira com gerânios vermelhos na varanda com vista para a rua. Uma parte dele — a parte que tanto amava Emilie — fingiu que não tinha visto as flores.

A mãe de Anton estava em pé perto da janela, segurando um pequeno regador. Ela esticou a mão macia e de unhas bem cuidadas para Gustav.

"Ah, Gustav", cumprimentou ela, "você é muito bem-vindo. Você tem sido tão gentil com Anton."

"Como vai, Frau Zwiebel?", respondeu Gustav, fazendo uma reverência, como havia aprendido.

"Mas que bons modos!", riu Frau Zwiebel. "Onde aprendeu isso?"

"Ele não aprendeu. Ele é assim mesmo", explicou Anton.

"Melhor ainda", continuou Frau Zwiebel. "Se todos fossem assim! Agora, meninos, o que vocês querem fazer antes do chá?"

"Eu vou tocar piano para o Gustav", disse Anton. "Vou tocar 'The Linden Tree'."

"Ah, você já consegue tocá-la bem?"

"Sim, consigo."

"Bem, você gostaria, Gustav? Que Anton tocasse 'The Linden Tree'?"

"Eu não sei o que é isso."

"É uma canção, uma *lied*.[2] É de Schubert."

---

2   Canção característica da cultura germânica, de caráter popular ou erudito, arranjada para piano e cantor solo. Os *lied* são baseados em poemas, geralmente em língua alemã, e são caracterizados pela expressão dos sentimentos desses poemas por meio dos sons.

"Quem vai cantar?"

"Hoje, ninguém. Às vezes meu marido canta algumas notas, mas geralmente é só Anton no piano."

"Se você fechar os olhos", disse Anton, "você consegue ouvir as folhas da árvore farfalhando entre as notas da música."

"O que quer dizer com ouvir as folhas farfalhando entre as notas?"

"Você vai entender."

"Vamos, então", disse Frau Zwiebel, pegando na mão de Gustav, "eu e você vamos nos sentar no sofá, Gustav, e Anton vai tocar."

A sala era espaçosa, com um lustre pendendo do florão no teto e vários quadros com grandes molduras pendurados nas paredes — quadros demais para contar. Perto da lareira havia um urso de porcelana. Gustav sentou-se ao lado de Frau Zwiebel, que emanava um cheiro forte de flores de verão.

Ele ficou observando enquanto Anton mexia no banco do piano, ajustando a altura ideal para seu pequeno porte. Em seguida, sentou-se e mexeu nas partituras, tirando e colocando um papel e dobrando o canto da folha. Ele disse: "Essa canção está em Mi maior. A maioria das canções nesse ciclo está em notas menores, mas essa, não. Não lembro por quê."

Gustav encarou Anton. Era difícil imaginar esse menino no banco do piano como o mesmo que chorou na caixinha de areia do jardim de infância. Ele parecia mais velho. Seus olhos estavam secos e brilhantes. Era quase como se Anton o tivesse levado para uma outra vida, para um lugar em que ele, Gustav, era jovem demais — ou tinha medo demais — para acompanhar. Ele queria, naquela hora, levantar e dizer "Não toque 'The Linden Tree', o que quer que isso seja. Eu não quero ouvir".

Mas a música já havia começado. Frau Zwiebel juntou as mãos, demonstrando uma intensa apreciação, e sussurrou para Gustav: "A árvore conversa com um homem tristonho. A árvore sussurra para o homem, venha e deite-se aqui, sob as folhas, e descanse. Consegue ouvir as folhas conversando com o homem?".

Gustav achava não estar ouvindo nada disso, ou talvez uma parte dele ouvisse, mas não conseguia se concentrar naquilo porque tinha a sensação de que Anton estava muito à sua frente e que talvez nunca fosse olhar para trás. Mas sabia que tinha que ser gentil com Frau Zwiebel, e cochichou que sim, ele ouvia a árvore falando, e pensou que se a música podia ser as folhas de uma árvore se mexendo ao vento, talvez também pudesse ser o homem, então começou a esperar que houvesse um acorde — era assim que se chamava, *acorde?* — que soasse como uma voz humana. Porém, a música havia acabado.

Anton desceu do banco, sorrindo, e se curvou para Gustav e a mãe. Gustav sabia que era esperado que batesse palmas, e foi o que fez, acompanhando as palmas de Frau Zwiebel, que elogiou: "Muito bem, Anton. Está indo muito bem".

"Você gostou, Gustav?", perguntou Anton.

"Sim", respondeu ele. "Mas por que o homem não falou de volta com a árvore?"

Anton começou a rir. "Falar de volta? Não pode! Ele não está lá de verdade. Ele é bem velho e triste. É tudo uma lembrança dele, não é, mãe?"

"Acredito que seja isso mesmo. Ele está se lembrando. Acho que ele ouviu o barulho das folhas quando era muito jovem, talvez tão jovem quanto vocês, meninos: *"Und seine Zweige rauschten/ Als riefen sie mir zu..."*.[3] E talvez ele costumasse deitar-se sob as árvores e sonhar. Mas ele não pode voltar lá."

"Por que não?", questionou Gustav.

"Porque a vida é assim. Você nunca pode voltar ao que já passou."

"Como nós não podemos voltar ao jardim de infância?"

"Exato. Você tem que seguir em frente. Nunca para trás. Bem, Anton, o que mais você vai tocar?"

"Nada. Eu vou mostrar para Gustav o meu novo trenzinho. Só queria que ele ouvisse 'The Linden Tree'."

---

3   "E seus galhos sussurravam/ Como se me chamassem..."

Havia tantas coisas confusas sobre "The Linden Tree" que Gustav quase queria que Anton não tivesse tocado. Não era só a questão das notas soando como o farfalhar das folhas (e elas também não soavam, exatamente), ou o homem infeliz que estava e não estava lá; era o fato de que Anton *conseguia* tocar essa música complicada. Como ele tinha aprendido aquilo? Quando?

Então Gustav teve outro pensamento perturbador. Ele imaginou que, toda vez que ele e Emilie estivessem de quatro limpando a Igreja Protestante de Sankt Johann nas manhãs de sábado, Anton estaria com seu professor de piano. Ele e Emilie esfregavam e varriam e poliam, enquanto Anton tocava Schubert.

Ele decidiu não contar para a Mutti. Ela não precisava saber sobre os gerânios, nem sobre Anton tocando "The Linden Tree".

Enquanto esses pensamentos distraíam Gustav, Anton pediu que ele olhasse seu novo trilho de trem. Os meninos ficaram ajoelhados ao lado dos pequenos trilhos de metal arranjados em círculo no carpete do espaçoso quarto de Anton. O trem, cuidadosamente pintado, com encaixes de cobre e o que parecia ser carvão de verdade na fornalha, tinha uma chave de corda. Era só dar corda e posicioná-lo nos trilhos que ele ia andando devagar. Havia um sinal em cima do trilho, e Anton colocou a mão sobre o trem, para que parasse ali. "É isso que os trens fazem", disse, "eles param nos sinais. Isso deixa minha mãe nervosa. Não sei por que, mas ela sempre pergunta: 'Por que estamos parando?', e meu pai responde: 'Acredito que estamos parando em um sinal, querida. Não tem por que se preocupar'."

Talvez Anton achasse que isso seria divertido para Gustav, essa pequena imitação dos pais, porque quando Gustav não riu, ele perguntou: "Está tudo bem? Você está meio quieto".

"Estou bem, mas o seu trem é melhor do que o meu, não é?"

"Eu gostou do seu", respondeu Anton. "Eu gosto daquelas pessoas desenhadas nas janelas. No meu não tem ninguém, só carvão."

Rose Tremain
A Sonata Perfeita

GELO

Matzlingen, 1949

Patinar era algo novo e maravilhoso.

Frau Zwiebel, cujo primeiro nome era Adriana, havia sido uma "promessa" no mundo da patinação. Aos quinze anos, ela ganhou uma competição em Berna. Ela contou a Gustav que aquele havia sido um dos momentos mais felizes de sua vida. Era esperado que ela continuasse a ganhar mais prêmios, mas aos dezesseis anos ela foi para "outra categoria", e as meninas com quem competia eram chamadas de "profissionais completas com mães-coruja e garras de ferro".

Ela não conseguiu outros prêmios, mas ainda era apaixonada por patinação, e quando ouviu falar sobre um novo rinque que abriria em Matzlingen — um rinque coberto com gelo bem liso, um enorme gramofone que tocaria música tradicional suíça e jazz estadunidense, e um café que venderia bebidas e *pretzels* —, ela disse para Anton: "Vamos nos domingos à tarde. Podemos levar Gustav. Eu pago para todos nós".

Ela deslizava lindamente. E ainda conseguia pegar impulso para um *lutz* perfeito e aterrissar com graça. Adriana Zwiebel estava vestida com calças justas de lã, uma saia quadriculada curta e uma jaqueta de couro verde. Os olhos dos homens a acompanhavam enquanto ela rodopiava com elegância, os braços esticados como uma dançarina e o cabelo escuro preso em um rabo de cavalo que balançava com seus movimentos.

Anton e Gustav, ambos com sete anos de idade, a observavam também, não por sua beleza, mas porque sabiam que poderiam aprender com ela. Anton tinha um dom natural para patinar, ao contrário de Gustav, que estava determinado a se destacar em tudo que Anton fazia e, com o tempo, tudo que Adriana fazia — por mais que esse objetivo parecesse distante.

Ele caía com frequência, mas nunca chorava, apesar do gelo duro, a superfície mais dura que seus ossos já haviam conhecido. Em vez disso, aprendeu a rir de si mesmo. Rir se parecia um pouco com chorar. Uma pequena convulsão que vinha de uma parte diferente do cérebro. O truque era expulsar o choro de onde ele estivesse e deixar o riso vir. Ele se levantava e seguia em frente, rindo.

No fim da tarde, ele e Anton davam uma volta fazendo o que eles chamavam de "corrida maluca". Eles davam as mãos e, em sincronia, patinavam o mais rápido que podiam ao redor do rinque. Ficaram conhecidos como "os garotos risonhos" pelos outros patinadores. Nessa época, Gustav era poucos centímetros mais baixo do que Anton.

Foi no rinque de patinação, onde Anton e Gustav podiam comprar chocolate quente, que Gustav aprendeu sobre algo que "ninguém fala".

Anton contou que ele tinha uma irmãzinha chamada Romola. Ele disse: "Eu não me lembro muito bem dela. Ela só foi um bebê e então morreu".

"Por quê?", quis saber Gustav.

"É disso que ninguém fala."

"Ela foi morta por ladrões?"

"Não me lembro de nenhum ladrão."

"Eles podem ter entrado com um machado ou algo assim."

"Acho que não. Eu tinha três anos, me lembraria se tivessem havido assaltantes, não? Acho que minha irmã só morreu no berço e então foi enterrada. Algum tempo depois meu pai ficou doente e foi internado em um hospital. Minha mãe me disse que ele estava doente porque a Romola tinha morrido e ele não deveria ser incomodado até melhorar."

Gustav e Anton olharam para Adriana, ainda no gelo, ainda dando piruetas e saltos, como se nunca se cansasse da própria elegância.

"E ela?", perguntou Gustav. "Sua mãe não ficou doente também depois da morte da pequena Romola?"

"Não. Minha mãe nunca fica doente ou cansada. Só quando tivemos que ir embora de Berna. Ela disse que estava cansada naquele dia. Eu imagino que foi por causa da mudança e de carregar os móveis. Não podíamos deixá-los para trás porque meus pais têm muito apego por móveis."

"Então por que deixaram Berna?"

"Tem alguma coisa a ver com o trabalho do meu pai. Eu acho que o banco em Berna pensou que, depois de passar tanto tempo doente por causa da minha irmã, ele seria mais feliz em um banco menor, então viemos para Matzlingen."

"E você chorou no jardim de infância."

"E você desenhou sua Mutti como um sorvete!"

Eles riram, mas Anton parou de repente e disse: "Você nunca pode falar sobre a Romola para ninguém, Gustav. Pacto de sangue?".

"O que significa 'pacto de sangue'?"

"Nós fazemos um corte no braço com as lâminas dos patins, misturamos os sangues, e então você precisa prometer."

"Tudo bem."

Por toda a vida, Gustav se lembraria de como é difícil se cortar com um patim de gelo. As lâminas parecem afiadas, mas não tanto para cortar com facilidade. "Nós fizemos uma bagunça", ele contaria às pessoas. "O sangue não saía, e quando finalmente veio foi porque cortamos fundo demais e nós dois sentíamos dor, mas disfarçamos."

Um dia, depois da aula, Gustav foi chamado para ver o diretor. Em cima da mesa do diretor estavam alguns dos cadernos com a escrita medíocre de Gustav, para qualquer um ver. Até suas tentativas no desenho e na cartografia eram medianas.

"E então?", disse o diretor. "O que tem a dizer sobre isso?"

"Não sei, senhor", respondeu Gustav.

"Não. Exatamente. Nem a sua mãe. Ela está desesperada. Você não está, Frau Perle?"

Gustav virou-se e viu Emilie sentada, imóvel, em uma cadeira verde. Ele não notou sua presença quando entrou na sala e não fazia ideia de como ela havia entrado no escritório do diretor tão silenciosamente. Gustav pensou em como ela parecia uma pintura.

Emilie começou: "A questão, diretor, é que eu realmente quero que Gustav seja bem-sucedido na vida. Quero que ele faça algo de que seu pai se orgulharia, e se a educação não levar a nada...".

"Não, não", interrompeu o diretor. "A educação o levará a algum lugar. Gustav ainda não tem oito anos, nós temos tempo. Porém, o que vou sugerir é mais prática, para recuperar algumas matérias. Seus cálculos são satisfatórios — muito bons, na verdade —, mas o resto é fraco. Tenho um jovem professor na escola, Herr Hodler, que está disposto a dar aulas a Gustav nos domingos à tarde, por uma pequena contribuição."

"Não!", Gustav apressou-se em dizer. "Nas tardes de domingo, não. É quando eu vou patinar no gelo."

"Fique quieto, Gustav", disse Emilie.

"As tardes de domingo são o único tempo livre de Herr Hodler", continuou o diretor. "A decisão é sua, mas pessoalmente acredito que seria muito benéfico. Caso contrário, talvez tenhamos que atrasar o avanço de Gustav e fazê-lo repetir de ano."

Gustav virou-se para a mãe, suplicante, mas ela olhava diretamente para o diretor.

"De quanto será o custo?", perguntou ela.

"Não mais do que alguns francos por hora. Não sei qual é o valor da entrada no rinque de patinação, mas ouvi dizer que é cara. Talvez seja um pouco mais do que isso."

Gustav queria dizer ao diretor que era Adriana Zwiebel que pagava pelo tempo no rinque, pelo aluguel dos patins, pelo chocolate quente e pelos *pretzels*, mas Emilie pressionou o dedo em frente aos lábios avisando-o para ficar quieto.

Eles foram para casa andando em silêncio.

Quando chegaram na Unter der Egg, começou a chover. Gustav foi direto para seu quarto, torcendo para ficar sozinho, mas Emilie o seguiu. Ela se sentou na cama e ele ficou próximo à janela segurando seu trenzinho. Ele queria que ela não falasse nada porque sabia que, se Emilie dissesse que ele precisaria deixar de patinar com Anton e Adriana, ele choraria.

COCO
Matzlingen, 1949-50

Então foi assim: o fim da patinação. O fim dos "garotos risonhos".
Gustav bateu nas paredes do quarto. Ele destruiu seu trenzinho. Ele gritou com Emilie, que deu um tapa em sua cabeça para fazê-lo ficar quieto. Ela pegou o trem quebrado e jogou-o no cesto de lixo.

Herr Hodler era um rapaz magro e pálido com um contorno rosado nos olhos, tal qual um coelho. No apartamento na Unter der Egg, esses olhos de coelho procuraram, em vão, por uma mesa em que pudessem trabalhar.
"Não temos mesa", disse Emilie Perle.
Ela mostrou a bancada dobrável da cozinha a Herr Hodler, que ficou encarando-a por um minuto. Ele não estava sendo bem pago, e o local inadequado o fez suspirar, frustrado. Ele disse a Emilie que faria seu melhor, mas que o "ambiente apertado" não ajudaria na concentração de Gustav.
Ele não sabia que Gustav estava sacrificando sua patinação, então ficou ainda mais frustrado com a raiva e o ressentimento do menino por estar ali. Quando, intencionalmente, Gustav derrubou os livros de história da bancada, Herr Hodler xingou.
"*Scheisse!*"
O palavrão pareceu ecoar no silêncio da cozinha. Segundo a filosofia de Emilie sobre "ser mestre de si mesmo", xingar era uma satisfação desagradável e proibida. E logo o professor havia quebrado esse mandamento sagrado.

Gustav quis rir. Sentia-se melhor. Pediu desculpas para Herr Hodler e o ajudou a juntar os livros do chão e a colocá-los na bancada. Quando viu que um dos livros era *Uma Breve História da Suíça*, ele disse para o professor: "Eu não sei nada sobre a história da Suíça. Tudo que sei é que a guerra não chegou aqui. Foi na Alemanha e na Rússia e em outros lugares, e todos os prédios foram bombardeados. Certo?".

"Sim", disse Herr Hodler. "Mais ou menos. Exceto que milhões de pessoas morreram. O que acreditamos na Suíça é que devemos evitar conflitos e, especialmente, ser atraídos para o conflito dos outros. Chamamos isso de 'neutralidade'. Sabe o que isso significa?"

"Não."

"Significa que *acreditamos em nós mesmos*. Protegemos uns aos outros. E quer saber? É um bom jeito de levar a vida, Gustav. Você já comeu um coco?"

"O quê?"

"Você sabia que os cocos têm uma casca muito dura?"

"Nunca comi um."

"Bem, a casca é dura e cheia de fibras, difícil de penetrar. Ela protege a polpa e a água nutritivas. É desse mesmo jeito que a Suíça é, e como os suíços devem ser, como os cocos. Nós nos protegemos — todas as coisas boas que temos e somos — com resistência, determinação e racionalidade; nossa neutralidade. Você entende o que eu quero dizer?"

"Que eu preciso ser como um coco?"

"Sim. Assim você não será triste, Gustav."

"Eu já estou triste."

"Por quê?"

"Eu costumava ir patinar nos domingos à tarde. Patinar era a minha coisa favorita no mundo. Agora, não posso mais ir. Tenho que ficar estudando com você."

Os olhos rosados e cintilantes de Herr Hodler observaram Gustav com ansiedade.

"Eu não sabia disso", disse ele.

"Eu estava melhorando, já conseguia dar saltos pequenos. Agora acabou tudo. Isso me deixa triste."

"Eu entendo. Tudo que posso sugerir é que façamos as aulas o mais rápido possível. Assim, você irá melhor na escola e, talvez em algumas semanas, possa voltar a patinar."

Depois desse dia, Gustav e Herr Hodler se tornaram amigos — ou, pelo menos, não eram inimigos.

Herr Hodler permitiu que Gustav o chamasse pelo primeiro nome, Max. Gustav notou que Max Hodler tinha uma letra muito bonita e pediu que o ensinasse a escrever assim.

Fizeram linhas no papel. Ao longo dessas linhas, Max supervisionava cada toque, como um acorde musical, da escrita de Gustav: a a a a a a, b b b b b b, c c c c c c.

Ele disse que Gustav deveria fingir que nunca havia aprendido a escrever, porque ele parecia ter aprendido tudo errado e agora deveria começar tudo de novo. Às vezes, Max fazia letras muito grandes para Gustav copiar, e, juntos, eles examinavam os formatos das letras, suas curvas e linhas, como os padrões formados no gelo.

Era nisso que Gustav pensava agora quando escrevia. Ele fingia que seu lápis era um patinador.

"Bom", elogiou Max. "Estamos progredindo."

Gustav queria mostrar sua melhora nas letras para Emilie, mas ele suspeitava que ela estivesse dormindo, e, além do mais, Max disse que eles não deviam perder tempo mostrando o trabalho ainda em progresso. Havia muito a ser feito. Gustav ainda lia mal, e, para ajudá-lo a se concentrar, Max trouxe um de seus livros favoritos, *Struwwelpeter*.[1] No livro, várias coisas ruins aconteciam com crianças mal-educadas. Uma menininha que gostava de brincar com fósforos colocou fogo no próprio vestido e virou uma pilha de cinzas. Um menino chamado Konrad, que gostava de chupar o dedo, teve os dedões cortados por um alfaiate de calças vermelhas.

---

1   *Der Struwwelpeter* é um clássico da literatura infantil alemã, escrito pelo psiquiatra, pensador liberal e intelectual Heinrich Hoffmann como um presente para seu filho. Publicado em 1845, foi amplamente traduzido ao longo do tempo e, no Brasil, é conhecido como *João Felpudo*.

Weh! Jetzt geht es klipp und klapp
mit der Scher die Daumen ab,
mit der grossen scharfen Scher!
Hei! Da schreit der Konrad sehr.[2]

Gustav se divertiu com as histórias. Em parte, elas não o assustaram tanto, pois notou que as crianças das ilustrações usavam roupas antiquadas, então imaginou que tudo havia acontecido há muito tempo e não poderia acontecer hoje em dia, já que era quase 1950.

Ele perguntou a Max se poderia pegar *Struwwelpeter* emprestado para ler antes de dormir. Max hesitou. Ele avisou Gustav que as histórias poderiam causar pesadelos.

"Não", teimou Gustav. "Eu só vou aprender a ler melhor se eu ficar lendo de novo e de novo."

Ele levou Max para ver seu quartinho, com o mapa de Mittelland, mas sem livros ou brinquedos, e ao ver o quarto Max cedeu e disse que ele poderia ficar com *Struwwelpeter*, desde que cuidasse bem dele. Ele perguntou a Gustav por que ele não tinha brinquedos: "Eu tinha um trem, mas eu o quebrei, e Mutti o jogou fora".

Desenho também era um dos talentos de Max Hodler. Com traços marcantes e rápidos, ele desenhou para Gustav a imagem de três homens vestidos em túnicas e portando espadas em um campo de flores.

Ele explicou que esses homens eram dos cantões Schwyz, Uri e Unterwalden, e viveram muitos anos atrás, no final do século XIII. Eles foram os verdadeiros fundadores da Suíça. Eles desafiaram seus poderosos mestres de Habsburg a jurar lealdade, e, a partir dessa aliança, o país começou a surgir lentamente. Todo ano, no dia 1º de agosto, esse momento histórico, que aconteceu no lugar que era conhecido como Pradaria do Rütli, é lembrado como o Dia Nacional da Suíça.

---

2   "Cortando, cortando, a tesoura vai/ E Conrad gritando "Ai, ai, ai!"/ Cortando, cortando, sem parar/ E seus dedos nunca mais irá chupar." Traduzido da versão inglesa de Alexander Platt (Leipzig, 1848). [NT]

Ele contou a Gustav que poucas pessoas "no mundo lá fora" conheciam a história da Suíça. "Isso", disse ele, "acontece porque a Suíça é apenas uma *ideia* para eles — relógios, chalés, bancos e montanhas. Mas nós — você e eu, Gustav — fazemos parte dela, sabemos que somos mais do que uma ideia. Sabemos sobre nossa imparcialidade, *sobre o conceito do coco*, então devemos aprender nossa história e nos orgulharmos dela."

Max queria que Gustav tentasse copiar o desenho, ou pelo menos uma parte dele, como uma espada ou uma flor, mas Gustav começou a falar sobre os arranjos de gencianas que Emilie arrumava ao redor da fotografia de Erich Perle no Dia Nacional da Suíça e sobre como Emilie dizia que ele fora um herói.

Max soltou a caneta que tinha usado para desenhar e virou-se para Gustav.

"Conte-me mais sobre isso. Quem foi o seu pai?", perguntou.

"Ele era um policial, assistente-chefe no Quartel-General da Polícia de Matzlingen. Ele morreu quando eu era pequeno."

"Como ele morreu?"

"Não tenho certeza. Mutti disse que foram os judeus."

A pequena cozinha ficou em silêncio. Max Hodler balançou a cabeça, suspirou e se levantou. "Vou sair por um instante para pegar um ar", anunciou ele. "Veja se consegue copiar alguma coisa do desenho da Pradaria do Rütli, Gustav. Qualquer coisa; um rosto, uma mão, as pedras na grama. Sem pressa, só faça devagar e com cuidado."

Era inverno de novo, logo após a virada do ano, 1950. Gustav estava estudando com Max Hodler todo domingo havia três meses.

Sozinho em seu quarto, Gustav sentia falta de seu trenzinho. Ele havia nomeado todas as pessoas pintadas e sussurrava para elas durante as viagens no parapeito. Só de pensar que ele havia destruído e matado todas elas o cobria de vergonha.

Quando contou para Anton, o amigo disse: "Às vezes você precisa quebrar as coisas. Eu quebrei um metrônomo. Estava tentando tocar uma valsa de Chopin e não parava de errar, então quebrei o metrônomo idiota. Meu pai me bateu no bumbum com o cinto. Ele perguntou se eu queria deixá-lo doente de novo".

"Como você o deixaria doente de novo?"

"Quebrando o metrônomo, eu falei para você. Bem, de qualquer jeito, peça para sua Mutti comprar outro trem."

Mas Emilie não tinha dinheiro.

Cada vez mais, tarde da noite, ela bebia seus drinques de anis e rabiscava suas contas nas bordas do *Matzlingerzeitung*. Uma noite, ela disse para Gustav que começaram a circular rumores de que a cooperativa de queijo estava afundando, que a demanda de emmental havia caído agora que os franceses estavam produzindo tantas variedades de queijo, e era só uma questão de tempo até que a Cooperativa Matzlingen fechasse. "E então", disse Emilie, "o que vamos fazer?"

Gustav foi buscar os trabalhos que havia feito com Max Hodler — páginas de letras bem-feitas, parágrafos cuidadosamente escritos, desenhos de espadas, capacetes, flores e meninas ateando fogo ao próprio vestido — e os colocou na frente de Emilie, cobrindo seus cálculos rabiscados no jornal.

Ela arregalou os olhos, encarando os papéis, e tirou os óculos.

"Isso é trabalho seu?", perguntou ela.

"Sim, claro que é meu."

"Bem, não está ruim."

Gustav deixou sua mãe absorver a imagem das meninas em fogo, mas antes que ela pudesse comentar algo, ele disse: "Você pode economizar dinheiro agora, Mutti. Não preciso mais de Herr Hodler, meu trabalho está melhor".

Emilie virou o copo e bebeu todo o drinque de anis. Ela procurou por um cigarro e o acendeu com as mãos trêmulas. Gustav queria abraçá-la e encostar a cabeça em seu ombro, mas ele sabia que ela não gostaria disso; só queria seu drinque e o cigarro.

"Vamos ver", respondeu ela. "Algumas dessas coisas ainda estão bagunçadas. Precisamos ver o que o diretor vai dizer a respeito."

Herr Hodler ficou até a primavera. Agora, Gustav já sabia de cor a maioria das histórias de *Struwwelpeter* e assustava Anton ao recitá-las.

Weh! Jetzt geht es klipp und klapp
mit der Scher die Daumen ab,
mit der grossen scharfen Scher!
Hei! Da schreit der Konrad sehr.

Ele tinha uma vaga noção de como o país havia surgido. Conseguia fazer desenhos razoáveis de igrejas com tetos como chapéus de bruxas, e do urso de Berna, símbolo da cidade sobre a qual Anton ainda falava tanto.

E era possível dizer que Gustav começara a gostar de Max Hodler. Era possível dizer que aquele único palavrão, *scheisse*, havia aberto a porta para uma amizade. Quando chegou a hora de se despedir de Max Hodler, Gustav ficou triste ao dar tchau.

"Nós veremos um ao outro às vezes na escola", disse Max.

"Sim."

"Você deve continuar trabalhando duro."

"Sim."

"Deixe sua mãe orgulhosa."

"Sim."

Como presente de despedida para Max Hodler, Gustav fez uma cópia do mapa de Mittelland que decorava seu quarto. Ele pintou a terra de verde e os rios de azul. Espalhados pela terra estavam alguns animais, que poderiam ser íbex ou ovelhas cinza. Berna era um círculo preto com seu urso marrom de guarda. Perto de Matzlingen havia um queijo redondo com um pedaço cortado. Ao lado, Gustav escreveu: *Herr Max Hodler mora aqui.*

O que Gustav não sabia era que Emilie Perle não pagava Max Hodler desde fevereiro. Ele também não sabia que, só uma vez, Max foi cobrar o pagamento, mas Emilie havia repelido seus olhos de coelho, úmidos e suplicantes, e mandou-o embora sem nada. Quando Max se foi, o pagamento ainda não havia sido feito. Tudo que Max tinha de Emilie era uma nota promissória rabiscada.

O professor sentiu-se injustiçado. Ele havia trabalhado duro com Gustav e estava orgulhoso dos resultados, mas Emilie Perle estava sobrecarregada demais com seus problemas para sequer pensar sobre isso.

A cooperativa de queijo continuava aberta, mas diminuiu a produção em quarenta por cento e cortou pela metade o salário de todos os trabalhadores. Agora, Emilie só trabalhava três vezes por semana. Nos dias livres, ela andava por Matzlingen procurando por um novo emprego.

Mas algo brilhante parecia estar voltando para a vida de Gustav: era o brilho da luz que caía nos Campos Elíseos do rinque de patinação.

No final de abril, ele pôde dizer para Anton: "Eu posso ir patinar aos domingos de novo".

"Ah. Bem, agora não faz diferença."

"O quê?"

"Não importa mais."

"Como assim?"

"Bem, nós levamos Rudi Herens para patinar com a gente agora."

"Quem é Rudi Herens?"

"É um menino que mora no nosso prédio. Ele é um bom patinador, consegue fazer um *double-toe loop*."

"Quer dizer que você não quer que eu vá?"

"Quero, Gustav, mas três meninos pode ser demais para minha mãe. Ela me disse outro dia: três é demais."

Eles estavam no corredor da escola quando tiveram essa conversa. Gustav deixou Anton e saiu andando sozinho. Ele não sabia para onde ia; estava na hora da aula de geografia, mas não era para lá que Gustav estava indo.

Quando chegou no fim do corredor, ele entrou no banheiro, onde era sempre frio, mesmo no verão. Entrou em uma cabine e trancou a porta. Sentou-se, não na privada, mas no chão de azulejos, com as pernas encolhidas junto ao peito. Ele pensou no que Max Hodler disse sobre os cocos — a casca dura que protegia a polpa, no interior. Ele tentou imaginar essa casca crescendo ao seu redor, um escudo inquebrável, e examinou seus braços brancos e macios.

VISTAS DE DAVOS

Matzlingen, 1950-51

Algum tempo depois, quando Adriana Zwiebel foi buscar Anton na escola, ela viu Gustav jogando bugalha, um presente de Max Hodler, nos degraus. Ela saiu do carro e andou sorrindo até ele. Usava um vestido curto e solto, com estampa de tulipas coral. Seu cabelo estava solto e brilhava ao sol.

Gustav pegou os saquinhos e correu em direção a Adriana, ela se abaixou e o abraçou. "Como você está, Gustav?", perguntou.

"Bem, obrigado, Frau Zwiebel."

"Que bom", disse Adriana. "Mas Anton me disse que sua mãe perdeu algumas horas na fábrica de queijo. Que notícia triste."

"Sim."

"Eu gostaria de ajudar."

Gustav não sabia o que Adriana Zwiebel esperava que ele dissesse. Era difícil imaginar como ela poderia "ajudar" Emilie. Talvez nem ela soubesse como poderia ajudar, porque mudou de assunto de repente e disse: "Como vão suas aulas particulares?".

"Acabaram", disse Gustav. "Estou escrevendo melhor e consigo desenhar os homens da Pradaria de Rütli. Herr Hodler me deu esses saquinhos de presente pelo meu trabalho."

Ele mostrou os saquinhos que, mesmo com a poeira do pátio, ainda estavam novos em folha.

"Ah, que divertido!", exclamou Adriana. "Dizem que antigamente, em tempos difíceis, quando a Suíça era um país pobre, as crianças usavam ossinhos para brincar desse jogo."

Anton veio correndo e jogou os braços ao redor da mãe. Gustav observou os dois se abraçando. Ele esperava que agora falassem algo sobre a patinação, mas os dois ficaram se abraçando em silêncio.

Gustav continuou encarando. Ele queria ir embora com os dois para o apartamento na Fribourgstrasse e comer torta de cereja enquanto Anton tocava piano, mas Anton estava puxando sua mãe em direção ao carro.

"Espere aí, Anton", disse Adriana. "Eu estava falando para o Gustav que precisamos tentar achar um novo emprego para a mãe dele. Eu vou perguntar por aí. Ela estaria disposta a sair da fábrica de queijo para trabalhar em tempo integral em outro lugar?"

"Não sei", respondeu Gustav.

"A questão é que eu sei que empregos de meio período são difíceis de encontrar. Você acha que ela gostaria de trabalhar em uma floricultura? No lugar onde compro meus gerânios, comentaram que em breve vão precisar de alguém..."

Uma floricultura. O cheiro de rosas, fresco e úmido. As roupas de Emilie nunca mais cheirariam como casca de queijo. Gustav pensou que ela gostaria dessa sugestão, então balançou a cabeça.

"Ótimo! Eu irei lá e perguntarei. Anton dará a resposta a você."

"A resposta sobre o quê?", perguntou Anton, que não escutava a conversa, preocupado em procurar doces nos bolsos do vestido da mãe, mas só encontrou metade de uma carteira de cigarros franceses.

"Se há um trabalho para Frau Perle na floricultura da Valeria."

"Por que ela iria querer trabalhar lá?", questionou Anton. "Eu odeio ir naquela loja, lá é sempre frio!"

Adriana sorriu. "Eu acho que você não sabe muito sobre isso. Pessoas que trabalham com flores geralmente são felizes."

Ela pegou a mão de Anton e foram embora.

Quando Gustav chegou em casa, Emilie estava cozinhando um ensopado de legumes. A pequena cozinha cheirava a alho-poró. Ela explicou para Gustav que eles não podiam mais comprar carne, nem mesmo *bratwurst*,[1] que ele tanto adorava.

Ele foi até a janela da cozinha e ficou observando a Unter der Egg. Ele conseguia ver Frau Teller guardando sua barraca, e pensou no que Adriana havia dito sobre a vaga na floricultura da Valeria, mas sabia que não devia comentar agora.

"Eu estava vendo algumas fotos hoje", disse Emilie com alegria, "do seu pai e eu, quando fomos passar férias em Davos. Gostaria de ver?"

"Sim", respondeu Gustav. "Eu apareço nelas?"

Ele não aparecia. Ele estava no que seria sua *pré-vida*.

A primeira foto era de uma grande varanda com montanhas cobertas por neve ao fundo.

"Era a varanda do nosso hotel", contou Emilie. "Olha só quanto espaço. Era um ótimo estabelecimento, hotéis são lugares maravilhosos."

Em seguida, uma foto de Emilie sentada em uma cadeira de vime na mesma varanda. O sol brilhava em seu rosto, seu cabelo parecia limpo e macio, e ela sorria.

"Você está bonita aqui, Mutti", comentou Gustav.

"Estou? Bem, isso foi há muito tempo, em 1938. Antes da guerra. Aqui está o seu pai. Achávamos que teríamos uma vida boa."

Com as montanhas emoldurando a foto, Erich estava em pé, fumava um cachimbo, usava uma camisa branca e suspensórios na calça, e seu rosto parecia estar bronzeado.

As outras fotos eram quase todas daquilo que Emilie chamava de "a vista de Davos". Ela explicou para Gustav que esse já fora um dos lugares mais famosos do mundo para curar

---

1 Salsicha de origem alemã feita a partir de carne suína, bovina e também vitela. É bastante encontrada na culinária de rua, consumida com pão e mostarda alemã, ou cortada e temperada com um molho à base de ketchup e curry, chamado de *currywurst*.

tuberculose graças à qualidade do ar e às várias horas de sol. Pessoas viajavam milhares de quilômetros para chegar em Davos e serem curadas. Hospitais imensos foram construídos para acomodar todos que sofriam com a doença, que também era chamada de "tísica" — do grego, "o que consome" —, porque a doença vai consumindo o pulmão. Algumas pessoas ainda continuavam a visitar o lugar, pois Davos ficou para sempre conhecido como um lugar de cura.

Gustav voltou a procurar entre as "vistas de Davos'" por uma foto de Erich. Aqui estava ele de novo: sentado em um café, sorrindo, com uma jarra de cerveja à sua frente e um garçom com avental branco ao seu lado.

"Consegue ver os tipos de lugares que conseguíamos visitar?", disse Emilie. "Vê esse garçom, propriamente vestido? Nos sentíamos tão mimados e felizes. Seu pai não queria ir embora de Davos. Ele adiou nossas passagens de trem para ficarmos mais dois dias e, em nossa última noite, ele disse: 'Não se preocupe, tenho certeza de que voltaremos'. Davos era o lugar mais perfeito que já tínhamos conhecido. Todo dia era ensolarado, todo santo dia. Mas nunca voltamos para lá."

"Por que não?", quis saber Gustav.

"Tempo. Quando você é jovem, acha que sempre terá tempo para fazer tudo que quiser. Você não percebe o tempo passando, esse é o problema. Mas ele passa mesmo assim."

No final do ano, a cooperativa de queijo fechou as portas de vez. O leite dos vales ao redor de Matzlingen era enviado para outros lugares, para Burgdorf ou Lyss, até mesmo para Berna. As grandes máquinas nas quais Emilie e seus colegas tanto trabalharam foram desmontadas e movidas para um abrigo em frangalhos, onde chuva e vento começariam a enferrujá-las, e bodes as escalariam buscando o cheiro de coalhada no metal corroído.

Emilie foi visitar o pastor da Igreja Protestante de Sankt Johann em busca de mais trabalho e conseguiu um nas manhãs de segunda-feira, para limpar após os cultos de domingo. Mas ela odiava e contou para Gustav: "Você ficaria surpreso com a bagunça que as pessoas fazem na igreja. Às vezes, encontro hóstias meio mastigadas cuspidas no chão. E montes de confete empapado, parecendo vômito."

Foi nesse momento que Gustav mencionou a possível vaga na floricultura da Valeria.

"Como você sabe disso?", perguntou Emilie.

"Frau Zwiebel."

"Ah. Imagino que ela compre seus gerânios lá, não?"

"Sim, acho que sim."

"Bem, pode dizer a ela que eu não quero caridade."

"O que é caridade? É só um emprego. Outra pessoa já pode ter conseguido agora."

Emilie pareceu acalmar-se e disse: "Bem, de cavalo dado não se olham os dentes. Talvez você possa perguntar a Frau Zwiebel sobre a vaga, se encontrar com ela de novo".

Gustav disse que iria perguntar. Ele gostava de imaginar sua mãe cercada por plantas, rosas e lírios. Pensou se, quando agosto chegasse novamente, Valeria deixaria que ela pegasse arranjos de gencianas de graça e, da próxima vez que Emilie as colocasse ao lado da foto de Erich, poderia dizer para ele: "Estou trabalhando em um lugar melhor agora. Minhas roupas não cheiram a queijo".

Mas Emilie Perle não conseguiu o emprego na floricultura. Ela ficou doente.

LUDWIG

Matzlingen, 1951

Durante dias, Emilie ficou de cama no apartamento na Unter der Egg, tossindo, tremendo e suando. Gustav precisou avisá-la que não havia mais comida na despensa. Ela lhe deu alguns francos e o mandou comprar legumes e verduras baratos.

"Só descasque, coloque em uma panela com água e deixe ferver, Gustav. Depois me traga uma tigela do caldo", orientou Emilie.

Gustav se sentiu orgulhoso por ter feito tudo isso — comprar alhos-porós, cenouras e cebolas, descascar, cortar, acender o fogo e colocar a panela pesada no fogão. Ele vestiu um dos aventais de Emilie. Ligou o rádio e achou uma estação de jazz, e tentou acompanhar o ritmo do saxofone com a colher de pau.

"O que é esse barulho horrível?", gritou Emilie da cama. "Desligue isso!"

Ele se sentou na cama e tentou alimentá-la com uma colher. Foi quando notou seus lábios secos e rachados. Ela disse que estava quente demais e fechou os olhos. Ele ficou parado, confuso. Um cheiro acre e familiar, sobre o qual Gustav não queria pensar a respeito, encheu o quarto. Ele não sabia se devia tentar de novo ou sair de fininho e deixar a mãe dormir. Ele sabia que, cada vez mais na vida, dormir era uma das coisas favoritas de Mutti.

Gustav voltou a mexer o caldo. Ele notou uma vespa no vidro da janela e esperava que ela não fosse até a cama picar Emilie, tentando beber a umidade de seu rosto. Acordou-a, a mão tocando levemente na bochecha macia, e ela tomou um pouco mais de caldo. Logo em seguida, disse: "Não consigo. Estou doente demais. Vá encontrar Frau Krams, Gustav. Diga a ela para chamar uma ambulância".

Frau Krams era a zeladora do prédio na Unter der Egg. Ela tinha um filho peculiar chamado Ludwig, que tinha idade suficiente para arranjar um emprego ou entrar para o exército, mas que ficava nos corredores e escadas, cantarolando e fazendo pequenos serviços para os moradores em troca de pequenas quantias, pagas como se fossem esmola. Emilie Perle dizia que Ludwig Krams era "uma desgraça para os valores suíços". Apesar de tudo, ele gostava de crianças. Sempre que via Gustav, bagunçava seu cabelo e dizia: "Como vai, garotinho? Venha conversar comigo, conte-me como o mundo tem tratado você".

Gustav bateu à porta de Frau Krams e Ludwig abriu, fumando um cigarro. "Como vai o universo?", perguntou.

"Não muito bem", respondeu Gustav. "Minha mãe está doente. Ela precisa de uma ambulância."

"Ah, ambulâncias, hospitais... Não vamos falar sobre isso. Que tal jogarmos uma partida de bugalha?"

"Eu não tenho os meus saquinhos aqui."

"Que pena, garoto. Você pode ir pegá-los?"

"Agora não. Precisamos pedir uma ambulância para a Mutti."

Gustav esperou. Ludwig continuou fumando seu cigarro. O menino viu Frau Krams no fundo da sala enrolando lã nas costas de uma cadeira. Ela se levantou e foi até a porta, tirando Ludwig do caminho. "Uma ambulância, Gustav? Eu ouvi certo? O que aconteceu?"

Gustav contou que sua mãe estava de cama e fraca demais para se mexer, e talvez tenha molhado a cama mais de uma vez. Frau Krams levou as mãos à boca. *Mein Gott!*

Ela seguiu Gustav pelas escadas. Ludwig queria ir junto, mas Frau Krams mandou que voltasse.

Quando chegaram no apartamento, o tamanho de Frau Krams, a maneira como seu corpo parecia preencher a entrada, foi reconfortante para Gustav. Enquanto mostrava o caminho para o quarto de Emilie, percebeu que se sentia muito cansado, como se a doença de Emilie houvesse passado para ele.

Ele viu Frau Krams se curvar sobre Emilie e passar a mão na bochecha quente. O cheiro de urina estava forte. Frau Krams afastou o edredom verde da cama, tirou o resto das cobertas e carregou Emilie, leve como uma criança, e a colocou na poltrona com o edredom bem enrolado ao seu redor.

"Desculpe...", começou Emilie.

"Não tem por que se desculpar", respondeu Frau Krams.

Ela juntou os lençóis manchados, abriu a janela e disse a Gustav que enchesse a banheira de água, colocasse desinfetante e deixasse os lençóis de molho.

"Quando terminar, volte aqui e sente-se com sua mãe. Eu vou descer e chamar a ambulância. Pode ser pneumonia."

"Ou pode ser tuberculose", sugeriu Gustav.

"O quê?"

"Eu sei sobre tuberculose. E aí a Mutti vai ter que ir para Davos."

Frau Krams encarou Gustav, que segurava o embolado de lençóis ensopados de urina. Ela balançou a cabeça. "Não, não. Eu acho que não, querido. Agora, espere aqui. Eu vou trazer os paramédicos."

Gustav abriu a torneira de água quente, achou o desinfetante que Emilie usava para limpar o banheiro e colocou tudo na banheira. A água estava cheia de bolhas, como se fosse ácido. Os vapores que subiam deixaram Gustav enjoado. Ele esperou até que a banheira estivesse cheia e foi até Emilie, que estava de lado na cadeira com a cabeça apoiada no peito. Naquele momento ela parecia muito estranha, toda enrolada no edredom verde. Para Gustav, ela parecia um bicho-da-seda. Seu rosto estava pálido, mas com duas manchas rosadas em suas bochechas, como os machucados que um bicho-da-seda poderia ter tido ao cair no chão da escola.

Havia outra cadeira no quarto de Emilie, uma que viera com ela para a Unter der Egg da vida antiga na Fribourgstrasse. Gustav empurrou a cadeira para ficar ao lado de Emilie, sentou-se e observou a mãe. Nesse momento, ele viu como ela estava magra e irritada, e se perguntou se, de alguma forma desconhecida, a culpa era dele. Ele esticou o braço e tocou no ombro de Emilie, com a alça da camisola aparecendo logo acima da borda do edredom. Ele acariciou de leve, sentindo a clavícula dura, e desejou que ela não estivesse doente, para poder sentar no colo da mãe e ser abraçado até dormir.

Quando Frau Krams voltou com os paramédicos, Emilie foi colocada em uma cadeira de rodas e manobrada para o minúsculo elevador. Gustav ajudou Frau Krams a fazer uma mala com uma camisola limpa, xampu, escova de dentes, a bolsa rasgada de Emilie e uma fotografia de Erich Perle. Frau Krams explicou para Gustav que ela iria para o hospital com Emilie e que estaria de volta na hora do jantar. Ela disse para ele ficar com Ludwig até sua volta.

Ludwig estava bebendo.

"Vodca é legal, mas não conta para ninguém, tá, Gustavus?", confidenciou ele.

Gustav acomodou-se no sofá duro na sala de Frau Krams. Ele tirou os sapatos, colocou as pernas no sofá e em pouco tempo adormeceu, ao som do pequeno aquecedor a gás estalando enquanto anoitecia.

Quando acordou, era de manhã.

Um cobertor branco e vermelho, como a bandeira da Suíça, o cobria. Ele se embrulhou todo no cobertor, lembrando que precisava ser protegido.

Ele conseguia ouvir Ludwig cantarolando na cozinha. O aquecedor estava desligado e a luz do sol entrava por uma janela pequena. Ele sabia que sua mãe estava no hospital e que ele estava no apartamento dos Krams. Começou a se perguntar se estava na hora de ir para a escola.

Ludwig foi até Gustav e começou a fazer cócegas nele, rindo, e com as risadas veio o cheiro de vodca.

"Acorde, seu menino terrível!", disse Ludwig. Ele fazia Gustav lembrar-se de um dos castigos de *Struwwelpeter*.

"Eu não sou terrível", respondeu Gustav.

"É, sim. Eu vou fazer cócegas até você gritar!"

"Eu nunca grito."

"Eu vou fazer você gritar."

"Não vai conseguir."

"Ok, então. Largue esse cobertor. É o meu cobertor, meu favorito, mas eu deixei que você usasse. Não foi gentil da minha parte? Agora vamos tomar chocolate quente e comer pão com picles."

Ludwig e Gustav sentaram-se à mesa na sala, coberta com uma toalha de linóleo amarela. Ludwig ferveu o leite para o chocolate quente e preparou um prato com pão, manteiga e picles de cebola. Gustav começou a comer. Como gostaria de um prato cheio de *bratwurst* e batata cozida... Finalmente, ele perguntou para Ludwig: "Por que sua mãe ainda não voltou?".

Ludwig estremeceu. "Hospitais. Eles sequestram você. Eu fui sequestrado, amarrado em uma cama e me deram choques na cabeça."

"Por quê?", perguntou Gustav.

"Quem sabe? Esse é o problema com o mundo, Gustavus: você nunca sabe por que as coisas são como são."

Gustav bebeu até as borras do chocolate quente. "Sua mãe disse que voltaria na hora do jantar, mas já é hora do café."

"Sim. Espero que não estejam dando choques na cabeça dela. Quer ir para o meu quarto? Posso mostrar meus brinquedos para você."

"Brinquedos?"

"Sim, as coisas com as quais eu brinco."

"Acho que eu deveria ir para a escola."

"Se você for eu vou ficar sozinho, menino."

O quarto era quase tão pequeno quanto o de Gustav e estava cheio de coisas que os outros moradores jogavam fora, mas que Ludwig havia decidido guardar: espreguiçadeiras desbotadas, imagens de Jesus, um cavalo de balanço quebrado, uma tesoura de jardinagem enferrujada, vasos de plantas, um berço, uma cesta de piquenique, um pote de doces, revistas, dois regadores, um carrinho de brinquedo, um conjunto de almofadas brocadas...

Gustav encarou tudo aquilo. Mal havia espaço para Ludwig entrar e sair da cama estreita com a montanha de objetos ao lado.

"Com o que você quer brincar?", perguntou Ludwig. "Com o cavalo de balanço?"

"Sim."

Ludwig passou por cima das espreguiçadeiras e da cesta de piquenique para chegar até o cavalo. Quando o levantou, algo caiu de uma pilha de almofadas: o trenzinho quebrado de Gustav.

A visão do brinquedo o deixou estático. "Meu trenzinho! Meu trenzinho! Me dá aqui, Ludwig!", gritou Gustav.

Ludwig pegou o trenzinho. "É meu agora", disse ele. "Eu o encontrei no lixo."

"Mutti jogou fora, não eu. Eu não queria ter quebrado, só estava com raiva na hora. Por favor, me devolve."

"Não, você não pode pegar de volta."

"Por favor, *por favor*, Ludwig!"

Ludwig segurou o trem de cabeça para baixo. Se as pessoas nos vagões fosse peças soltas em vez de pintadas, teriam caído. Ele encarou Gustav, e seu rosto pálido parecia ter corado de repente. Ele colocou o trem no chão, fora do alcance de Gustav.

"Eu tive uma boa ideia.".

"Me devolve o meu trem!"

"Eu devolvo se você concordar com a minha ideia, ok?"

"Não. Eu não sei o que é."

"Bem, é legal. Muitas pessoas fazem. Fizeram no hospital onde me deram choques. Todo mundo faz o tempo todo."

"O que é?"

"Aqui, dá uma olhada nisso, garotinho."

Ludwig abriu o zíper da calça, colocou seu pênis para fora e começou a acariciá-lo.

"Você pode ficar com o trem *se...*"

Gustav ficou imóvel. "Se o quê?"

"Venha cá. Pegue no meu pau e acaricie assim, como eu estou fazendo."

"Eu não quero."

"Pode esquecer o seu trem, então. Vem cá e pegue. Eu disse, é legal, podemos nos divertir. Ninguém vai ficar sabendo. E eu sou o super-homem do sexo. É assim que me chamavam no hospital. Era só me tocar que eu gozava."

Gustav começou a se sentir gelado. Ele desviou o olhar de Ludwig para o trem em cima do berço. Com o rosto cada vez mais vermelho, Ludwig avançou e puxou Gustav para mais perto. Gustav caiu por cima do cavalo de balanço e machucou a canela, mas Ludwig agarrou a mão dele e começou a guiá-la em direção ao seu pênis, agora maior e mais largo, mas naquele momento Gustav ouviu o barulho de chaves abrindo a porta da frente, e sabia que devia ser Frau Krams.

"*Scheisse!*", murmurou Ludwig, que virou de costas para Gustav e começou a se tocar com mais agressividade. "Saia daqui! Vá até minha mãe. Feche a porta!", sibilou ele.

Gustav queria pegar o trem, mas não ousou tentar. Saiu do quarto de Ludwig em direção à sala, onde ainda estavam os restos do café da manhã. Frau Krams já havia começado a limpar a mesa, mas sentou-se ao ver Gustav.

"Por que você não está na escola?", perguntou ela.

Gustav percebeu que não conseguia falar. Estava tremendo. O machucado na canela mandava ondas de dor pela perna. Finalmente, ele conseguiu formar uma pergunta: "Como está Mutti?".

Frau Krams alcançou sua bolsa, pegou um cigarro e o acendeu. Seus olhos estavam cansados. Ela suspirou e respondeu: "Como receava, é pneumonia, Gustav. Fiquei acordada a noite inteira, pois parecia muito incerto se ela resistiria. Queria que ela soubesse que havia alguém ali com ela".

"Foi muito gentil da sua parte, Frau Krams. Ela está vindo para casa?"

"Não, querido, não por um bom tempo. Ela tem que ficar mais forte antes de voltar. Escuta, precisamos pensar em você. Tem alguma tia ou avó que pode ficar com você?"

"Não", respondeu Gustav.

Frau Krams esfregou os olhos. "Nesse caso, acho que posso cuidar de você por um tempo. Podemos tentar arrumar o quarto de Ludwig e colocar um colchão para você."

Gustav sacudiu a cabeça. Não.

"Eu não culpo você", disse Frau Krams. "Você não quer dormir com regadores e espreguiçadeiras. Então o que faremos?"

SOLO

Matzlingen, 1951

Gustav sentou-se ao lado da banheira, encarando a água com desinfetante e os lençóis sujos. Frau Krams disse para levá-los até o porão, em um pequeno pedaço de concreto onde a máquina de lavar comunal ficava, mas ele sabia que seria pesado demais para carregar. Gustav questionou quão forte deveria ser, agora que tinha quase dez anos.

Ele saiu do banheiro e foi até a cozinha, onde encontrou o resto do ensopado de verduras no fogão, mas ele não estava com uma aparência boa para comer. Os alhos-porós brancos flutuando lhe lembraram o pênis terrivelmente longo na mão de Ludwig. Gustav jogou o ensopado ralo abaixo, tentando não vomitar quando viu um alho-poró entupindo a passagem da água. Imaginou que se fosse qualquer outro menino, teria começado a chorar ou se lamentar, mas não era: ele era Gustav Perle. Ele seria *mestre de si mesmo* — por Mutti, por seu falecido pai, por Anton, que chorava demais, por todas as coisas bonitas e raras do mundo, como o sol na varanda em Davos. Ele pegou o alho-poró gosmento e o jogou no lixo.

Lavou o rosto e as mãos, trocou de roupa e foi andando para a escola. Gustav não sabia que horas eram, então perguntou a Frau Teller na barraca de flores, que disse: "Só sei que hoje é quarta-feira, Gustav".

Quando chegou na escola, as aulas estavam começando. Foi até sua sala e sentou-se na carteira, e a sensação conhecida do móvel de madeira foi reconfortante. Era como se essa fosse a única coisa naquilo que Ludwig chamava de "universo" que não havia mudado nas últimas vinte e quatro horas.

Gustav segurou firme na carteira e decidiu que depois da aula pegaria dinheiro emprestado e tomaria o bonde para visitar Emilie no hospital. Ele esperava encontrá-la em uma cama limpa e com os cabelos lavados e penteados.

Ele sussurrou para Anton: "Mutti está com pneumonia".

"O que é pneumonia?"

"É como tuberculose. Ela quase morreu à noite."

"*Morrer* de verdade?"

"Sim."

"O que você ia fazer se ela morresse?"

"Eu ia ficar só", concluiu Gustav.

Na hora do recreio, Anton contou para Gustav que seu professor de piano, Herr Edelstein, o inscreveu no Campeonato Infantil Nacional de Piano, em Berna. Ele iria tocar "La Cathédrale Engloutie", de Debussy.

"Quando?", quis saber Gustav.

"No verão, antes das nossas férias nas montanhas, mas tem as eliminatórias primeiro."

"O que são eliminatórias?"

"São como a primeira e a segunda rodada. Você precisa ir para Berna e tocar para dois dos juízes. Se você for bom o suficiente, depois de duas rodadas, você entra na competição."

"E o que acontece se não for bom o suficiente?"

"Eu vou ser, Gustav. Talvez você possa ir a Berna para assistir quando eu tocar!"

Gustav gostou de imaginar Anton no palco em um grande auditório, só ele e um piano de cauda preto, aberto, parecendo um grande coração. Ele desejava persuadir Emilie a levá-lo, assim ela também poderia ouvir Anton tocando.

Fazia frio no pátio da escola. Gustav queria contar para Anton o que Ludwig havia feito, assim poderia compartilhar a repulsa e não ter aquilo escondido em sua memória, como uma minhoca cavando na terra. Porém, só a ideia de descrever o que aconteceu o deixou enjoado.

Gustav se perguntou se Anton acharia que *ele* tinha sido o culpado, de algum jeito, e se distanciaria. Não era difícil imaginar Anton saindo de perto e indo contar aos outros meninos que Gustav Perle fez algo nojento. Naquela hora, percebeu que guardaria esse segredo para si e não contaria para ninguém — *nunca*.

Em vez disso, ouviu a empolgação de Anton com a competição de piano. Anton falou: "Talvez seja assustador tocar na frente de tantas pessoas. Minha mãe disse que tem um remédio que posso tomar para não ficar nervoso. Ela disse que eu preciso me acostumar, porque tudo indica que essa vai ser a minha carreira, ser um pianista".

"Como ela sabe?"

"Porque eu sou um 'prodígio'. Isso quer dizer que eu sou melhor tocando do que a maioria das pessoas da minha idade. Então, quando eu tiver dezoito anos, pode ser que eu esteja tocando em grandes recitais em Paris, Genebra e Nova York, entende?"

"Grandes recitais?"

"Claro. Minha mãe diz que mesmo na nossa idade temos que pensar o que vamos fazer na vida. O que você vai fazer, Gustav?"

Gustav virou o rosto. Em sua mente veio a imagem de si mesmo, de quatro, na Igreja Protestante de Sankt Johann, procurando por míseros tesouros sob a grade de metal. E como era fácil imaginar isso no futuro, já que não havia futuro para ele, somente isto: um homem rastejando, envelhecendo, ano após ano, procurando por coisas que outras pessoas deixaram para trás.

"Eu não sei o que eu vou fazer", respondeu.

Gustav procurou por Herr Hodler depois da aula. Max Hodler agora usava óculos que faziam sombra em seus olhos de coelho e o deixavam com cara de mais velho — e um pouco mais belo do que de fato era. Quando contou sobre a doença de Emilie Perle, Max disse: "Deus do céu, Gustav. Isso é terrível".

Ele deu um caramelo para Gustav e colocou outro em sua boca. Ficaram sentados na abarrotada sala dos professores, comendo caramelos em silêncio.

Finalmente, Max Hodler perguntou: "Quem está cuidando de você?".

"Eu estou bem. Se você puder me emprestar um pouco de dinheiro para o bonde, eu posso ir visitar a Mutti."

"Claro. Você está indo agora? Eu vou com você."

Gustav fez sinal negativo com a cabeça. "A Mutti pode não querer ver ninguém", disse ao se lembrar dos lençóis cobertos de urina e do suor no rosto de Emilie.

"Tudo bem, eu posso esperar no corredor", disse Max.

"Eu posso ir sozinho. É o bonde 13."

Foi difícil encontrar Emilie no hospital. Gustav perambulou pelas alas observando todos os doentes e começava a sentir-se cansado de novo e com muita fome. Viu o carrinho de comida sendo empurrado e perguntou à atendente se poderia pegar um pedaço de pão. Sem esperar pela resposta, ele esticou o braço, mas a atendente deu um tapa em sua mão: "Fique longe da comida dos meus pacientes! O que você está fazendo aqui, menino? Você veio da ala infantil?".

Ele voltou por todos os quartos que havia passado até chegar em uma recepção onde uma enfermeira-chefe, com um chapéu branco e perfeito, como se fosse algum tipo de Uniforme Nacional da Suíça, estava.

"E então? O que você quer?", disparou ela.

Gustav deu o nome de Emilie: Frau Perle — nunca "Emilie" para estranhos. A enfermeira-chefe chamou uma jovem enfermeira, a quem Gustav seguiu, revisitando as alas lotadas, passando pelo carrinho de comida, até chegar em um corredor escuro e silencioso. A enfermeira abriu a porta que levava a um quarto minúsculo com uma lâmpada azul.

Gustav entrou. Sob a luz azul, quase não reconheceu o corpo de Emilie na cama de metal. Havia tubos espetados em seus braços, conectados a uma bolsa presa em um pequeno suporte. Outro tubo entrava em seu nariz. Seus olhos estavam fechados, e sua respiração era alta, como um ronco.

Havia uma cadeira ao lado da cama, onde Gustav se sentou. Ele queria pegar na mão de Emilie, mas tinha medo de mexer nos tubos, então deixou as mãos no colo e disse: "Mutti, consegue me escutar?".

Ela não conseguia. Estava naquele lugar, uma espécie de lago escuro e silencioso, para onde as pessoas iam quando estavam dormindo. De vez em quando, Gustav ouvia passos no corredor, mas ninguém entrava no quarto. Ele ficou sentado, imóvel, iluminado pela lâmpada azul. O tom azulado do quarto o fez sentir-se solitário. O pensamento de tirar os lençóis da banheira com desinfetante e levá-los até a máquina de lavar no porão pesava em sua memória.

Ele se perguntou quantas outras tarefas Mutti fazia por dia para garantir que eles tivessem uma vida controlada, com os chãos limpos e livres de ratos, e com travesseiros secos e macios. Então decidiu que essa era sua missão agora: aprender a manter o apartamento arrumado para a volta de Emilie.

Gustav sabia como limpar a Igreja Protestante de Sankt Johann, será que era tão simples quanto aquilo? Ele limparia o apartamento como a nave e os bancos da igreja, com um esfregão e o lustra-móveis e um batedor de tapete. Iria procurar por moedas em sua caixa de tesouros e esperava conseguir comprar comida e violetas para o quarto de Emilie.

Ele se recusou a pensar em Ludwig, mas lembrou-se com um aperto no coração de que Frau Krams tinha uma chave do apartamento. Ludwig poderia simplesmente pegar a chave e ir até ele, no meio da noite, segurando seu pênis. Gustav desejou ser dono de um cachorro feroz que pudesse arrancar fora o pênis de Ludwig com uma mordida — como o homem das tesouras cortou fora os polegares de Konrad (*klipp und klapp!*) —, deixando o jovem gritando como um morcego e sangrando no chão.

Antes de sair do quarto azul, Gustav encontrou uma prancheta com um lápis pendurado na beirada da cama de Mutti e escreveu:

QUERIDA Mutti, Não se preocupe comigo. Os Zwiebel vão cuidar de mim. Beijo, Gustav.

Quando voltou ao apartamento, Gustav começou a procurar por comida. Encontrou uma lata de sopa de tomate — a última lata nos armários — e esquentou no fogão. Ele sabia que devia guardar um pouco para o café da manhã e para o jantar do dia seguinte, mas estava com tanta fome que tomou tudo.

Contou o dinheiro em sua caixa de tesouros. Três francos e vinte centavos. Gustav se perguntou se alguém vendia *bratwurst* por menos do que isso. Em seguida se perguntou se conseguiria sobreviver com uma refeição por dia: seus almoços na escola, que geralmente eram bolinhos de batata com um pouco de carne e molho.

Ele lembrou o que Max Hodler havia dito sobre como a Suíça se tornou uma nação por um ato de vontade, uma *willensnation*. E Max disse que todas as crianças suíças deveriam se lembrar disso e tentar ser fortes e perseverantes, como os homens da Pradaria de Rütli, e como os generais de guerra, centenas de anos depois, que defenderam a neutralidade da Suíça.

Porém, Gustav já sabia que, quando a questão era fome, sua força de vontade era pouca. Ele não entendia como poderia ser diferente.

Ele prometeu a si mesmo que, antes de dormir, tentaria arrastar os lençóis desinfetados até o porão. Deixou a água escorrer e entrou na banheira para pisar nos lençóis e tentar tirar um pouco da umidade. Sentiu um ardor nos pés.

No armário de vassouras de Emilie, encontrou o carrinho em que ela costumava empurrá-lo quando ele era bebê. Manobrou o carrinho até o banheiro, colocou os lençóis dentro e levou até o elevador. Os lençóis deixaram gotas e poças no chão de azulejos por todo o caminho.

Quando chegou ao porão, estava tudo escuro. O interruptor de luz era alto demais para que o menino o alcançasse. Gustav ficou no escuro, sentindo o cheiro da umidade do lugar e o odor acre dos lençóis. Ele sabia que, se não fosse por Ludwig, bateria à porta de Frau Krams para pedir ajuda, mas estava com medo demais.

Gustav ficou em pé, parado, por um bom tempo. Começou a ficar preocupado que Ludwig aparecesse, fechasse a porta do porão e trancasse os dois ali, sozinhos. Ele não sabia mais o que fazer além de empurrar os lençóis até perto da máquina de lavar e deixá-los ali até a manhã seguinte.

Agora, ele estava fazendo uma barreira na porta do apartamento. Ele pegou uma cadeira e a prensou contra uma prateleira que Emilie havia tirado de seu guarda-roupa. Em seguida, pegou todos os potes e panelas, um por um, e empilhou em cima e ao redor da cadeira. Sabia que a porta ainda podia ser aberta, mas se Ludwig tentasse entrar, pelo menos ouviria o barulho e poderia correr para o banheiro e se trancar lá.

Quando terminou a barreira, Gustav estava tão cansado que achou que iria desmaiar. Queria tomar um banho e se limpar de tudo que acontecera nas últimas vinte e quatro horas, mas tinha medo de escorregar na banheira e se afogar. Resolveu só tirar as roupas e ir para a cama. Ele rezou por Emilie e caiu no sono.

FARMÁCIA

Matzlingen e Berna, 1951

Gustav se acostumou a viver só com os almoços da escola e os pacotes de comida dados por Max Hodler. Quase sempre, Max colocava uma lata de *bratwurst* no pacote, que Gustav abraçava antes de abrir. Ele achava que Max Hodler era provavelmente o homem mais gentil da Suíça.

Às vezes, ele era convidado para tomar chá com Anton e Adriana no número 77 da Fribourgstrasse, onde ele se enchia de torta de cereja e biscoitos florentinos e ouvia Anton praticar para a competição de piano. Ele contou para Anton que não conseguia se concentrar em Debussy muito bem, assim como não conseguia mais prestar atenção nas aulas de história, nem mesmo nas de matemática. Só conseguia pensar em comida. Ele achou que, quando dissesse isso, Anton diria: "Por que você não vem morar conosco, então?".

Mas Anton só deu a volta no piano e disse: "Bem, quer saber, durante a guerra, milhões de judeus foram para campos de concentração onde morreram de fome. Pelo menos você não está passando fome, Gustav".

"Por que eles morreram de fome?"

"Porque os judeus eram odiados. Foi o que o papai disse. Eles eram odiados pelo mundo inteiro."

"Eu não os odeio."

"Eu sei que não, mas muitas pessoas odeiam, como a sua mãe."

Era um sábado de manhã no início do verão quando Emilie Perle voltou para o apartamento. Ela ficou parada na porta e olhava ao redor, surpresa.

"Está com um cheiro de limpo", comentou ela. "Imagino que Frau Krams arrumou tudo para mim, não foi? Tenho que lembrar de agradecer."

"Não", respondeu Gustav. "Ela só me ajudou a lavar e passar as roupas. Eu lavei o chão, tirei o pó e tudo o mais. Coloquei lençóis limpos na sua cama."

Emilie se sentou e observou Gustav. "Você está mais magro."

"Estou bem."

"Eu não estava me preocupando. Você me disse no bilhete que os Zwiebel estavam cuidando de você."

"Ah, sim. Eles cuidaram", mentiu Gustav. "E algo empolgante aconteceu com Anton. Ele foi selecionado para uma competição infantil de piano em Berna. Ele tinha que passar pelas eliminatórias, mas conseguiu. Ele vai tocar Debussy no Kornhaus."

"Ah. Bem, isso é ótimo", respondeu Emilie.

"Você pode ir comigo para Berna e ouvir ele tocar."

"Eu acho que não. Primeiro vamos cuidar do mais importante."

Ela começou a andar pelo apartamento. Seu cabelo estava recém-lavado e preso com um grampo de cabelo. "Quando você fica doente por muito tempo, tudo parece estranho, como se nunca tivesse visto."

"Quer comer alguma coisa, Mutti?"

"O que temos para comer?", quis saber Emilie.

"Uma lata de *bratwurst* e outra de chucrute. E um pedaço de torta de cereja que guardei do último chá com os Zwiebel."

"Parece bom. Tudo que davam no hospital era sopa e mais sopa."

Gustav escolheu uma bandeja, cobriu com uma toalha de chá limpa e colocou um copo d'água ao lado do prato de *bratwurst* com chucrute, e um guardanapo. Ele gostaria de ter um pequeno arranjo de flores para dispor ao lado. Ainda assim, a imagem da bandeja com a comida o deixou feliz.

Emilie sorriu ao pegar a bandeja. Era a primeira vez que Gustav a via sorrindo em um bom tempo. Queria perguntar se tudo ficaria bem a partir de agora, se ela acharia um emprego e conseguiria dinheiro, se tudo seria como era antes, com as meias-calças penduradas no varal sobre a banheira e *knödel* fresquinho para o jantar às segundas-feiras. Contudo, achou que Emilie não saberia responder.

Ela começou a comer e, entre garfadas, olhou para Gustav e disse: "Seu cabelo está comprido demais".

Emilie conseguiu um emprego em uma farmácia no centro da cidade. Recebeu um uniforme azul-claro para usar por cima de suas blusas e saias desbotadas. Ela disse para Gustav: "A farmácia suíça é a mais avançada do mundo. Vendemos remédios que não podem ser encontrados em lugar nenhum".

Ela explicou que não podia vendê-los por conta própria. Ela não tinha o "conhecimento necessário". Todos os pedidos precisavam ser checados por um farmacêutico. Ela podia vender sabão, aspirina, pastilhas para tosse, ataduras e antissépticos, mas nada muito além disso. "Mas meu trabalho é importante. Sou eu quem verifica se as prateleiras estão bem estocadas, se algo importante não está em falta. E eu ajudo as pessoas a encontrar as coisas", explicou ela.

Quando Gustav foi à farmácia depois da aula, sentiu-se orgulhoso de Emilie. Ela estava segura de si mesma com seu uniforme azul. Andava rápido pela loja com seus sapatos brancos limpos, em vez de arrastar os pés como fazia no apartamento ou quando trabalhava na cooperativa de queijo. Ela sorria para os clientes.

O salário era medíocre, mas era o suficiente. Emilie e Gustav nunca mais precisaram limpar a Igreja Protestante de Sankt Johann. Havia *nusstorte* às vezes para o chá, e pequenos pedaços de carne assada aos domingos.

A competição de piano aconteceu no fim de junho.

Ficou combinado que Gustav iria com os Zwiebel de carro para Berna na noite anterior, e os meninos poderiam ficar acordados até a hora da ceia no restaurante do hotel. Não houve menção de convite para Emilie.

Anton iria competir na categoria "8-10 anos", e eles tocariam pela manhã. Havia quatro outros competidores nessa categoria: três meninos e uma menina. Quando Anton explicou isso para Gustav, disse: "Só agora percebi que talvez eu não ganhe".

Gustav já ouvira seu amigo tocar "La Cathédrale Engloutie" várias vezes, mas não sabia dizer se os outros meninos — ou a única menina — eram algum outro tipo de "prodígio" mais prodigioso do que Anton, e se seria um deles que levaria o troféu e a faixa de vencedor em seu corpo pequenino. Ele temia que isso acontecesse.

"O que você vai fazer se não vencer?", perguntou Gustav.

"Não sei", ponderou Anton. "Talvez eu quebre um metrônomo."

Gustav convenceu Emilie a comprar uma jaqueta nova para que ele usasse na viagem para Berna. Ele imaginava a capital da Suíça como uma imagem que vira uma vez dos Jardins Suspensos da Babilônia, com torres e domos, e aves-do-paraíso empoleiradas nas árvores. Ele não queria parecer um pedinte em um lugar tão grandioso.

Quando chegaram no carro de Herr Zwiebel, ele viu que Berna não era o que esperava. Era uma cidade com construções telhadas e grandes edifícios de pedra, portais grandiosos, estátuas pintadas e mil bandeiras balançando com a brisa forte de junho. Ao longo das ruas, todos corriam apressadamente — carros, bondes, pessoas —, como se estivessem impacientes para chegar em algum outro lugar. O ar estava carregado com o barulho do trânsito e dos sinos. Era o tipo de lugar que Gustav tinha dificuldades para entender. Tudo que ele conhecia no mundo até então era Matzlingen.

À medida que dirigiam por uma rua estreita em direção ao hotel, Gustav olhou para Anton e viu que o rosto do amigo estava pálido e havia suor em seus lábios.

"Frau Zwiebel", disse Gustav, "acho que Anton está passando mal."

Adriana se virou no banco do passageiro e olhou para Anton. "Pare o carro, Armin!", gritou ela. O carro parou de forma brusca em frente a um salão de beleza. Adriana saiu do carro correndo, deu a volta e abriu a porta para Anton, que, ao sair, vomitou na calçada. Adriana segurou sua testa carinhosamente. Armin Zwiebel afastou o rosto da cena perturbadora.

"Muito bem, Gustav", aplaudiu ele. "Você salvou a parte de dentro do meu carro. Nós tínhamos um cachorro que vomitou na minha Mercedes antiga e eu nunca consegui me livrar do cheiro."

Anton continuou vomitando por um tempo. Uma mulher recém-penteada saiu do salão e, horrorizada, se afastou o mais rápido que seus saltos altos permitiram. Herr Zwiebel acendeu um cigarro. "Eu acredito que são os nervos. Minha esposa trouxe algo para isso."

"Anton vai vencer?", perguntou Gustav.

"Não", respondeu Armin Zwiebel.

"Como você sabe, senhor?"

"Eu simplesmente sei. Ele é muito talentoso, mas muito frágil para competições. Ansioso demais."

"Ele passou pelas eliminatórias."

"Sim. Elas aconteceram em pequenas salas de ensaio, não em um grande palco. Ele não conseguirá tocar bem no Kornhaus."

De alguma forma, Gustav se sentiu aliviado que Herr Zwiebel não esperava que Anton fosse vencer. Ele achou que isso criou um momento de união entre os dois — o banqueiro judeu e o filho do policial morto —, porque sabia, agora que havia decidido dentro de sua mente, que Anton iria perder.

Ele se envergonhava de pensar assim do amigo, mas agora que sabia que Herr Zwiebel pensava da mesma forma, a vergonha havia sumido. Eles ficaram sentados em silêncio no carro. Ambos sabiam que o que precisavam fazer agora era ajudar Anton a resistir às próximas vinte e quatro horas.

O restaurante do hotel parecia uma grande gaiola de vidro cheia de flores e palmeiras. As barras e o teto da gaiola eram feitos com treliça de aço branco. Acima do vidro, uma lua cheia atravessava o céu e se escondia atrás das nuvens.

Armin Zwiebel pediu vitela assada com purê de batatas para Anton e Gustav, e ele e Adriana escolheram grandes pratos de ostras em gelo triturado. Quase escondido pelas palmeiras, um pianista tocava canções de Cole Porter. Anton levantou a cabeça para ouvir por um instante e comentou: "A mão esquerda dele não tem alcance. Os acordes são muito simples".

"Quieto, querido", censurou Adriana.

"Não, eu não vou ficar quieto, porque ele está tocando para o público, não é? Ele não está sendo pago para isso? Deviam ter contratado alguém melhor."

"Eu gosto de Cole Porter", disse Adriana.

"Eu também", concordou Armin.

"A questão não é essa", disse Anton.

"Nós sabemos, mas coma o seu jantar, meu amor. A vitela está boa?"

"Sim, mas não estou com fome."

Gustav já havia comido quase tudo de tão deliciosa que estava a carne assada com o purê, mas Anton havia deixado o prato de lado. Seu rosto estava muito vermelho, Gustav notou, como se fizesse muito calor na gaiola de vidro, quando na verdade estava tão frio e cheio de correntes de ar que alguns clientes usavam casacos.

Adriana olhou para o marido. Ele estava comendo uma ostra, mas encontrou seu olhar.

"Anton", disse após engolir a ostra. "Quando Gustav terminar de jantar, vocês dois deveriam ir para a cama. Não se preocupe com a comida. Sua mãe vai subir levando um remédio para ajudar você a descansar. Gustav, você trouxe algum livro? Talvez possa ler para Anton se acalmar antes de ir dormir."

"Sim, senhor. Eu trouxe *Struwwelpeter*", respondeu Gustav.

"Ah, sim! Eu me lembro desse. Você quer que Gustav leia *Struwwelpeter* para você na cama?"

"Sim", concordou Anton. "Eu gosto daquela história com o menino que flutua e desaparece para sempre."

Anton pareceu aliviado ao sair do restaurante de vidro. Ele segurou no braço de Gustav enquanto subiam as escadas em direção ao quarto. Trocaram de roupa rapidamente, e Anton foi direto para a cama sem se lavar ou escovar os dentes. Do lado de fora da janela, o barulho confuso da cidade grande parecia estar aumentando aos poucos a cada momento. O quarto estava frio.

Emilie havia colocado o roupão de lã de Gustav na mala, o qual ele amarrou firme em volta do corpo. Quando olhou para Anton, duro e imóvel na cama, lembrou-se do primeiro dia do amigo no jardim de infância e de como ele ficara chorando na caixinha de areia. Ele queria dizer: "Anton, estou aqui. Eu vou ajudar você a aguentar o que quer que aconteça".

Adriana entrou no quarto, sentou-se na cama de Anton e lhe deu um comprimido. Ela acariciou sua cabeça. "Isso vai ajudar você a dormir. Pela manhã, lhe darei um outro para que mantenha a calma. Agora, fique quietinho, meu amor, e Gustav vai ler para você."

Anton assentiu com a cabeça e pegou na mão de sua mãe. "E se eu não for o melhor pianista?"

"Bem", disse Adriana, "então não é. Não pode pensar que isso seria o fim do mundo."

"Eu quero ser o melhor. Quero vencer."

"Eu sei que quer, mas se não conseguir, mesmo assim vamos nos orgulhar de você, não é mesmo, Gustav?"

"Sim. Vamos."

"Agora, eu vou descer para tomar um café com o papai. Pegue o seu livro, Gustav, e sente-se aqui. Anton vai dormir daqui a pouco."

Adriana saiu, deixando um leve aroma de perfume no ar. Gustav respirou fundo.

"Por que você está fungando?", perguntou Anton.

"Não estou. Bem, que história você quer?"

"Eu já disse, aquela do menino, 'Cabeça de Vento', que flutua até o céu."

Gustav mostrou as ilustrações para Anton. O menino, Hans, andava pelo mundo sem ver para onde ia. Uma vez, deu de cara com um cachorro marrom. Em outra, caiu no rio e precisou ser puxado com um anzol de pesca. Um dia, saiu no meio de uma tempestade com seu guarda-chuva e o vento o levou embora.

"E ele nunca mais foi visto outra vez?", perguntou Anton.

"Sim, isso mesmo."

"Eu queria ser ele", suspirou Anton. "Eu queria desaparecer em uma nuvem de chuva para não ter que tocar Debussy amanhã."

Porém, lá estava ele, entrando no palco em meio à inesperada chuva de aplausos da plateia. Os Zwiebel e Gustav estavam na segunda fileira do auditório, e mesmo de lá Anton parecia pequeno. Ele vestia um paletó azul-marinho e calças cinza. Em vez de andar direto para o piano, ele foi até a borda do palco e parou, olhando ao redor com um deslumbramento ansioso. Ele fez uma reverência constrangida. Gustav não achava que ele precisasse fazer isso. Os outros dois competidores não se curvaram. Em seguida, virou-se e foi em direção ao piano.

Foi difícil acordá-lo naquela manhã. O comprimido que Adriana lhe dera o deixou com tanto sono que ele ainda estava acordando quando desceram para o café da manhã no restaurante de vidro. Gustav ouviu Herr Zwiebel sussurrar para Adriana que "o remédio era forte demais", e Adriana olhava para Anton com o rosto franzido de preocupação.

Eles lhe deram café e pão. O sol forte brilhava pelo vidro sobre o rosto pálido e adoentado de Anton. Ele enrolou pequenos pedaços de pão e os colocou na boca lentamente, como se fossem comprimidos. Olhou ao redor para os outros hóspedes. Para Gustav, parecia que ele não sabia ao certo onde estava. Gustav passou manteiga em seu pedaço de pão, espalhou geleia de damasco e deu para Anton: "Coma isso. A geleia vai te acordar".

Naquele momento, no Kornhaus, Gustav esperava que o pão e a geleia e o ar puro dos jardins do hotel houvessem tirado Anton da dormência. Quando finalmente chegou até o banco do piano e começou a mexer na altura, parecia menos confuso. O aplauso cessou, esperando pelas primeiras notas de "Le Cathédrale Engloutie". Anton esfregou as palmas nas calças para limpar o suor, levantou as mãos...

No apartamento na Fribourgstrasse, quando Anton tocava piano, sua concentração parecia tanta que seu corpo e a música que saía do instrumento eram um só. Você se esquecia do menino, de Anton. Havia somente o dom da música, preenchendo-o, segundo a segundo. Mas ali, no Kornhaus, quando a canção começou, Gustav mal conseguia ouvir a música. O pé esquerdo de Anton estava no pedal abafador? Seu toque era tão leve que as teclas não estavam sendo totalmente pressionadas? Ou era tanta a agitação pelo amigo na mente de Gustav que todo o exterior soava abafado?

Gustav se sentiu distante — em outro lugar, perto e, ao mesmo tempo, estranhamente longe de onde estava de fato. Ele se perguntou se desmaiaria. Enfiou as unhas nos joelhos, olhou para o chão de pedra, lembrando que esse Kornhaus já fora cheio de sacos de grãos e carroças de fazendeiros e barulho de homens negociando moedas de prata. E essa visão do passado se tornou tão vívida que ele se apegou a ela e esqueceu a música, esqueceu a agonia que Anton vivenciava e se concentrou somente nisto — no cheiro de grãos, esterco de cavalo e poeira, e no barulho das moedas.

Então, de repente, a música parou. Gustav ergueu a cabeça e viu Anton se levantar do banco, segurar-se no piano e fazer outra reverência. O organizador da competição, um homem grande com uma careca brilhante, entrou no palco. Ele pegou a mão de Anton e a levantou no ar, como um juiz de boxe no final de uma luta.

"Senhoras e senhores", anunciou ele, "acredito que todos podemos concordar que foi uma excelente apresentação do nosso terceiro competidor desta manhã, Anton Zwebbel. Por favor, mostrem seu apreço com mais uma salva de palmas."

Mais tarde, quando os vencedores foram anunciados e foi revelado que Anton ficara em último dentre os cinco, tudo que disse para Gustav foi: "O homem errou meu sobrenome. Ele não aguentou dizer 'cebola'. Se eu tivesse um nome diferente, talvez teria ganhado".

MONTANHA MÁGICA

Davos, 1952

Quando Emilie Perle ficou sabendo que Gustav foi convidado para ir a Davos com os Zwiebel por duas semanas, ela respondeu: "Acho melhor não, Gustav. Você se atrasou muito na escola quando fiquei doente. Acho que deveria ficar estudando durante o verão. Vou entrar em contato com Herr Hodler e torcer para que ele possa dedicar um tempo para você".

Gustav foi para o seu quarto. Ele tinha dez anos. Havia aprendido que discutir com Emilie só fortalecia a decisão da mãe.

Ele encarou o mapa de Mittelland, desbotado onde o sol o tocava, fazendo com que os pastos verdes parecessem desertos. Ele procurava por Davos, mas sabia que não encontraria. Davos não ficava em Mittelland. Era mais ao leste, nas montanhas, em um lugar onde o céu era tão azul que podia machucar a vista.

Se ele achasse que Emilie fosse entender, teria dito para ela que Anton precisava dele em Davos. Que poderia inventar jogos para tirar a mente dele da estúpida competição de piano. Se ele ficasse sozinho com os pais, continuaria pensando nisso.

Mas ele sabia que Emilie era indiferente a Anton. Provavelmente, ela preferiria que os Zwiebel voltassem para Berna e nunca mais aparecessem em Matzlingen.

À noite, quando Emilie o chamou para jantar, ele notou que a mãe havia chorado. Ela havia feito torta de queijo. Quando os dois estavam sentados diante da bancada da cozinha e ela serviu a torta, disse: "Eu estava vendo as fotos de Davos de novo hoje à tarde. Estava vendo quão bonito é no verão. Eu choro só de ver. E pensei em como seria cruel impedir você de conhecer."

"Quer dizer que eu posso ir com os Zwiebel?"

Gustav esperou, mas Emilie não respondeu. Ela continuou a comer a torta. Era como se a palavra "sim" estivesse entalada em sua garganta, logo embaixo da garfada de torta. Finalmente, ela disse: "Davos tem um clima próprio. O vale é protegido ao norte. Quando o vento do norte vem, você mal o sente. Vai ver".

O chalé que os Zwiebel alugaram ficava no topo de um prado, com a fachada para o sul, acima do vilarejo de Davos. Atrás dele estava o bosque, que perfumava o ar com um aroma de pinho. Na base do prado havia uma casa habitada por um homem idoso conhecido somente como "Monsieur", porque ele falava o alemão-suíço com um sotaque francês. Monsieur mantinha um pequeno rebanho de bodes e algumas galinhas, que passeavam por todo o pasto, bem devagar, como uma equipe de busca que estava atrás de minhocas e sementes.

O chalé era antigo, com um telhado íngreme mantido sob o peso de rochas e paredes com filetes de madeira preta. As janelas eram pequenas e decoradas com persianas amarelas. Na varanda de madeira, uma gamela coberta de musgo estava cheia de gerânios vermelhos. Quando os Zwiebel e Gustav chegaram e viram as flores escarlates sob o sol e ouviram a brisa sussurrando entre os pinheiros, todos ficaram imóveis.

"Mágico", declarou Adriana.

O chalé era grande. Cada um dos meninos tinha um quarto para si. Na sala havia uma mesa de carvalho monumental e dois sofás espaçosos cobertos por uma manta de lã. No chão de madeira, em frente à lareira, ficava um tapete de pele de carneiro e uma caixa de antigos brinquedos de madeira. Quando Armin viu a caixa, disse: "Que atencioso da parte dos donos — brinquedos de bebê para as crianças!". Todo mundo riu, mas Gustav não sentia vergonha de acreditar que a caixa de brinquedos continha objetos que seriam usados nas brincadeiras entre ele e Anton. Ele sabia que, aos dez anos de idade, os dois se consideravam velhos demais para brinquedos de criança, mas sua vida havia sido tão carente deles que, em sua mente, ainda continuavam sendo encantadores.

Eles descarregaram o carro. Adriana comentou que a mala de Gustav estava bem leve. "Eu disse para a Mutti que eu precisaria de calções de banho para usar na piscina, mas ela se esqueceu de comprar", disse ele. Adriana riu, sentou-se na cama de Gustav e disse: "Eu acho que vamos nos divertir aqui, não acha? O ar é incrível. Podemos comprar calções de banho para você, e Anton vai esquecer a competição de piano".

Gustav não falou nada por um instante, observando as cortinas de cores vibrantes em sua janela e o limpo céu azul, então disse: "Talvez Anton não devesse mais participar de competições.".

"Talvez você tenha razão. O pai de Anton tem mais ou menos a mesma opinião, mas a música sempre será importante para Anton. É o que ele mais ama fazer."

"Competições o deixam enjoado."

"Sim, parece que sim. Mas se você quer ter um futuro como pianista, precisa participar delas. Não tenho certeza do que vamos decidir."

Gustav olhou para Adriana, que vestia uma blusa branca de linho, calças cinza e sapatos de lona brancos. "Pelo menos você e Herr Zwiebel estão pensando nisso. Minha mãe nunca pensa sobre o meu futuro."

"Eu imagino que ela pense, sim, Gustav."

"Meu pai provavelmente queria que eu fosse um policial."

"Você gostaria disso?"

"Eu não sei. Mutti diz que ele foi um herói. Mas não acho que eu poderia ser um."

"Tenho certeza de que poderia. Ou talvez você não precisaria ser."

Para chegar ao vilarejo de Davos, em vez de pegar o carro, eles desceram o campo a pé até a rua que passava pela casa de Monsieur, ao lado da qual havia uma grade enferrujada, um canil abandonado e uma pilha de lenha. Monsieur saiu da casa, tocou no chapéu em cumprimento e perguntou ao grupo se eles queriam ovos frescos. Os bodes, cada um com um sino ao redor do pescoço, estavam agrupados no limite de seu cercado, observando os estranhos. "Ou", começou Monsieur, "se vocês quiserem um bom jantar à noite, convidem amigos e eu posso matar um bode. É mais barato do que comprar um cordeiro no açougue, e mais delicioso."

Armin Zwiebel agradeceu Monsieur. Adriana disse que comprariam ovos na volta.

"Ou", sugeriu Monsieur, "seus meninos podem caçá-los no prado. Eles ficam espalhados por todo lugar. Eles gostariam disso?"

"Tenho certeza que sim", disse Adriana.

"*Ou*", disse Monsieur mais uma vez, "talvez eles gostariam de vir caçar comigo, não? Tem javalis selvagens lá na floresta. Assim podemos todos ter um banquete!"

Anton parou de fazer carinho nos bodes. "Eu não quero matar nada", disse ele. "E javalis são porcos, não são? Nós não podemos comer."

Eles desceram a rua até o vilarejo, que parecia quase adormecido ao sol do meio-dia. Um grupo de carregadores de malas descansava na sombra, ao lado de seus são-bernardos imensos, que puxavam os carrinhos de bagagem para quem chegasse de trem. As vitrines das lojas estavam com as persianas fechadas, mas vários cafés estavam abertos. Gustav se perguntou se ele iria reconhecer o hotel em que Emilie e Erich ficaram hospedados — onde as varandas eram cobertas de flores e os garçons se vestiam "propriamente".

Anton anunciou que estava com sede, então Armin olhou para seu relógio e disse:

"Bem, por que não escolhemos um café e almoçamos? O que acha, Gustav? Está com fome?"

"Gustav sempre está com fome", disse Anton.

Adriana escolheu um lugar sossegado chamado Café Caspar, onde havia um grande terraço com chão de cascalho e glicínias que forneciam sombra. A luz do sol aparecia como pequenas manchas nas toalhas de mesa brancas e nos copos polidos. Armin pediu frango grelhado e *rösti* para todos, e uma garrafa de vinho alemão para ele e Adriana. Ela acendeu um cigarro, esticou os braços e disse que estava "no paraíso". Gustav e Anton beberam limonada e jogaram bugalha no canto da mesa enquanto aguardavam a comida. Como esperado, as bugalhas quicaram e caíram no cascalho.

"Tentem ficar quietinhos, meninos", pediu Armin.

"Estamos de férias", contrapôs Anton. "Não podemos fazer tudo que quisermos?"

"Dentro do razoável", respondeu Armin.

Anos depois, eles se perguntaram se o jogo que decidiram jogar em Davos estava "dentro do razoável". Sabiam que era estranho, mas em sua estranheza residiam o próprio fascínio e a beleza.

No segundo dia, encontraram um caminho de pedras que atravessava os pinheiros até a floresta mais escura. O caminho era largo, mas coberto por vegetação. Morangos cresciam nas laterais: pequenos pontos vermelhos, como miçangas de sangue entre as folhas verdes. Gustav e Anton pararam para colher e comer alguns. Apesar da textura áspera, o sabor era doce.

Eles sabiam que aquela passagem levava a algum lugar. Havia sulcos estreitos na superfície de pedra como se, muito tempo atrás, carroças e carruagens tivessem passado por ali. Acima, os abetos bloqueavam a luz, e eles sentiram o ar ficando mais frio. Uma brisa começou a sussurrar entre as árvores.

"Está com medo?", perguntou Anton. "Devemos voltar?"

"Não", disse Gustav.

Eles estavam em um lugar bem alto. Às vezes, tinham vislumbres do vilarejo de Davos. Logo o caminho se abriu e virou um planalto, onde havia uma enorme construção.

Estava em ruínas. Faltava parte do telhado, e o vidro em quase todas as janelas estava quebrado. Na face sul ficava uma varanda de madeira, quebrada e desbotada pelo sol. Nos fundos, que iam de encontro à floresta, ficava um anexo com uma grande chaminé que se elevava até o céu.

Gustav e Anton ficaram parados, encarando. Uma corrente enferrujada, presa em postes de madeira, havia sido colocada no caminho — uma tentativa simbólica, ao que parecia, de manter as pessoas longe daquele lugar que claramente havia sido abandonado. Gustav ficou atento para ver se ouvia os latidos de um cão de guarda, mas tudo estava em silêncio, exceto pelo movimento das árvores, que lembravam uma respiração ofegante.

Os meninos passaram pela corrente. Tudo que restava da fachada do prédio era um pórtico de pedra com as palavras *Sankt Alban* gravadas acima de onde deveria ter estado a porta. Eles passaram por baixo do pórtico, adentrando um espaço pequeno e escuro, e então desembocaram em um grande salão cheio de luz. Ao longo da parede dos fundos estavam, enfileiradas e voltadas para a luz, vinte ou trinta camas de ferro.

"Hospital", disse Anton.

"Sanatório", corrigiu Gustav. "Onde as pessoas vinham para se recuperar da tuberculose. Ou para morrer."

"Talvez todos tenham morrido", refletiu Anton. "Por isso está abandonado."

Eles andaram lentamente ao longo da sala iluminada. Começaram então a notar outras coisas: cilindros de oxigênio enferrujados presos às paredes, tubos de borracha, máscaras de oxigênio, baldes, bandejas, colchões manchados, um carrinho de enfermeira ainda com garrafas de vidro marrom, um estetoscópio jogado no meio do entulho.

Anton pegou o estetoscópio, limpou o pó com sua camisa de marca e o pendurou no pescoço.

"Doutor", disse ele. "Você é meu enfermeiro, Gustav. Pegue o carrinho."

"Nós não temos nenhum paciente", respondeu Gustav.

"Temos, sim. Não está vendo?"

"Não."

"Nas camas. Nós vamos trazê-los de volta à vida".

Foi assim que começou o jogo de escolher quem, entre os coitados de Sankt Alban, vivia ou morria. Eles nomearam os pacientes: Hans, Margaret, Frau Merligen, Frau Bünden, Herr Mollis, Herr Weiss...

Hans e Margaret eram crianças. O dr. Zwiebel e o enfermeiro Perle teriam que trabalhar duro para trazê-los de volta ao mundo. Eles encontraram os melhores colchões, os que tinham menos mofo. Vasculharam o restante do prédio por coisas que deixassem os pacientes mais confortáveis: travesseiros e cobertores rasgados, penicos e bolsas de água quente.

"E podemos trazer os brinquedos da caixa do chalé", sugeriu Anton.

"Sim", disse Gustav, "só que..."

"O quê?"

"Os seus pais não vão achar estranho? Talvez não queiram que a gente brinque aqui."

"Não vamos contar a eles", respondeu Anton.

"Onde vão pensar que estamos?"

"Só 'explorando'. Quando estamos de férias e minha mãe não me quer por perto, ela sempre diz: 'Por que você não vai *explorar*, Anton?'. Nós diremos que estamos fazendo um acampamento na floresta. De qualquer forma, eles vão estar transando."

"O que é transar?"

"É o que eles fazem nas férias. Eles deitam na cama, tiram as roupas, se beijam e gritam coisas. Isso é transar."

Gustav pensou sobre o que tinha acabado de ouvir e disse: "Acho que minha mãe nunca fez isso. Ela só vai para a cama e lê revistas."

Eles perderam a noção do tempo. Para chegar ao chalé na hora do almoço, quando ouviram o sino do meio-dia soando, tiveram que correr pelas salas iluminadas pelo sol, descer os degraus e voltar para a trilha estreita. Dessa vez, sem parar para colher morangos, apressaram-se sob a cobertura das árvores, descendo em direção aos pinheiros esguios, até chegar nos fundos da casa, onde viram Monsieur no campo, espalhando grãos para as galinhas.

Encontraram Armin e Adriana bebendo vinho na varanda ao lado da gamela com os gerânios. Na mesa estava um prato de carnes, picles e queijo.

"Vocês estão ofegantes", comentou Adriana, quando Anton e Gustav sentaram-se à mesa. "Onde estavam?"

"Explorando", disseram ao mesmo tempo.

"Explorando onde?", perguntou Armin.

"Na floresta", disse Anton. "Estamos montando um acampamento."

"Acampamento?", perguntou Adriana, franzindo a testa. "De que tipo?"

"É só uma toca. Não está pronta ainda."

"Eu e seu pai podemos ir vê-la?"

"Não."

"Por que não?"

"Não está pronta. E, além disso, é nossa."

"Tudo bem", cedeu Armin, sorrindo. "Agora, comam um pouco de carne."

"Aquela vez. Aquela vez na Sankt Alban...", eles diriam mais tarde. "Isso é algo de que nunca nos esquecemos." Às vezes, acrescentavam: "Nós nunca nos esquecemos porque realmente pensávamos que podíamos controlar a vida e a morte".

No primeiro dia, asseguraram-se de que Frau Merligen, Frau Bünden, Herr Mollis e Herr Weiss estavam confortáveis enquanto mediam o pulso de Hans e de Margaret e davam oxigênio para o menino, que estava morrendo mais rápido do que os outros. Eles encontraram algumas cadeiras reclináveis feitas de vime e bambu e empurraram as crianças doentes para a varanda, onde o sol era forte e havia proteção contra o vento. Da caixa de brinquedos do chalé, trouxeram uma boneca de pano para Margaret e um pandeiro para Hans. Disseram para Hans tocar o pandeiro caso sentisse a morte se aproximando.

"O que vamos fazer se Hans morrer?", perguntou Gustav.

Anton pensou por um instante e então disse: "Aquele anexo com a chaminé deve ser onde queimavam as pessoas mortas. Vamos colocá-lo ali."

"Eu não quero que ele morra", lamentou Gustav.

"Não, nem eu. Que tal assim: eu finjo que sou ele? Você pode usar o estetoscópio e eu vou me deitar na cadeira. Se eu sentir que estou morrendo, vou bater no pandeiro e você precisa vir me ressuscitar."

"Tudo bem. Vou ficar um pouco com Frau Bünden, ela não parece muito bem. Então você bate no pandeiro e eu venho."

Gustav decidiu que Frau Bünden se parecia com Frau Teller, que cuidava da barraca de flores na Unter der Egg. Ela era nova demais para morrer. Ele sentou-se na cama e disse a ela para pensar em todas as flores que voltaria a ver: rosas e lírios, tulipas, narcisos, dentes-de-leão e gencianas azuis. "Você está a salvo em Davos, Frau Bünden", disse ele. "É o melhor lugar da Suíça para você. Tudo que precisa fazer é se concentrar em melhorar. Não fique pensando na tuberculose, certo? Pense nas flores."

Frau Bünden disse: "Estou muito fraca, enfermeiro Perle. Meus pulmões estão cheios de sangue".

"Eu sei que estão. Eu não sou o enfermeiro Perle, por falar nisso, agora sou o dr. Perle. O dr. Zwiebel e eu vamos salvá-la. Você precisa acreditar na gente, tudo bem? Estamos em Davos."

Ele logo ouviu o barulho do pandeiro e disse: "Com licença um instante, Frau Bünden, tenho que ir dar uma olhada em Hans. Preciso me certificar de que Hans não vai morrer."

Gustav ajustou o estetoscópio no pescoço e foi até a varanda. Hans estava deitado, imóvel, com os olhos fechados. O sol brilhava em seu cabelo escuro, e seus membros moles repousavam na cadeira. O dr. Perle se ajoelhou ao lado dele e pegou no braço do menino: "Hans, você está morrendo?".

"Não vê que estou morrendo?", retorquiu Hans. "Coloque os seus lábios nos meus e me faça reviver, enfermeiro Perle…"

"Eu não sou o enfermeiro Perle, sou o dr. Perle agora", respondeu Gustav. "E eu não vou colocar minha boca na sua."

"Você precisa, ou eu vou morrer. Você vai ter que me queimar no anexo…"

"Eu não vou fazer esse negócio dos lábios."

"Gustav", disse Anton, sentando-se de repente, "não seja um bebezão. É assim que você ressuscita uma pessoa. Você coloca a sua boca na boca dela. Aprendemos isso na escola, não lembra? Agora, anda logo."

Hans se deitou novamente. Ele começou a gemer.

"Silêncio", disse o dr. Perle. "Eu vou ressuscitar você agora."

Anton virou o rosto na direção de Gustav. Devagar e com relutância, Gustav levou sua boca até Anton e tocou seus lábios levemente. Ele sentiu Anton levantar o braço e colocá-lo ao redor de seu pescoço, puxando sua cabeça para mais perto até as duas bocas se pressionarem com força e Gustav sentir o rosto quente de Anton colado ao seu. Ele pensou que iria se afastar de imediato, mas ficou ali. Gostou da sensação de Anton envolvendo sua cabeça com os braços. Fechou os olhos. Gustav pensou em como nunca tinha vivido um momento tão estranhamente belo como esse.

E então se afastou. "Você está bem, Hans?", sussurrou. "Vai viver?"

"Sim", murmurou Hans. "Graças a você. Eu vou viver graças a você."

Eles só conseguiam pensar em Sankt Alban.

O tempo que passavam com Adriana e Armin — passeando, nadando na piscina, pegando o bondinho que subia a montanha até o Hotel Schatzalp, fazendo compras, recolhendo ovos para Monsieur, deitados sob o sol, comendo na varanda do chalé —, todas essas coisas, por mais divertidas que fossem, se tornaram completamente banais. A todo momento, eles desejavam voltar ao sanatório, para o belo mundo imaginário dos mortos.

Um dia, decidiram que Frau Bünden havia morrido. Eles a carregaram até o anexo, enrolada em um cobertor rasgado e em uma das cadeiras reclináveis. Eles empurraram a porta que estava presa por apenas uma dobradiça e entraram. Colocaram Frau Bünden no chão. O lugar em que se encontravam estava preto graças ao pó do carvão. Na parede mais distante havia uma porta de metal, e quando a abriram, viram que era a porta de um enorme forno ainda cheio de cinzas.

"Eu disse", falou Anton. "Aqui é onde queimavam os mortos. Eu imagino que tenham queimado tudo para impedir a contaminação."

"Vamos colocar Frau Bünden ali dentro?"

"Sim, e vamos queimá-la."

"Não temos fósforos."

"Podemos trazer alguns do chalé."

Eles voltaram no dia seguinte com fósforos e jornal. Pegaram toras de madeira de uma pilha velha e apodrecida. Antes de colocarem Frau Bünden no forno, Anton disse: "Espere, Gustav. Você sabe que vai sair fumaça da chaminé se fizermos uma fogueira, não é? Monsieur ou alguém pode vir aqui e nos mandar embora".

"Não podemos deixá-la apodrecer", disse Gustav.

Eles encararam a cadeira, sem saber o que fazer. Depois de alguns minutos, Anton exclamou: "Escuta! Hans está batendo em seu pandeiro. Ele precisa de nós. Vamos queimar Frau Bünden outra hora".

"Já sei", sugeriu Gustav. "Vamos queimar todos os mortos em nosso último dia. Podemos acender a fogueira e voltar correndo para o chalé."

"Quantos mortos vão ser?", perguntou Anton.

"Ainda não decidimos."

Eles foram até a varanda, sorrindo com o aroma dos pinheiros e o calor do sol em seus rostos. Ficaram em pé observando o vilarejo distante, e Gustav pensou, desanimado, no pouco tempo que ainda tinha em Davos, e na sua infeliz volta para o apartamento na Unter der Egg. Por impulso — sem saber o que iria fazer em seguida —, ele se virou para Anton e disse: "Eu não quero ir para casa. Algo ruim acontece por lá".

"O que acontece?"

"É um segredo, tá? Eu nunca contei para ninguém e você não pode contar."

"Não vou. Não precisa ficar tão nervoso, Gustav."

"Tudo bem. *Promete* que não vai contar?"

"Prometo."

"Ok, então. Tem um homem em nosso bloco, Ludwig, que tenta me fazer tocar nele."

"Tenta fazer você tocar nele?"

"Sim. Tocar no pênis dele. Eu odeio ele. Isso faz com que eu me sinta nojento."

Anton encarou Gustav com um olhar rígido. "Você fez isso? Você tocou no pau dele?"

"Não. Eu nunca faria isso. Eu queria que ele estivesse morto."

"Tudo bem", disse Anton. "Vamos matá-lo. Qual o nome dele? Ludwig? Vamos lhe dar tuberculose e deixá-lo morrer, e então queimá-lo."

"Promete que não vai contar para ninguém, Anton?"

"Claro que não vou. Eu prometi, não prometi? Mas Ludwig tem que morrer."

Eles escolheram outra cadeira. Colocaram um colchão bem manchado e cobriram com um pedaço rasgado de tecido cinza que poderia ter sido parte de uma cortina.

"Aqui está", disse Anton. "Ludwig."

Anton colocou o estetoscópio nos ouvidos e se abaixou em direção a Ludwig para ouvir o sussurro nos pulmões. "Ah", disse ele depois de um tempo, "sinto muito em dizer, Ludwig, mas não vejo melhoras. Dr. Perle, sobrou alguma coisa do remédio especial de Ludwig?"

"Não", respondeu o dr. Perle. "Nada. Posso encomendar mais de Genebra, mas temo que vá chegar tarde demais."

"Ouviu isso, Ludwig?", disse o dr. Zwiebel. "O que sugerimos é que se prepare para morrer."

Naquela hora, o sol foi coberto por uma nuvem. O pano que cobria Ludwig se tornou uma sombra escura e sem forma.

Gustav estremeceu. "Se vamos matar Ludwig", disse ele, "acho que Hans deve ser salvo."

No último dia, os meninos acenderam a fogueira no forno. Tentaram colocar Frau Bünden ainda deitada na cadeira reclinável de bambu, mas a cadeira não passava pela porta, então precisaram tirá-la da cama, enrolada no cobertor, e jogá-la no forno. A lã do cobertor parecia sedenta pelas chamas e fazia silvos e estalos, como fogos de artifício.

Anton pegou o machado que acharam na pilha de madeira e começou a quebrar a cadeira.

"Por que está fazendo isso?", perguntou Gustav.

"Você vai ver. É brilhante. As hastes de bambu vão parecer ossos humanos e então teremos corpos decentes para queimar."

Era trabalho duro. Eles se alternavam para levantar o machado e organizaram os pedaços de bambu. Alguns ainda estavam presos aqui e ali com um pouco de vime, no formato de esqueletos. Pareciam assustadoramente reais com aqueles ligamentos representando tudo que restava de suas carnes emagrecidas.

"Estão bons", elogiou Gustav. "Muito bons, Anton. Exceto que não têm cabeças."

Foi nesse momento que ouviram a sirene de um carro de bombeiros a distância.

"*Scheisse!*", xingou Anton. "Eles vão nos encontrar e nos mandar para a cadeia. Esquece as cabeças. Vamos chamar esse aqui de Ludwig, jogá-lo ali dentro e correr."

Eles pegaram o esqueleto de bambu e atiraram no forno, pedaço a pedaço.

"Morra, Ludwig!", gritou Anton.

"Morra, Ludwig!", repetiu Gustav.

O barulho da sirene estava próximo. Anton e Gustav correram para fora do Sanatório de Sankt Alban até o caminho na floresta, se jogaram no matagal e ficaram escondidos, esperando o carro de bombeiros passar. Eles se agarraram um ao outro, com medo, porém felizes. Conseguiam ouvir os batimentos dos dois corações.

Foi só depois de um bom tempo que Gustav lembrou-se de Hans, deitado na varanda. "O que vai acontecer com Hans?", sussurrou ele.

"Não podemos voltar", disse Anton. "Temos que fingir que Hans foi embora."

"Sem o seu pandeiro?"

"Sim."

Gustav ficou em silêncio por um instante, então disse: "Não nos despedimos dele, Anton. E eu sei que vou ficar pensando no pandeiro. Você não vai? Eu vou ficar imaginando-o lá para sempre."

Parte 2

SCHWINGFEST

Matzlingen, 1937

A Europa se move, lentamente e quase sem perceber, tal qual um sonâmbulo, em direção a uma catástrofe. Mas nas cidades de Mittelland, a época dos banquetes e festivais se desenrola em um verão tranquilo. Os vales, com a melodia dos sinos das vacas, estão sonolentos sob o sol. Os rios, abastecidos pela neve derretida e pelas chuvas da primavera, murmuram inocentemente em suas eternas e fofoqueiras conversas.

Emilie Albrecht, aos vinte anos de idade — antes de ser Emilie Perle —, vai com a amiga Sofie Moritz para o *Schwingfest*, que acontece no Dia Nacional, fora de Matzlingen. Uma multidão se juntara ali. As mesas estão postas com jarras de cerveja, e salsichas estão sendo grelhadas em fornos à lenha. Uma banda toca, os músicos já começam a suar em seus uniformes. Algumas pessoas da multidão, vestindo orgulhosamente o traje nacional, dançam em círculos coreografados ao som de leves aplausos.

Mas os *schwingers*, homens de força e substância lutando em uma arena improvisada, cercados por trechos de grama, é que são a atração principal, os heróis do dia.

Emilie e Sofie vestem saias longas e armadas com aventais bordados e blusas de escumilha. Suas peles macias estão bronzeadas e com sardas graças ao sol de agosto. Seus olhos azuis brilham de felicidade ao assistir aos *schwingers* se arrastando na serragem, ombro a ombro, coxas pressionando coxas, rostos e braços manchados de areia e suor. Elas gritam de empolgação quando um dos *schwingers* avança em seu oponente, carrega-o no ar pelos shorts de linho com o que parece ser a força de uma criatura pré-histórica, e o deixa cair de lado, preso no chão com todo o seu peso.

A torcida fica mais animada. Emilie e Sofie sorriem e aplaudem. Quão agradáveis, tolos e, ainda assim, fortes, determinados e másculos são os *schwingers*! E como deve ser maravilhoso estar envolvida por esses braços, respirar o cheiro do suor, descobrir um desejo animal em suas expressões. As garotas olham uma para a outra e acenam. Sim, elas adorariam que isso acontecesse um dia, serem tiradas de suas vidas virginais, serem carregadas como um gigante carregaria uma princesa em um antigo conto de fadas, para finalmente saberem como é "fazer aquilo".

Outra luta está começando. A pontuação é marcada pelos juízes. Os dois lutadores se retorcem e se arremessam na poeira, cada um encorajado por sua respectiva torcida. O sol de agosto brilha forte no céu quase sem nuvens; o cenário é somente cores e movimento, e uma imensurável felicidade humana.

É bem sabido na Suíça que o *Schwingfest* mexe com o coração, que deixa todo mundo um pouco louco por uma tarde. Quem inventou esse esporte? Ninguém se importava. Ele sempre existiu e, com o tempo, se tornou cheio de valor patriótico e tensão sexual. A excitação se propaga ao longo do dia e explode ao pôr do sol com os fogos de artifício. Poucos resistem.

Nessa hora, Emilie e Sofie prendem a respiração, esperando pelo próximo ataque, o próximo soco, a próxima queda destruidora. Elas não querem que acabe. Haviam comprado cerveja e salsichas enroladas em papel xadrez. Estão bêbadas pela cerveja sob o sol de agosto, cheias de animação pelo Dia Nacional da Suíça, e cientes de sua juventude e beleza. Elas não se importam se os lábios estiverem oleosos com a gordura das salsichas. Nem se uma parte de suas roupas de baixo, naquele lugar entre as pernas — aquela parte sobre a qual lhes ensinaram a nunca falar —, estiver úmida. Elas se aproximam e sussurram uma para a outra, falam sobre aquela área proibida e isso as deixa mais excitadas. Precisam disfarçar a depravação com risadas.

Ela está pronta, então. Ela está pronta para quando, ao pôr do sol, Erich Perle, coroado o *schwinger* campeão daquela tarde, for em sua direção carregando uma jarra de cerveja. Ele é um homem bonito e musculoso, com cabelo castanho-escuro e olhos bondosos. Ela está pronta, exatamente onde está sentada agora, em um banco cercado de grama, e um pouco tonta, mas, ainda assim, cheia de sonhos. Ela está pronta para o que vai acontecer.

Ela diz que seu nome é Emilie Albrecht, e ele diz que se chama Erich Perle e que é assistente-chefe da Polícia de Matzlingen. Por algum motivo — e isso mexe com ela mais do que consegue explicar —, ele diz sua idade: trinta e quatro anos.

Erich Perle.

Ela olha para ele. Quer ser sua esposa. Quer ser a Frau Perle. Ela quer se deitar em uma cama branca com ele. Quer ter seus filhos. Ela sabe tudo isso um pouco antes de ele se sentar e servir bebida para ela e Sofie.

Mas então parece — e com certeza isto é um erro e não deveria acontecer — que é em Sofie que ele está interessado. Sofie e Emilie trabalham na Gasthaus Helvetia, uma taverna em Matzlingen, e Erich diz para Sofie: "Ah, que coincidência. Nós fazemos nosso almoço anual do Departamento de Polícia na Gasthaus Helvetia. Acho que já a vi por lá."

"Eu acho que não", sorri Sofie. "Emilie e eu somos apenas criadas."

"Ah, criadas...", diz ele, com um brilho no olhar. "E vocês são recatadas, também?"

"Não acredito que você se atreve a nos perguntar isso!", exclama Sofie. "É muito impertinente, sabia?"

"Claro que é, mas você não sabia que o campeão do *Schwingfest* pode fazer qualquer coisa que quiser até o anoitecer?"

"Qualquer coisa? Não sabíamos disso, não é mesmo, Emilie?"

"Não. Isso quer dizer que poderia matar alguém, se quisesse?"

"Creio que sim, mas nesse caso eu teria que prender a mim mesmo."

Eles riem. Sofie observa a boca sorridente de Erich. Ela pergunta como é lutar na serragem, levantar outro homem no ar e jogá-lo no chão.

"Ah", responde ele, "é fascinante. Noventa por cento do trabalho policial é muito tedioso. Todos nós esperamos ansiosos para levantar um homem no ar e lançá-lo no chão!"

"Então você não gosta de ser um policial?", quer saber Sofie.

Ele vira sua cerveja. Uma linha fina de espuma fica em seus lábios. Emilie se deita na grama e fecha os olhos. Ela imagina Erich Perle se aproximando para beijá-la, seu cheiro ficando cada vez mais forte até suas bocas se encontrarem.

Mas ele não se aproxima. Ele começa a conversar com Sofie sobre seu trabalho. "O trabalho de um policial na Suíça não é muito oneroso", explica ele.

"O que é 'oneroso'?", pergunta Sofie.

"Árduo ou difícil. O motivo do trabalho não ser tão oneroso é que os suíços *gostam* de obedecer à lei. No geral, a menos que uma lei pareça injusta, eles preferem obedecer. Quando eu entrei para a polícia, me disseram em uma palestra que a Suíça é um país onde as pessoas se tornaram *mestres de si mesmas*. Em vários países, essa maestria não é alcançada."

Emilie abre os olhos. Com a vista apertada por causa do sol, ela vê o perfil de Erich e o de Sofie ao lado. Ela sorri ao pensar que *não é mestra de si mesmo* em relação a esse homem. Mesmo virgem, ela iria para a floresta, neste exato momento, e o deixaria fazer aquilo, tudo aquilo que sempre fora advertida a não fazer até o casamento. Ela sabia que iria doer, mas aquela dor, com ele, seria uma dor magnífica.

Entretanto, ela vê algo preocupante: Erich Perle tinha o braço ao redor de Sofie. Emilie sabe que Sofie é mais bonita do que ela. E a voz de Sofie tem um tom que os homens acham irresistível. O gerente da Gasthaus Helvetia é loucamente apaixonado por ela, e parece que talvez Erich Perle também fique.

Maestria, Emilie pensa. Foi o que ele disse. Eu preciso ter controle, ser mestra da situação. Preciso resolver isso. O resto da minha vida depende dos próximos minutos.

Com os olhos ainda fechados, ela diz: "Herr Perle, você disse que, como um *schwinger* campeão, você pode fazer qualquer coisa que quiser esta tarde, não é?".

"Sim, eu disse."

"Essa *qualquer coisa* pode incluir me beijar?"

Ela escuta a respiração em choque de Sofie. Erich Perle fica em silêncio. Emilie abre os olhos. Erich dera as costas para Sofie e agora a observa.

Confuso, é o que Emilie pensa logo em seguida. É assim que ele parece após suas palavras ousadas.

Ela espera.

"Poderia", diz ele, com uma voz suave.

"Ou", provoca Emilie, "talvez você não queira?"

"Ao contrário..."

"Emilie", diz Sofie, "você bebeu muita cerveja..."

"Eu sei", rebate Emilie. "Eu bebi. Caso contrário, provavelmente não teria coragem para dizer o que sinto, e o que eu sinto é que gostaria que Herr Perle me beijasse. Os homens dizem o que querem; por que mulheres não podem fazer o mesmo?"

Ela sabe que o beijo será breve, um toque gentil dos lábios de Erich nos seus. Mas o que ela faz, ao perceber que ele se aproxima, é puxá-lo para si, e, quando suas bocas se encontram, ela abre a sua. Ela então o sente reagir, animado, talvez, por sua atitude chocante e nada recatada. O beijo se torna longo, profundo e forte. Ela o abraça como se nunca fosse soltá-lo.

À noite, começam os fogos. Bêbadas e cansadas pelas emoções do dia, as pessoas tropeçam por todo lado, algumas andam juntas em um abraço frouxo, as multidões inclinam os rostos e admiram o céu. As crianças que haviam adormecido já estão acordadas para o espetáculo. O *Schwingfest* em Matzlingen raramente acontece em outra data que não o Dia Nacional. Um ano se passaria até poderem compartilhar dessa felicidade outra vez. As pessoas pedem para que as crianças se lembrem disso.

Os fogos são impressionantes. Uma boa quantia de dinheiro havia sido arrecadada; uma cidade pequena abrindo a carteira e mostrando seu orgulho cívico. E quão intensamente

Emilie gostaria de ter Erick Perle, assistente-chefe de polícia, ao seu lado enquanto as luzes de cor violeta e amarela explodem no céu crepuscular. Porém, Erich precisava ir. Mesmo sendo o Dia Nacional da Suíça, ele explicou, a escala de trabalho da polícia era a mesma, e ele trabalharia à noite.

Ao partir, pegando sua mão e beijando-a de um jeito formal, ele disse para Emilie: "Talvez eu a veja de novo, Fräulein?".

Ela não gostou do "talvez". E queria que ele a chamasse pelo nome, e não por "Fräulein", como os clientes condescendentes da Gasthaus Helvetia. Ela se virou para Sofie e segurou seu braço assim que Erich se afastou. "Eu sei que parece exagero", disse ela, "mas eu tenho certeza de que vou morrer se não tiver Erich Perle."

"Tê-lo? Agora?"

"Como marido."

Sofie encarou a amiga. "Não seja ridícula, Emilie. Ele tem trinta e quatro anos. Você acha que ele já não tem uma namorada? Talvez seja até casado."

"Não", disse Emilie. "Se fosse casado, ele não diria que vai me ver de novo."

"Ele disse que *talvez* a veja de novo."

"E eu senti no beijo dele. Paixão."

"Ele só estava empolgado por ter ganhado a competição de *schwinger*. Homens adoram ganhar coisas. Além disso, acho que ele não teve opção, do jeito que você o agarrou. Se quer saber, eu achei muito escandaloso."

"Eu não quero saber. Tudo que quero é um futuro com Erich Perle."

Emilie conhece o Quartel-General da Polícia de Matzlingen, um prédio antigo e rebocado no centro da cidade, cujas janelas precisam ser pintadas, e cuja porta de entrada é reforçada com ornamentos de metal e uma bandeira da Suíça acima da fachada. E ela acaba de decidir que, se Erich não fosse à Gasthaus Helvetia na próxima semana, ela iria até a polícia procurar por ele.

Procurar por ele? Descaradamente entrar ali e perguntar por ele, um *estranho*? E depois? Levá-lo para seu minúsculo quarto no sótão da taverna? Entregar seu corpo para que ele fizesse o que bem entendesse?

Emilie não reconhece nesses planos a pessoa que tem sido por vinte anos — obediente, casta, uma menina inocente com cabelos loiros e seios pequenos —, uma menina recatada. Ela sabe que se transformou.

Será que a transformação era visível? Emilie tira suas roupas e se encara no espelho estreito, na frente do qual coloca seu uniforme de criada todas as manhãs. Ela toca o púbis e logo fica excitada vendo sua mão ali. Com certeza, ela pensa, se é capaz de se deixar excitar com tanta facilidade, ela pode se tornar um objeto de desejo.

FRIBOURGSTRASSE

Matzlingen, 1937-38

Parece que Erich Perle realmente *tem* uma namorada. De acordo com Sofie, a tal namorada é uma bibliotecária.

Tem sido difícil para Emilie se concentrar em seu trabalho como camareira. Ela se sente insatisfeita com sua situação humilde, sua falta de modos e conhecimento geral. Ela mal consegue comer ou dormir. É como se estivesse de luto.

Em uma noite, em setembro, alguém bate à sua porta. Emilie está deitada na cama, vestindo uma camisola branca, lendo suas revistas. Quando abre a porta e vê Erich Perle em pé no corredor estreito, começa a chorar.

Ele entra no quarto, toma-a nos braços e limpa suas lágrimas com as mãos largas que cheiram a tabaco. Em seguida, deita-a na cama e começa a beijá-la. Ela não quer que ele fale nada.

Quando se casam, em dezembro de 1937, Emilie está grávida. Eles ainda não contaram para ninguém. Planejam dar ao bebê o nome de Gustav em homenagem ao pai de Erich, que havia trabalhado em uma serraria, onde teve a mão decepada e faleceu antes de conseguir chegar ao hospital, em 1931. Em suas conversas sussurradas à noite, o "bebê Gustav" é mencionado com carinho; o bebê Gustav nasceria no auge da paixão e seria a personificação desse amor.

Agora que é casado, Erich Perle tem direito a um apartamento maior, de acordo com as regras da polícia. Logo, se mudam para o número 61 da Fribourgstrasse, um apartamento arejado no primeiro andar com varandas de ferro, janelas de batente e uma cozinha grande o suficiente para uma mesa de jantar. Há um segundo quarto, que será do bebê Gustav, e Emilie compra um berço e um cavalo de balanço que encontra na feira de sábado de Matzlingen, assim como uma família de pinguins de brinquedo. Ela e Erich ficam parados à porta do quarto e suspiram, orgulhosos. Eles estão ansiosos pelos próximos meses até a chegada de junho, quando o bebê Gustav nascerá. Erich acaricia os seios de Emilie, que estão maiores e são sagrados para ele, como um objeto de desejo próprio e como a fonte do leite que dará vida e saúde a seu filho.

A vida de Emilie tem se tornado tão agradável que ela ignora as coisas que estão acontecendo fora da Suíça. Ela sabe que, às vezes, quando uma grande tempestade se aproxima no horizonte, ela não se precipita, mas se afasta lentamente até ser esquecida. Ela espera que os rumores que estão se espalhando sobre os ataques alemães desapareçam — como a tempestade que nunca chega —, e que tudo e todos sejam deixados em paz. Ela passa os dias tricotando roupas de bebê, plantando flores nas jardineiras das varandas, aprendendo receitas de pratos com carne que agradem a Erich.

Um dia, em março de 1938, quando Erich volta para casa e conta que os alemães anexaram a Áustria e enviaram tropas conhecidas como *Wehrmacht* para impor o *Anschluss*,[1] ela parece confusa e pergunta: "Isso tem algo a ver com a gente?".

Erich está cansado e constantemente irritado. Ele vem dizendo que as "tensões políticas" estão afetando o trabalho policial. As horas que ele passa no quartel-general aumentaram. Talvez ela não tenha dado tanta atenção àquilo, porque neste momento, para sua tristeza, ele explode com ela. Ele pergunta por que ela é tão ignorante, por que ela nunca enxerga nada além das próprias necessidades e conforto, por que só ela, em toda a Suíça, parece não saber que uma guerra está

---

1   Termo usado para referir-se à anexação da Áustria à Alemanha nazista, em março de 1938. A palavra *anschluss*, na língua alemã, significa anexação, conexão, adesão.

se aproximando. Ele fica em pé ao lado da lareira, gritando com a esposa. Ele — que é sempre tão gentil e só demonstra sua masculinidade e força ao fazerem amor — a ataca com palavras que ela nunca, *nunca*, pensou que fosse ouvir.

Emilie levanta-se, tremendo. "Ignorante?", repete ela. "É isso que sou?"

"Você sabe que é!", responde ele. "Pelo menos você nunca tentou disfarçar, mas precisa acordar para a vida agora, Emilie. A Europa vai se dividir. Você precisa abrir os olhos! Eu me recuso a permanecer casado com uma mulher cega!"

Uma mulher cega.

O que ele quer dizer?

"Eu não sou cega!", ela grita em resposta.

"Sim, você é. Você vai dizer que é jovem demais para entender o mundo, talvez, mas eu não aceito isso como desculpa."

"Eu não disse isso..."

"O trabalho que eu faço é muito importante, Emilie. Afeta a vida de muitas pessoas e vai ficar ainda mais difícil. Porém, parece que você nunca tenta entender, nunca me pergunta nada. Se alguém pedisse para você descrever o que eu faço, imagino que diria: 'Ah, bem, eu não tenho certeza... Acredito que ele fica no cruzamento organizando o trânsito'."

"Não, eu nunca..."

"Ou qualquer outra besteira. Alguns dos meus colegas de trabalho... Suas esposas entendem completamente o que eles fazem e os apoiam, mas você... você nem ao menos entende. Você nem olha para os jornais; você só lê suas revistas idiotas. Você se isola na própria ignorância!"

Ela corre na direção dele com um soluço preso na garganta. "Erich!", grita. "Erich! Não diga isso!"

Ela se joga em seus braços, mas, em vez de segurá-la em um abraço, ele a empurra para longe. Ele, que, às vezes, ao acordar, precisa tê-la tão perto de si que a agarra por trás antes mesmo de Emilie acordar, agora a empurra com tanta violência que a faz tropeçar para trás em uma mesinha. Ela cai no chão, gritando de dor.

No hospital, as dores do parto começam.

Mas ainda é março. O bebê Gustav não está pronto para nascer no auge da paixão. Ele é uma coisinha meio deformada. A cabeça pequena, com veias e artérias evidentes, não é maior do que uma laranja. As pontas de seus dedos ainda estão em formação.

Eles levam o feto para ser queimado no incinerador do hospital. Emilie está sedada e foi levada para a enfermaria com um sorriso bobo no rosto e os olhos inchados de tanto chorar.

Erich fica sentado na cadeira ao lado da cama com as mãos juntas, como um penitente. Emilie não olha para ele, e sim para o teto, como se acreditasse que algo se esconde na luz fluorescente. Uma enfermeira entrega um pedaço de papel dobrado para Erich, no qual há apenas três palavras: *era um menino*.

Erich sabe que um momento de descontrole, um momento em que não fora *mestre de si mesmo*, trouxe uma tragédia para seu lar, e sua vida nunca mais seria a mesma.

Ele se ajoelhara e implorara o perdão de Emilie, mas ela nunca irá perdoá-lo. Ela pergunta: "Como algo assim pode ser perdoado?".

Ele lhe compra presentes: um xale macio, um roupão de seda, uma blusa parecida com a que ela havia usado no *Schwingfest* tanto tempo atrás. Ela agradece educadamente e coloca todos em uma gaveta. Em seguida, pede para ele levar o cavalo de balanço e os pinguins de brinquedo para vender no brique.

Ele obedece. Ele chama Emilie para sair, visitar uma galeria ou sala de chá, mas ela não quer ir. Ela sabe que, lá no fundo, há um resquício (essa é a palavra que ela escolhe — *resquício*) de amor por ele; mas é como se as pessoas que eles eram semana passada — aquelas que ficavam paradas à porta do quarto do bebê — pertencessem a uma vida diferente e não pudessem mais voltar.

Na cama, eles se deitam afastados. Quando Erich evoca a paixão que apenas há pouco compartilhavam, tem vontade de chorar.

Às vezes, ele se levanta no meio da noite e veste o uniforme, bebe chá e sai de casa na escuridão até o quartel-general, onde as luzes ainda estão acessas.

De vez em quando, é possível encontrar àquela hora o chefe de polícia, Roger Erdman, em meio a pilhas de papelada. Matzlingen fica longe da fronteira austríaca, mas, desde o *Anschluss*, cada vez mais refugiados judeus estavam chegando, fugindo do oeste, fugindo da perseguição que acreditam que os seguiria até a Suíça. A Organização Israelita de Assistência a Refugiados (a Israelitische Flüchtlingshilfe, ou IF) tenta trabalhar com os departamentos de polícia por todo o país para assegurar que essas pessoas, que geralmente vinham fugindo pela fronteira entre a Áustria e a Suíça com quase nada, tenham ajuda.

Mas como elas seriam ajudadas? A IF (criada por judeus abastados na Suíça) pagaria por sua subsistência, e a polícia tentaria encontrar famílias para acolhê-las. Sem visto, eles não têm autorização para trabalhar; ainda assim, trabalho às vezes aparece para eles. Homens que haviam sido engenheiros e médicos na Áustria se veem cavando valas à beira de estradas; mulheres que haviam tido criadas e cozinheiras em suas casas agora limpam banheiros públicos, ou vendem fósforos nas esquinas.

O chefe de polícia Roger Erdman e o assistente-chefe Erich Perle se esforçam em suas tarefas administrativas, fumando, andando para lá e para cá no chão de linóleo, tentando afastar o cansaço até o amanhecer. Alguém vem vindo com o café. Quando as portas de seus escritórios são abertas pela secretária trazendo uma bandeja de café, eles conseguem ver os judeus sentados, esperando. Eles não vestem trapos. A maioria usa roupas de qualidade e que já foram cheias de estilo, e as mulheres haviam feito o máximo para pentear e arrumar os cabelos, mas há tanto medo e exaustão em seus olhos que, um dia, Erich vira-se para Roger Erdman e diz: "Eu mal consigo olhar para eles".

"Eu entendo", diz Roger. "Porque poderia ser nós, sentados naqueles bancos duros. E é isso o que mais nos assusta — olhar lá fora e ver a nós mesmos."

Na Fribourgstrasse, Emilie acorda e encontra a cama vazia. Ela não se importa. Ela espera que Erich tenha saído para que possa ficar sozinha. É mais feliz quando está sozinha — se é que "feliz" seja a palavra adequada para descrever seu estado. E não é; mas é menos cansativo estar só.

Ela deita na banheira de água quente observando sua barriga, antes grande e abrigando o bebê Gustav, e agora murcha e reta, e seus seios doloridos, de onde ainda vaza leite vez ou outra. Ela pensa no que poderia fazer neste dia: ler suas revistas, ouvir músicas animadas no rádio, comer torta, deitar-se e voltar a dormir.

Às vezes, ela se pergunta se não vai deixar a Fribourgstrasse, deixar Erich e partir de Matzlingen para morar com a mãe em seu chalé velho e isolado, em um vale perto de Basileia. Mas então se lembra de como era a vida lá — sem água encanada, só com a bomba manual no quintal — e de como ela desejou fugir dali.

Ela também desejara fugir da fervorosa devoção religiosa da mãe — as roupas pretas de viúva, os crucifixos de prata, a cópia da pintura do Cristo morto de Hans Holbein acima da lareira, seus lamentos e jejuns, e seu jeito temperamental. Voltar para lá seria voltar para a vida que tinha, até mesmo voltar a ser infantil, enquanto sua atual condição — a esposa de um assistente-chefe de polícia — ainda a deixa maravilhada. Ainda assim, algo nessa realidade maravilhosa já não parece verdadeiro. O presente não existe mais. Ela é ninguém outra vez. Ela é uma menina ignorante. Poderia muito bem estar fazendo as camas e limpando banheiros na Gasthaus Helvetia.

Mesmo agora, ela mal pensava sobre a guerra. Naquele dia terrível em que perderam o bebê Gustav, Erich gritara que ela precisava "acordar", mas ela não quer acordar. Por que ela deveria lidar com mais tristeza, além dessa que já tem de suportar a toda hora, todos os dias? Ela já não havia perdido tudo que amava? Quando o jornal começa no rádio, ela sempre desliga.

Ela pensa sobre perdão.

Em algum lugar, no fundo de seu coração, deve estar a força para ceder, a vontade de deixar o homem que ela pensara amar tanto entrar de volta em seu coração. No entanto, ela não encontra tal força. Ela sequer sabe como ou onde começar a procurar.

Na cômoda há uma foto de Erich usando o uniforme da polícia, tirada um pouco antes de se conhecerem. Ao lado, uma foto do casamento. Em ambas, Erich Perle ainda lhe parece um belo homem. Ela traça seu rosto com as mãos finas. Seu filho, o pequeno Gustav, teria herdado esse rosto refinado e distinto, mas Gustav está morto. O corpo mole e malformado foi queimado no incinerador do hospital. Como é que isso pode ser perdoado?

CHÁ DANÇANTE

Matzlingen e Davos, 1938

Na extremidade da Fribourgstrasse está para abrir um novo café. Chama-se Café Emilie.

Emilie nota o lugar a caminho da banca de revistas e para por um momento para observá-lo. Um caminhão está estacionado do lado de fora e homens carregam cadeiras de madeira. Ela diz a eles que seu nome é Emilie.

"Que bom, Fräulein", dizem eles. "Tem o seu próprio lugar, então!"

Ela dá uma olhada no interior. Ela vê as placas que dizem: *Confeitaria francesa e suíça. Käseschnitte.*[1] *Fondue de queijo. Sorvete. Melhor café e chocolate quente. Chá Dançante aos sábados, 15:00-18:00.*

"Pensávamos que Matzlingen era um fim de mundo", comenta um dos homens, descansando por um instante do trabalho com as cadeiras. "É o que nos disseram em Berna, que era uma cidade onde nada acontecia. Mas olha só: chá dançante. Bem *à la mode*, como dizem em Genebra."

"É mesmo?", perguntou Emilie.

"Pelo que ouvi. Imagino que você vá participar, não vai? Acha que consegue beber chá com uma mão e segurar seu par com a outra?"

"Acredito que sim."

---

[1] Espécie de sanduíche aberto suíço, feito com uma fatia de pão torrado coberto com queijo. Pode vir acompanhado por um ovo e/ou presunto fatiado.

"Pode ser divertido, hein? Muito chá derramado! Você pode encontrar um bom marido em um lugar como esse."

Emilie está prestes a dizer que ela já tem um marido, que ela o seduzira com um beijo em um *Schwingfest* e que eles se casaram cinco meses depois, mas ela não quer pensar em Erich. Ela acena para o homem e continua andando.

Erich também viu o Café Emilie. Ele se pergunta se sua salvação está naquele lugar.

Um sábado à tarde ele vai até Emilie e diz: "Vista aquela blusa nova que te dei. Vamos sair. Vamos dançar no novo café".

Emilie diz que não quer sair para dançar.

"Não", diz Erich. "Eu sei que você acha que não quer. O que eu prometo é que se depois de uma hora você estiver infeliz e quiser voltar para casa, nós voltamos."

Emilie experimenta a blusa nova, mas está apertada demais. Ela tem se entupido de bolo. Seus seios estão maiores do que quando estava grávida do bebê Gustav. Seu cabelo está sujo. Aos vinte e um anos, se parecia com sua mãe, de cinquenta. Ela tira a blusa e joga no chão. Tranca a porta do quarto, deita-se na cama e fecha os olhos. Quando Erich a chama, ela grita para que ele vá embora e a deixe em paz.

Erich pergunta a Roger Erdman, que também tem uma esposa, Lottie, bem mais jovem do que ele, o que podia fazer para curar o coração partido de Emilie.

Estão no escritório de Roger, no vigésimo ou vigésimo primeiro cigarro da manhã. Lá fora, mais judeus austríacos esperam para ser "processados", e Roger Erdman quer dizer que, na verdade, eles não têm tempo para falar sobre Emilie agora. Há uma reunião marcada com um representante da IF em uma hora. Uma ordem foi dada pelo chefe de Relações Exteriores no Ministério de Justiça de que o fluxo de refugiados judeus deve ser "retido de alguma forma", ou a Suíça será infestada. Um medo conhecido como *Überjudung* (uma concentração excessiva de judeus que não têm valor para a sociedade suíça) crescia no país. "Mas o que podemos fazer em

Matzlingen?", perguntara Roger Erdman. "Estamos no fim da linha. É função da polícia da fronteira impedir que as pessoas passem, mas as pessoas esquecem que os policiais têm sentimentos e condolência. Não somos máquinas calculadoras."

E agora, a condolência de Roger Erdman estava sendo influenciada pela tristeza e pelo cansaço que o colega aparentava. Ele sabe da história de como Emilie caiu e perdeu o bebê. Ele larga a caneta e olha para Erich. Empurra uma agenda em sua direção, abre no mês de junho e declara suavemente: "Erich, acho que vou te dar uma folga mês que vem. O que você precisa fazer é levar Emilie para as montanhas. Se existe algo que pode ajudá-la a se recuperar, esse algo está lá".

Erich pensou por um momento e então disse: "Como eu posso sair agora, Roger, quando temos todas essas novas responsabilidades? Eu estaria decepcionando você".

"Bem", disse Roger, "você tem se olhado no espelho esses dias? Se não tirar uma folga, ficará doente e então vai realmente me decepcionar."

Uma vez, quando tinha cinco anos de idade, Emilie foi para as montanhas com a mãe, Irma. Emilie não se lembra de onde era ou como chegaram lá. Era inverno. O lugar onde ficaram pertencia a um parente ou algo assim. Ela se lembrava de roupas masculinas e chapéus pendurados nos ganchos de ferro.

Todo dia, antes do café da manhã, ela e Irma tinham que abastecer um grande forno. Suas chamas devoravam a lenha como um animal faminto devora uma carcaça. Quando você abria a portinhola, elas rugiam como um tigre.

Nas manhãs azuis e geladas, Emilie e Irma subiam no trenó que haviam encontrado no galpão e voavam ladeira abaixo, até chegarem a um bosque silencioso onde o único barulho era o suave pingar da neve derretendo dos galhos dos pinheiros. Emilie se lembra de uma criatura curiosa — uma corça ou uma cabra-montesa? — se aproximando no bosque e encarando-a enquanto ela a fitava de volta. Em seguida, elas puxavam o trenó ladeira acima mais uma vez, preparando-se para mais uma descida.

O que mais elas faziam? Emilie não consegue lembrar. Então, quando Erich chega e pergunta se ela gostaria de ir para as montanhas, isso é tudo de que ela se lembra — o fogão faminto, as roupas e chapéus, o trenó e a criatura silenciosa sobre pés delicados. "Eu não sei", responde ela.

Ele mostra a foto de um grande hotel, o Hotel Alpenrose. Diz que é em Davos, e que eles ficarão hospedados lá por cinco dias.

Ela encara o hotel, com a vista das montanhas ao fundo. Ela quer dizer que parece majestoso demais para eles, mas Erich antecipa qualquer comentário e a corta, dizendo: "Roger Erdman já foi a Davos e ele ficou nesse mesmo hotel. Ele me disse que se vamos tentar ser felizes de novo, esse é um bom lugar para começar".

Para Emilie, isso tudo parece um mundo completamente diferente — um mundo ao qual somente os ricos pertencem.

Em seu quarto no hotel, cortinas de tecido movem-se com graça nas janelas. Há um vaso com peônias na penteadeira. A colcha da cama é de seda adamascada. Emilie pendura seus poucos vestidos de verão no grande guarda-roupa que cheira a cânfora.

Eles vão até a varanda de ferro ornamentado, enfeitada com jarros de gerânios vermelhos, observam as montanhas e absorvem o brilho do sol e o ar perfumado. Eles veem um grande pássaro, que talvez seja uma águia, surgir no céu limpo. Erich trouxe uma câmera, que Roger Erdman emprestou, e com ela tira uma foto da vista. Ele gira o visor para lá e para cá, mas não consegue capturar o pássaro.

É o fim da tarde do primeiro dia da viagem e ambos estão com fome. Eles descem uma rua tranquila e ouvem o som de uma pequena orquestra. Vem de um café onde, em um minúsculo espaço atrás das mesas, casais idosos dançam. Eles entram. Emilie encara os dançarinos e fica emocionada com a elegância deles. Todos estão na casa dos setenta ou oitenta e, ainda assim, seguem perfeitamente o ritmo da música. Eles mantêm os cotovelos no ar e as costas retas.

Erich e Emilie sentam-se a uma mesa e pedem limonada e *apfelstrüdel*.[2] Eles não conversam, mas comem, bebem e observam os dançarinos. A música parece enfeitiçá-los. E Emilie se pega pensando: "Eu não quero envelhecer — até a idade dessas pessoas — sem ter vivido direito". Ela levanta a cabeça e olha para o marido. Ela quase fica surpresa ao encontrá-lo ali. Ela se acostumara a querer ficar sozinha, como se esperasse, todo dia, olhar para o lado e perceber que ele havia partido. Mas ele não partiu. Ele está sentado ao seu lado, tranquilo, terminando a limonada e acendendo um cigarro. A luz que entra pela janela do café toca sua bochecha e faz brilhar seus cabelos castanhos.

Depois de um tempo, ela pergunta: "Podemos dançar agora?".

Erich não responde. Ele apaga o cigarro, levanta-se, faz uma reverência formal e estende sua mão para ela, e eles seguem para a pista de dança. Os outros dançarinos acenam e dizem *"Grüezi"*, e eles respondem *"Grüezi*, olá para todos", e a banda muda o ritmo para uma balada suave, honrando os jovens estranhos que acabaram de se juntar ao grupo.

Eles se mantêm eretos e com a mesma postura dos demais. Erich conduz Emilie com uma mão firme em sua cintura. E a esposa pensa: "Se pudéssemos seguir assim, nesta dança lenta e formal, de novo e de novo, sem precisarmos falar ou pausar, então no fim — se houver um fim — tudo ficaria bem".

Ela deixou a cabeça pender para a frente, cada vez mais próxima de Erich, até sua bochecha encostar no peito do marido.

Davos.

Emilie sabe que é para onde as pessoas ainda vão para curar alguma doença que as esteja matando. Ela também sabe que muitas delas morrem. Há um grande cemitério no fundo do vale, o qual ela gostaria de visitar.

---

2 Sobremesa originada na Áustria, mas muito popular na culinária alemã e apreciada no mundo todo. É feita com uma massa folhada com recheio de maçã, e pode ser servida com sorvete ou nata.

Ela fica deitada na cama, acordada, enquanto Erich dorme. Ela observa seu rosto, quase escondido no quarto escuro, e entende, de um jeito que não entendia antes, quão cansado está, quão triste e afetado pelo que aconteceu com eles, mas também pelo trabalho que tenta fazer, ajudando pessoas que foram tiradas de seu país e de quase tudo que amavam.

Ela sussurra para si: "Ele é um bom homem". Ela quer sair e dizer aos refugiados judeus que se aglomeram no quartel-general da polícia: "Esse homem vai ajudá-los. Vocês têm sorte de terem-no encontrado. Ele vai ajudá-los, mesmo que centenas de outros virem as costas para vocês".

Então ela o acorda. Ela sabe que isso é desagradável; ele precisa dormir bem, mas ela precisa contar a ele, aqui e agora, que ela *entende* o que está acontecendo no mundo, que não é uma menina ignorante, ela entende o sofrimento, a dor das outras pessoas, que é muito pior do que a dela própria. Ela quer se desculpar.

Erich a abraça forte, acaricia seus cabelos. Ele começa a chorar, chora por um longo tempo.

LIEBERMANN

Matzlingen, 1938

No dia 18 de agosto, chega uma ordem do Ministério da Justiça, de Berna, que estabelece que, daquele dia em diante, todo judeu alemão, austríaco ou francês que busque abrigo e segurança na Suíça deve ser mandado de volta.

Roger Erdman diz a Erich: "Isso provavelmente significa o fim dessas pessoas chegando em Matzlingen. Eles serão mandados de volta antes mesmo de chegar até aqui".

"Eu não acho que seja realmente o fim", opina Erich. "A IF é muito ativa e apoiada por aqui, e essa informação já deve ter chegado nas fronteiras. Talvez alguns ainda consigam passar, Roger. Nesse caso, o que devemos fazer?"

Roger Erdman segura um lápis entre os dedos, como se estivesse medindo algo no outro canto da sala. "Como policial", responde ele, "eu preciso seguir as ordens do Ministério da Justiça. Como homem, não posso fazer isso. Solucione meu dilema, se conseguir."

A chegada dos refugiados judeus (aqueles que cruzaram a fronteira até a Suíça antes de 18 de agosto) continua por um tempo, até diminuir e parar de vez. Todo dia, Roger e Erich olham para o saguão onde homens e mulheres costumavam esperar, e agora veem apenas bancos vazios. Eles imaginam uma massa de pessoas exaustas, carregando bolsas e trouxas escassas, embalando suas crianças, sendo levadas de volta para a fronteira da Áustria e, de lá, para campos de concentração, ou — de acordo com os boatos — para serem assassinadas. Roger diz um dia: "Graças a Deus não estamos em St. Gallen ou Basileia. Nós estaríamos mandando essas pessoas de volta. Nós seríamos responsáveis por suas mortes."

Todavia, Roger Erdman está doente. Ele é levado para o hospital para fazer exames no fígado. Os resultados são "inconclusivos", e Roger diz a Lottie que ele está apenas sob pressão e exausto. Ele vai para casa, mas tem dificuldade para manter a comida no estômago e é afastado do trabalho. Ele pede desculpas a Erich por "fugir do trabalho" e completa: "Pelo menos o problema de ajudar os judeus parece ter acabado, por enquanto".

Mas não acabou.

Uma manhã, quando Erich chega ao quartel-general da polícia, ele vê um homem esperando nos bancos. Ao ver Erich passando pelo saguão em direção ao escritório, o homem se levanta e diz: "Herr chefe de polícia, posso vê-lo imediatamente? A IF me mandou aqui. Eu preciso lhe contar minha história, por favor".

Erich chama o homem para sua sala. Ele pede que tragam um copo d'água, e nota as botas gastas do homem e o cansaço em seu rosto. Gentilmente, explica que não é o chefe, apenas o assistente-chefe.

"Mas você tem autoridade?", pergunta o homem. "Eu não consigo contar minha história mais de uma vez, senhor. Estou exausto."

"Eu tenho autoridade", responde Erich. "O Herr chefe, Erdman, está doente no momento, então estou em seu lugar."

O homem bebe a água. Ele balbucia que a IF não o tratou bem, que não ofereceu nada a ele. Ouvira dizer que o pessoal da IF o salvaria, que estaria em segurança quando encontrasse com eles, mas estava enganado.

"Eles não me ofereceram nada porque têm medo."

"Medo de quê?"

"Da ordem de Berna sobre as datas. Meu nome é Liebermann. Jakob Liebermann. Mas eu imploro, Herr assistente-chefe, não me mande embora. Minha esposa e meu filho já estão aqui na

Suíça. Meu filho tem apenas quatro anos. Eles precisam de mim. Eu os mandei na frente, pensei que teria tempo de conseguir mais dinheiro e segui-los. Então a imposição, o *diktat*, de 18 de agosto surgiu do nada. Estou aqui para implorar que não me mande de volta."

Erich examina o passaporte de Liebermann. Percebe que ambos têm a mesma idade, trinta e seis anos. Sua profissão está descrita como "Médico". Ele olha para cima e diz: "Pode, por favor, me dizer a data que entrou na Suíça, Herr Liebermann?".

Liebermann se levanta e se inclina sobre a mesa bagunçada, em direção a Erich. "Eu poderia dizer qualquer coisa, *qualquer coisa* mesmo, e você nunca saberia a verdade! Mas eu cometi o erro de dizer à IF que fiz a travessia no dia 26 de agosto. Eu cruzei a fronteira em Diepoldsau — aquele caminho pantanoso. Eu não tenho visto. Achei que a IF faria vista grossa. Para que eles existem, senão para nos ajudar? Mas me trouxeram para cá. Disseram que minha entrada precisa ser processada pela polícia, ou eu não posso ter um futuro, nenhum emprego na Suíça, nada, nem mesmo ajuda da IF, foi o que disseram. Me chamaram de 'assunto da polícia'."

Erich sente o coração bater acelerado. Ele quer levantar e ir até o escritório de Roger e entregar o "assunto da polícia" para ele. Mas Roger Erdman não está ali.

Ele pede para Jakob Liebermann se sentar. Consegue ouvir o tremor na própria voz enquanto fala. Ele abre a gaveta da escrivaninha e pega o formulário que precisa preencher. Coloca-o diante de si, ao lado do passaporte de Liebermann, mas não pega a caneta. "Me diga que tipo de médico você é."

"Ah", responde Liebermann, "bem, eu era um clínico geral em Bludenz. Tinha esperanças de me tornar um cirurgião. Eu quero salvar vidas."

"Talvez você ainda possa fazer isso — tornar-se um cirurgião?"

"Senhor, eu não serei *nada* se me mandar de volta! Serei um homem morto. Meu menino não terá pai! Olhe para mim! Sou um homem honesto, um homem que quer fazer algo de bom nesse mundo. Nunca cometi um crime: somente o 'crime' de ser judeu. O nome do meu filho é Daniel. Se me mandar de volta, estará jogando eu e meu menino aos leões."

Erich junta as mãos e se lembra de que ele próprio poderia ter sido pai a essa altura, pai do pequeno Gustav, que teria quatro meses de idade. Imagine se ele, Erich, tivesse morrido no lugar de Gustav? Imagine se Emilie estivesse sozinha com seu filho, se fosse levada embora de seu lar, embora do seu país...

Ele pega a caneta e diz com calma: "Eu vou anotar que sua data de entrada na Suíça foi no dia 16 de agosto. Diga à IF que você se confundiu com as datas, trocou 16 por 26. Que deve ter sido algum engano com o idioma, já que você fala 'o bom alemão' e os membros da IF falaram com você em alemão-suíço, certo?".

"Sim, senhor, eles falaram, sim."

"Bem, aí está. Erros assim acontecem às vezes, mas volte lá e explique que resolvemos tudo por aqui, está bem?"

Por um instante, Jakob Liebermann fica estupefato. Então abre os braços. "Deus o abençoe, Herr assistente-chefe de polícia!", celebra ele. "Deus dará a você uma vida longa e feliz!"

Ele inclina-se sobre a mesa e puxa Erich para um abraço desajeitado, e Erich pode sentir o cheiro da jornada e a sensação áspera da barba por fazer pressionando sua orelha.

Erich não conta para ninguém o que fez. Certamente não para Emilie, que, desde Davos, o deixara voltar para sua cama e sussurrava que queria tentar ter um filho de novo, e Erich não quer correr o risco de deixá-la chateada. Se, às vezes, tem medo de ser punido por desobedecer a uma ordem nacional, ele tenta se acalmar com a justificativa de que havia desobedecido *uma única vez*.

Ele visita Roger Erdman, que está de novo no hospital. Roger está muito fraco. Sua pele está pálida e oleosa. Ele conta a Erich que vai operar o cólon e, depois disso, os médicos dizem que ficará bem. Em seguida, pergunta: "Como estão as coisas no quartel-general?".

"Tudo bem", responde Erich.

"Como vai o... hã... dilema de agosto?"

"Como previu, Roger, os judeus não têm chegado a Matzlingen. St. Gallen é que decide o que fazer."

"O que eles decidem? Você ouviu algo a respeito?"

"Ouvi dizer que a ordem está sendo cumprida."

Roger fecha os olhos. "Eu ainda não tenho certeza", diz ele, "do que nós teríamos feito, mas graças a Deus isso acabou."

Mas é claro que não acabou.

Jakob Liebermann começou a espalhar para outros judeus que haviam escapado para a Suíça depois do dia 18 de agosto: "Tentem entrar por Matzlingen. Eles têm um assistente-chefe que vai falsificar o formulário de entrada. Ele faz isso sem suborno, porque é um bom homem. Vão até ele primeiro, não à IF. O nome dele é Erich Perle".

A pilha de formulários falsificados por Erich começa a crescer. Data de entrada: 14 de agosto. Data de entrada: 12 de agosto. Data de entrada: 9 de agosto... Mas quando agosto vira setembro e é chegada a hora de Roger Erdman voltar ao trabalho, Erich precisa sussurrar aos judeus que o procuram: "Vou fazer isso por você, só dessa vez, mas conte aos outros que quando meu chefe voltar, no dia 30 de setembro, isso acaba. Ele não vai permitir".

Roger perdeu tanto peso que o uniforme da polícia não serve mais. Ele reclama para Erich: "Eu estou ridículo. Pareço um idiota em roupa de gala."

Erich o aconselha a começar a comer bem novamente e convida Roger e Lottie para jantar. Emilie diz que fará porco assado e *knödel* com repolho-roxo, acompanhado de *nusstorte*, sua especialidade em doces. Eles servirão um vinho tinto francês encorpado, o qual Erich consegue comprar em quantidade de um velho colega da Academia de Polícia, que lhe diz que "o vinho cheira a terra, e o trabalho policial cheira a esgoto".

A mesa na sala de estar do apartamento situado no número 61 da Fribourgstrasse é coberta com uma toalha de renda. É uma noite quente de outono — quente demais para acender a lareira —, e as janelas de batente estão abertas.

Nos últimos dias, o coração de Erich Perle começou a bater mais rápido. Ele não consegue controlar. É algo de que fica consciente a todo momento — o barulho do sangue circulando em suas orelhas, as batidas agitadas em seu pulso —, e ele sabe que é porque tem medo. Ele busca acalmar o coração com coisas comuns e ordinárias. O ruído suave do trânsito na Fribourgstrasse é reconfortante, e ele diz a si mesmo que nada mudou em Matzlingen se os carros e motocicletas continuam circulando no ritmo normal. A mudança está em si mesmo. Ele não é mais o homem que pensava ser, o tipo de homem que reverencia as leis do seu país — sua amada Suíça, cujo código moral é tão elevado — e nunca as quebraria. Agora, ele é um criminoso.

Ele tenta se convencer de que tudo isso aconteceu por causa de Liebermann, por causa da compaixão de Erich por um homem que desejava ficar com sua família, um homem que — se fosse mandado de volta para a Áustria — seria morto. Quaisquer outros homens — mesmo os policiais — teriam falsificado os documentos e violado a lei para salvar um homem que não fizera nada errado, correto? Certamente o crime de Erich é considerado neutro por ter salvado vidas. Não é?

Contudo, ele não consegue parar de pensar no que fez. Ele se pergunta se deveria ter salvado somente Liebermann e mandado os outros que o procuraram de volta para a fronteira, esforçando-se para não pensar em seus destinos. A situação de Liebermann justificou sua decisão. Ele ficou emocionado. Enfraquecido diante da compaixão por um homem da sua idade, com um filhinho chamado Daniel. Com certeza uma data falsificada nunca seria detectada, mas a pilha de datas falsas viria à tona, de um jeito ou de outro. Erich entendia agora que havia colocado sua carreira — talvez a própria vida — em risco.

Antes de Roger e Lottie chegarem para jantar, Erich abre uma garrafa de vinho tinto. Emilie está preparando o porco assado na cozinha. Erich fica em frente às janelas, bebendo e fumando um charuto. Ele sente o vinho desacelerar seus batimentos cardíacos, então se serve de mais uma taça. Na hora em que Roger e Lottie chegam, ele já havia bebido quatro taças rapidamente e começava a perder o equilíbrio, como se a sala do apartamento fosse um iate em direção ao mar, saindo das docas.

Porém, a sensação não é desagradável. Ele começa a pensar como esse Erich adulterado, essa pessoa vacilante em um barco à deriva, está livre da obrigação de se comportar com decoro. Em seguida, pensa sobre a palavra "decoro" e a acha absurda.

Ele anuncia em voz alta que a responsabilidade do bom comportamento naquela noite estava revogada. *"Revogada!* Outra palavra idiota, mas vai servir."

Ele percebe Lottie lançando um olhar nervoso para Roger. Então ele percebe, pela primeira vez, quão bonita é Lottie Erdman, e diz para Roger: "Espero que esteja se recuperando bem, Roger, que não esteja negligenciando Lottie".

"O que quer dizer?", pergunta Roger.

"Lottie é uma beleza. É uma *rhinemaiden*![1] Espero que esteja cuidando bem dela."

"É claro que estou."

"Em todos os sentidos. No quarto também."

Lottie fica corada, toca os seios em um gesto alarmado e sorri timidamente para Erich. Roger balança a cabeça, irritado. "Eu vou perdoá-lo por dizer isso, Erich, porque acho que você já bebeu muito vinho, mas o que eu e Lottie fazemos no quarto não é preocupação sua."

Erich se atrapalha para reacender o charuto apagado. *"Preocupação!"*, diz ele, tossindo com a primeira tragada. "Não é

---

1   As Rhinemaiden, ou Donzelas do Reno, são um trio de náiades que habita as águas dos rios e lagos nórdicos, e seus nomes são: Woglinde, Wellgunde e Flosshilde. Também chamadas de Filhas do Reno, essas entidades divinas aparecem no ciclo de óperas Der Ring des Nibelungen, de Richard Wagner.

nem de longe uma palavra idiota! Pelo contrário, uma palavra séria. Mas onde a 'preocupação' começa e termina? Meus amigos, essa é a grande questão dos nossos tempos: quão longe devemos ir ao nos preocuparmos com nossos colegas seres humanos? Buscamos ser indiferentes. Como membros da força policial, somos *ensinados* a ser assim. Mas a indiferença não seria um crime moral?"

Naquele momento, antes que Roger ou Lottie pudessem responder, Emilie entra na sala e avisa que o jantar está servido. O aroma do porco assado preenche o ambiente. Erich adora porco. O mastigar ruidoso do porco crocante em sua boca, liberando os sucos gordurosos da carne, lhe davam, em sua opinião, um prazer quase sexual. Porém, naquela noite, ele sente um súbito desespero perante a ideia dos quatro sentados ao redor da mesa, enchendo-se de porco e *knödel*. Ele pensa em Liebermann e sua pequena família (que nunca comeriam porco na vida), e se pergunta onde estão e se a IF os ajudou, ou se eles se encontram morrendo de fome em algum lugar nas montanhas.

Ele acompanha os convidados até a mesa. O rosto de Emilie está vermelho graças ao calor da cozinha, e ele pensa em como o rubor não a favorece e em como, naquela noite, ele gostaria de fazer amor com a adorável Lottie Erdman. A mera ideia lhe provoca uma ereção e ele se senta bruscamente para cobrir o colo com um guardanapo. Ele serve o vinho a Lottie, ao mesmo tempo que encara seus seios fartos, e acidentalmente derrama vinho na toalha de renda.

"Cuidado, Erich!", alerta Emilie.

Ele não pede desculpas. Ele pensa em quantas vezes precisou se desculpar nos últimos tempos e em como estava cansado de estar sempre errado. Ele recebe seu prato de comida e, antes mesmo de começar a comer, ele grita: "Vocês deveriam saber que estou verdadeiramente cansado de achar que sou um criminoso!".

Eles o encaram. Lottie olha para Erich com ansiedade. Emilie seca o suor da própria face com delicados toques do guardanapo.

"Por favor, comecem a comer", diz ela.

"Ou não", rebate Erich. "Não comam! Não se permitam aproveitar o torresmo. Pensem no barulho da crocância como ossos sendo quebrados. Ossos humanos..."

Roger larga o garfo e a faca. Ele diz com calma: "Qual é o problema, Erich?".

"Eu disse. Estou cansado de meus atos serem criminalizados. Eu fiz o que qualquer homem — qualquer homem com um pingo de compaixão em seu coração — faria. Se estivesse lá, Roger, você faria o mesmo. Mas você não viu o Liebermann. Não viu o sofrimento dele. Por que ele deveria ser forçado a abandonar a família?"

"Quem é Liebermann?"

"Um médico. Judeu. Com uma esposa e filho que já estavam na Suíça. Ele perdeu o prazo para entrar no país por oito dias. Oito dias! E a IF achou que eu o mandaria de volta para a Áustria — o mandaria de volta para morrer. Eu acho que eles podiam ouvir os ossos sendo quebrados, mas eles não contavam comigo. Eles não contavam com Erich Perle, o criminoso!"

A sala fica em silêncio. O vapor sobe dos pratos repletos de comida, e Erich percebe imediatamente que vai vomitar. Ele se levanta e sai correndo da sala, mas não chega ao banheiro a tempo e vomita no corredor.

Lottie está muito pálida. Emilie se levanta para ajudar Erich. Ao alcançar a porta, Roger sussurra para ela: "Eu entendo o que ele fez. Eu entendo".

ROUBO

Matzlingen, 1939

Por vários meses, ele parece estar a salvo, mas então, em maio de 1939, dois agentes de segurança do Ministério da Justiça de Berna chegam ao Quartel-General da Polícia de Matzlingen.

Por que dois? Erich quer perguntar. Alguém disse em Berna que esse homem, esse fiel assistente-chefe de polícia, poderia ser violento e precisaria ser contido?

Ele é levado para a sala de interrogatório, passando pelos bancos onde os judeus se sentavam e esperavam para conhecer seu destino. Está quente e abafado na sala. Erich limpa o suor da sobrancelha e pergunta se podem abrir a janela, mas um dos oficiais do Ministério da Justiça diz: "Não é preciso. Não vamos demorar".

O calor parecia piorar a oscilação do coração de Erich. Às vezes, a pulsação vinha acompanhada de uma auréola de dor, espalhando-se pelo peito de Erich até chegar em sua garganta, quase o sufocando. Agora, ele quer afrouxar sua gravata, mas ele sabe que deve permanecer "arrumado" na frente dos agentes.

Ele espera. Logo, ele vê sendo colocada à sua frente, sobre a mesa de madeira, a pilha de formulários dos refugiados de agosto com as datas falsificadas e sua assinatura.

"Aqui está", diz o agente mais velho. "Você pode, por favor, confirmar se essa é a sua assinatura nesses formulários?"

Erich encara os formulários. Ele lembra como sua mão tremeu ao assiná-los. Imagens das pessoas implorando por sua ajuda lampejaram em sua mente: mulheres com olhos grandes e apavorados, meninas no limiar da beleza, avôs embalando crianças junto ao peito, homens chorando de felicidade e descrença quando as datas falsas eram escritas...

Erich limpa a garganta. O suor escorre em suas costas.

"Sim. Essa é minha assinatura."

"Ótimo", continua o agente mais jovem. "Nós dissemos que isso não iria demorar. Estamos aqui para informá-lo de que, a partir de agora, você está suspenso do serviço policial. Seu crime é a falsificação de datas de entrada de judeus refugiados na Suíça, do qual esses formulários constituem prova. Você pode pegar seus itens pessoais de sua mesa, mas nada que pertença à Polícia, claro. Podemos adiantar que em algum momento você será julgado por descumprir uma ordem do Ministério da Justiça. Esse julgamento está sendo revisado no momento. Enquanto isso, seu pagamento e a pensão policial estão confiscados, e o próprio ministro gostaria que transmitíssemos a você seu profundo desgosto."

Erich pensa em Jakob Liebermann abrindo os braços e dizendo: "Deus o abençoe, Herr assistente-chefe de polícia! Deus dará a você uma vida longa e feliz!", e em como ele, Erich, sabia, ao assinar o formulário de Liebermann, que era exatamente disso que estava abrindo mão — da benção de Deus, da vida longa e tranquila...

"Por favor, posso perguntar uma coisa?", diz Erich.

"Claro, vá em frente."

"Como você sabe que as datas são falsas? Quem disse que eu as falsifiquei?"

Os agentes trocaram olhares.

"Essa informação é confidencial", responde o agente mais velho. "Tudo que precisa entender é que você colocou seu país em perigo por ignorar as leis dessa forma."

"Eu não tinha a intenção de colocar meu país em perigo. Eu estava preocupado em salvar vidas."

"Admirável, na maioria dos casos. Todos temos bons corações, não temos? Mas a Alemanha não vai mais tolerar uma política aberta em relação a judeus refugiados na Suíça. Nós estamos em risco de sofrer uma invasão alemã. Isso seria o fim da nossa bela terra. E pessoas como você serão responsabilizadas. Ah, por falar nisso, no fim do mês você e sua esposa precisam desocupar o apartamento da polícia na Fribourgstrasse."

"Para onde devemos ir?"

"Não faço ideia. É problema seu. Você receberá duas semanas de salário. Isso foi um pedido do seu superior, Herr chefe Erdman, e não nos opusemos. Somos homens sensatos. Nossa sugestão é que você use esse dinheiro sabiamente, mas isso não é nossa responsabilidade."

Erich é escoltado de volta para sua mesa. Seu distintivo é removido e imediatamente ele sente falta de seu peso, como se de alguma forma o metal protegesse seu coração dolorido. Ele olha em direção ao escritório de Roger Erdman, alimentando a tola esperança de que ele iria intervir e salvá-lo, mas Roger não está no escritório.

Do lado de fora, na sala de comunicações, ele pode ouvir o barulho das máquinas de escrever e as conversas baixas: a polícia segue sua rotina normal, como se ninguém notasse o que está acontecendo com o assistente-chefe de polícia Erich Perle — como se ninguém entendesse que sua vida está acabando.

Não são nem dez horas da manhã quando Erich deixa o Quartel-General da Polícia. Ao pé da escada, ele para e olha para trás, e vê a porta pesada com detalhes de ferro e o mastro sobre ela, de onde pende a bandeira da Suíça, imóvel, sob o sol de maio. E ele pensa em como amava o que essas coisas simbolizavam. Havia uma palavra para isso: *amor*. Atravessar a porta ornamentada com orgulho toda manhã, como se aquela porta *pertencesse a ele*. Tão à vontade com sua profissão que, às vezes, gabava-se dela, assim como havia se gabado com Emilie no *Schwingfest*.

Ele carrega seus pertences em um saco de papel: uma fotografia de Emilie em Davos, meia caixa de charutos, um calendário de mesa e um tinteiro manchado.

Ele começa a se afastar do prédio. Ainda está vestindo seu uniforme policial. Ele dá um sorriso triste ao pensar como até mesmo os agentes do Ministério da Justiça hesitaram em mandá-lo para casa somente com as roupas de baixo. Sente-se agradecido por manter consigo uma relíquia de todos esses anos de serviço e pensa em como, sinceramente, ele a merece. Contudo, sabe que o mundo onde pessoas merecem ou não as coisas está acabando. A Europa está em guerra. Justiça é uma palavra que está perdendo o sentido.

Ele não faz ideia de como contar para Emilie o que aconteceu. Ele acha que não existem palavras certas para isso e se pergunta quanto tempo vai demorar para Emilie perceber que eles caíram na pobreza em um único dia.

Ela fica em pé ao lado do aquecedor desligado, e o sol da manhã de maio banha a sala com quadrados de luz.

Ela quer dizer para Erich: "O homem com quem me casei era o assistente-chefe Perle. Ele me disse sua idade e posição quando nos conhecemos. Como posso me conformar com qualquer outro homem além desse?".

Ele parece patético, em pé com seu saco de papel grande e amassado. Ela sabe que o esperado de sua parte — e mesmo o que ela espera de si própria — é compaixão e apoio, porém ela não consegue sair do lugar, encarando-o com os punhos fortemente cerrados.

"Bem", diz ela, "espero que os judeus estejam satisfeitos. Foi por eles que o pequeno Gustav morreu e agora foi por eles que você sacrificou o restante de nossas vidas."

Ela vê Erich abrir a boca para argumentar e então mudar de ideia, o que a faz pensar: Bom. Acho bom que ele não tente negar isso, porque é a pura verdade; ele priorizou a vida dos judeus antes da minha. Ele se importou mais com ajudar estranhos do que comigo.

Ela quer sair do apartamento, fugir para uma outra vida e nunca mais voltar. No entanto, ela pensa, por que eu devo ir embora? Erich é quem deveria partir. Eu vou ficar aqui e cuidar dos meus gerânios vermelhos e ler minhas revistas e comprar doces franceses do Café Emilie. Eu vou continuar com a minha vida como se nada tivesse acontecido...

Mas quando Erich diz que eles vão perder o apartamento, ela deixa a raiva explodir. Ela puxa o próprio cabelo, cai de joelhos e bate os punhos fechados no tapete meia-lua. Ela agarra uma almofada, rasga a costura e joga as plumas em si. Ela começa a arranhar o próprio rosto.

Emilie viaja para Basileia, para a casa de sua mãe, a casa com a bomba de água no quintal, onde a grama cresce demais no verão e onde lobos às vezes podem ser ouvidos uivando na floresta.

Nada é dito sobre quando ela vai voltar.

Ela deixa poucas roupas no guarda-roupa e uma velha escova de cabelo de prata em sua penteadeira. Quando o táxi chega para levá-la até a estação, Erich não está lá para se despedir.

Erich encontra um pequeno apartamento na Unter der Egg. Uma barraca de flores sendo montada na rua o anima. O aluguel é baixo, mas é exigido um grande depósito, uma quantia que é quase tudo que lhe restou.

Apesar de não se sentir confortável com isso, ele percebe que não tem outra opção além de pedir dinheiro emprestado. Ele acha que Roger Erdman vai emprestar a quantia necessária, já que ele se sente culpado pelo que aconteceu. Ele admitiu. Ele disse a Erich que, se não estivesse no hospital e sim no escritório, sentado cara a cara com Liebermann, talvez teria feito a mesma coisa. "Não temos como saber", disse ele, "até a hora chegar e termos de tomar uma decisão."

Em uma tarde de domingo, Erich vai até o apartamento de Roger, na Grünewaldstrasse. A porta é aberta por Lottie, que veste um penhoar de seda e cujo cabelo está bagunçado

"Perdão", desculpa-se Erich. "Estou incomodando."

"Ah, não", Lottie boceja, "eu estava tirando um cochilo depois de ter comido chocolate demais. Roger está em Zurique. É ridículo como eu fico imoderada quando ele está longe!"

"Eu vou deixá-la em paz — em sua imoderação! Eu só vim pedir um favor a Roger."

"Não. Entre, Erich. Fico feliz que esteja aqui. Eu quero dizer como fiquei chateada com o que aconteceu com você. Entre, e eu faço um café."

Ela não troca de roupa, apenas penteia os cabelos. Ela senta ao lado de Erich no sofá para servir o café, e ele pode sentir o cheiro do suor em seu corpo e o chocolate em seu hálito.

"Você precisa nos dizer o que podemos fazer por você, Erich", diz Lottie. "De verdade, faríamos qualquer coisa."

Um relógio com uma campainha de prata bate quatro vezes. No silêncio que cai após os toques, Erich se lembra da noite de sua "confissão" e de como ele desejou Lottie Erdman. E agora ele sabe que se sente tentado por ela de novo — seus cabelos loiros volumosos, seus seios fartos, o aspecto saudável que exala, o prazer que demonstra em exibir o próprio corpo.

Ele bebe o café, mas está quente demais. Sabe que precisa se apressar e ir embora antes que faça ou diga alguma coisa da qual se arrependa. Lottie boceja de novo. Um lado do penhoar de seda desliza de sua coxa. Ela não tenta colocá-lo de volta, e Erich, incapaz de resistir à tentação de olhar, percebe que ela não está usando roupas de baixo.

"Eu ouvi dizer", começa Lottie, "que Emilie foi ficar com a mãe."

"Sim."

"Nunca é um bom sinal, voltar para a casa da mãe", diz Lottie. "Isso quer dizer que seu casamento acabou?"

"Eu não sei."

"Bem", ela continua, "considerando que estou em um estado tão imoderado e que Roger e Emilie estão longe, seria perverso demais nos divertimos um pouco? Nada sério. Só algo para nos distrair desse mundo de tanto sofrimento. Você é um homem muito bonito, Erich. Sempre achei isso. Eu sonho com você às vezes, sonhos muito excitantes, mas é claro que nunca conto para Roger. Eu espero até ele ir trabalhar, volto para a cama e me masturbo. Não é hilário confessar algo tão malicioso?"

Erich não consegue falar. Ele sabe que deveria se levantar, dar adeus e ir embora do apartamento. Transar com a esposa de Roger Erdman seria algo vergonhoso, mas parece que Lottie

— em sua camisola transparente, com seu hálito de chocolate, seu rosto brilhando pelo sono, sua conversa provocativa sobre masturbação — está despreocupada com tudo isso, como se fazer amor com Erich agora fosse a coisa mais sensata, natural e inocente do mundo.

Ela gentilmente levanta a mão de Erich e a segura entre suas pernas e com esse primeiro toque ela fecha os olhos. Depois disso, todo o autocontrole dele se esvai. Quase imediatamente, Erich cai de joelhos e sua boca fica onde sua mão estava, e o cheiro e o sabor de Lottie Erdman, nessa tarde quente de domingo, é mais irresistível do que o cheiro e o sabor de qualquer outra mulher que ele já conheceu.

Ele fica lá até o amanhecer. O cheiro de Lottie está em todo o seu corpo, mas ele não quer lavá-lo. Ao sair, ele diz: "Agora eu vou pensar em você o tempo todo".

PÉROLA

Basileia, 1939-40

O inverno chega na casa com a bomba de água no quintal. Calçando pantufas azuis felpudas e uma camisola de lã, Emilie bombeia a alavanca, para cima, para baixo, para cima, para baixo, até a bacia de latão ficar cheia. Enquanto faz isso, ela xinga. Dentro da casa, sua mãe, Irma Albrecht, espera até que a água seja trazida e aquecida para poder se lavar.

Elas vivem uma vida infeliz.

Basileia é uma cidade próspera, mas aqui, a alguns quilômetros de distância, há pobreza. O vizinho mais próximo é um criador de porcos que alimenta os animais com quase nada além dos restos de comida do lixo. Com frequência os bichos morrem de intoxicação ou engasgam com um pedaço de papelão ou anel de lata de sardinha.

A mãe de Emilie xinga o homem negligente, mas a filha sente tanta pena de si quanto dos porcos. Irma a usa, como sempre fazia antes de ela ter escapado para Matzlingen, como uma empregada. Ela precisa limpar a casa decrépita, lavar as roupas, passá-las no espremedor de roupas e pendurar no quintal. Ela precisa fazer as camas e limpar a banheira. Sua alimentação é miserável.

Mais e mais, à medida que o inverno se aproxima, Irma fica na cama. Ela manda Emilie massagear suas costas com um óleo de lavanda especial para evitar dores musculares e doenças pulmonares. Os braços de Emilie doem enquanto massageiam a pele branca e salpicada de manchas. Há uma certa tortura nessa tarefa, porque a visão do corpo de Irma, no limite da velhice, lhe causa repulsa. Ela teme ficar como a mãe. Porém, Irma a faz continuar mais e mais.

"Não finja que não sabe fazer direito!", ralha ela. "Esfregue com força. Você quer que sua mãe morra das doenças do inverno?"

Sim, ela quer. Emilie gostaria que Irma morresse. Assim, a casa velha e decrépita poderia ser vendida e ela ficaria com o dinheiro para si, talvez o suficiente para começar um pequeno negócio em Basileia: uma loja de flores ou um pequeno café, com quartos no segundo andar onde pudesse morar. Ela compraria roupas elegantes, conheceria outros homens, se divorciaria do marido desgraçado e casaria de novo. Ela teria outro filho. *Teria um futuro.*

Entretanto, tudo que resta agora é uma sucessão de dias, desprovidos de qualquer prazer, de qualquer felicidade. Irma vai e volta da igreja. Emilie lê suas revistas. Ela adora saber da vida das estrelas de cinema. Ela fantasia sobre se tornar amante de Charlie Chaplin, ser acariciada por seu bigode, seduzida por seus belos olhos. Ela anda na floresta ouvindo o barulho dos lobos. Ela colhe cenouras e nabos da horta de Irma para se manterem vivas. Ela assa pão.

De vez em quando, nas noites congelantes, ela sonha com o apartamento da Fribourgstrasse: o calor, a luz do sol entrando pelas janelas de batente, as flores vermelhas. Erich não está nos sonhos, mas às vezes uma sombra pálida passa entre a janela e a porta, como se nascida do sol, e desaparece. E então ela entende: é seu finado Gustav, seu filho perdido.

Às vezes, Irma e Emilie pegam o ônibus até Basileia. Irma veste seu melhor casaco bordô e o chapéu da mesma cor. Elas descem a Freie Strasse, passam pela fachada desbotada da *Rathaus*, onde fica a sede da prefeitura, e entram em uma casa de chá da *Marktplatz*, a praça do mercado, onde Irma pede bolo de chocolate e chá. Ela nunca paga. Quando a conta chega, ela assina e devolve. Emilie não faz ideia de como esse acordo começou ou como vai acabar. Os donos do café, Herr e Frau Mollis, parecem sempre educados e conformados com as assinaturas rabiscadas de Irma.

No café, Emilie procura por judeus. Ela ouviu dizer que muitos judeus franceses agora vivem na região de Basileia, mas ninguém está falando francês na sala. Quando elas voltam para a rua movimentada, ela espera encontrar alguns judeus caídos na rua, bêbados ou abandonados. Estariam fracos demais para pedir esmola?

Na esquina da rua Martinsgasse há uma joalheria e, um dia, quando olha lá dentro, vê o que pensa ser um rosto típico de um judeu encarando-a de volta, um homem na casa dos cinquenta anos, aparentemente rico, puxando as mangas da camisa presas com abotoaduras grandes e douradas, e ela quer entrar na loja e dizer: Eu perdi tudo por sua causa. Eu quero que você saiba disso. Eu quero que todos vocês saibam. Eu tinha uma bela vida e agora eu tenho uma vida de pobreza e miséria — por sua causa.

Mas Irma a faz seguir em frente, passando reto pela joalheria. "Hora de ir para casa", declara ela. "Preciso do meu enema."

Sempre, após comer bolo, havia o ritual do enema. O corpo de Irma ficou tão acostumado a uma dieta fraca de pão e vegetais que — mesmo devorando o bolo como uma criança gulosa — ela acredita que precisa de "condições especiais" para poder acomodar algo cheio de substância ou gordura. "Isso", diz ela, "é uma punição de Deus."

Por isso ela precisa desaparecer no banheiro externo com seu tubo de borracha e a bomba de enema e esperar ali, no frio intenso, até que seus intestinos estejam livres de tudo que contém e comecem a "processar" o bolo. Depois disso, ela fica tão fraca que precisa se deitar. Ela ordena que Emilie traga sua sopa. Emilie teme que a próxima tarefa que lhe será ordenada seja aplicar o enema. E recusar um dos pedidos de Irma é tão impossível agora quanto era quando criança. Esses pedidos contêm veneno. Se você recusa, é mordido por uma cobra. Você pode ter uma morte horrível.

A neve cai no novo ano, 1940, e a Suíça permanece em silêncio, como se escutasse, aterrorizada, o barulho dos exércitos avançando. A bomba no quintal precisa ser coberta por sacos para não congelar. Ao redor dos sacos, Irma amarra um xale antigo e gasto de pele de raposa. Agora, quando Emilie olha para a bomba, ela imagina um animal selvagem no quintal, apoiado nas patas traseiras, apavorado por se encontrar ali.

Cada vez mais, Emilie sonha com Charlie Chaplin e com as avenidas de Hollywood, ladeadas por palmeiras, um lugar tão distante, onde a guerra nunca, jamais alcançaria. Ela dança com Charlie ao lado de uma piscina iluminada. "Ah, Emilie, você tem a altura perfeita para mim. Vamos voar juntos sobre o arco-íris", diz ele.

Por quanto tempo consegue aguentar essa vida com Irma? Emilie tenta não pensar nisso. De que serve pensar em um fim para o sofrimento atual, quando você é prisioneiro das circunstâncias, prisioneiro do tempo?

Às vezes, lá longe no vale, Emilie consegue ouvir vozes de crianças construindo bonecos de neve, brincando em trenós, e ela pensa em como aquele barulho é maravilhoso; e como nesse ano, 1940, seu Gustav estaria falando e rindo, e como ela teria mandado fazer um trenó só para ele e talvez pegasse emprestado um pônei para puxá-lo.

Mais uma vez, Emilie e Irma estão a caminho da cidade. Irma usa seu casaco e o chapéu bordô. Emilie sugere ir em outro café — só para ver se Irma está preparada para pagar pelo chá, mas a mãe responde, irritada: "Claro que não. Aquele é o único café que Deus me permite frequentar".

Logo, sentam à mesa de sempre, ao lado da janela. Irma e Emilie comem bolo de chocolate e bebem chá com leite. Irma corta a fatia em pedaços maiores do que o normal e enche a boca. Suas bochechas magras ficam cheias, e Emilie reconhece como, de algum jeito triste, sua mãe *vive* para isso, para esses cinco a dez minutos se enchendo de chocolate. Um momento de compaixão por Irma enche seu coração. Ela quer tocar seu ombro ou acariciar sua mão, mas Emilie se contém.

Quando o bolo termina e Irma pede a conta, o que recebe é uma pilha de contas, talvez umas trinta, assinadas e não pagas. Elas foram trazidas pela dona do café, Frau Mollis, que puxa uma cadeira e se senta.

"Sinto muito, Frau Albrecht", começa Frau Mollis. "Eu acho que fomos muito pacientes com essas contas, mas você pode ver que são muitas agora. Eu vou pedir que as acerte hoje. Assim, você pode voltar a aproveitar seu chá com bolo de chocolate no futuro. Eu aceito um cheque se não tiver dinheiro em espécie."

"Ah", diz Irma. "Bem, é claro que não tenho o dinheiro em mãos. Quanto eu devo?"

"Noventa e dois francos e dez centavos."

"Quer dizer que você vai contar até os centavos?"

"Só estou dizendo quanto você deve."

"Eu acho que é demais. Tudo isso por bolos! É ridículo."

"Você pode conferir as contas se quiser. Meu marido e eu fizemos a soma com muito cuidado. Essa é a quantia que deve."

Irma encara Frau Mollis. Ela balança a cabeça como se um insulto terrível lhe tivesse sido dito. Em seguida, levanta o braço, remove o alfinete de chapéu e o entrega para Frau Mollis. Na extremidade do alfinete há uma grande pérola.

"Aqui está", diz Irma. "Se insiste, eu lhe dou isto como pagamento. Pertenceu à minha avó. Foi trazido de Paris na virada do século e vale muito mais do que noventa e dois francos e dez centavos."

Frau Mollis pega o alfinete. Ela parece confusa. Ela não o examina de perto, mas estende a mão de volta.

"Eu não posso aceitar isto. Como disse, eu aceito um cheque..."

"Bem, eu posso dar um cheque, mas não há dinheiro na minha conta. O que você quer — um cheque sem fundo ou uma pérola valiosa?"

Frau Mollis se levanta, deixando a pilha de contas na mesa. Ela desaparece no interior da cozinha, nos fundos do café.

Irma funga e balança a cabeça de novo. "Muito estúpidas", retruca ela. "Essas pessoas são muito estúpidas."

Emilie está em silêncio. Ela se lembra do alfinete de pérola. Quando adolescente, ela o encontrara em uma gaveta no quarto da mãe — entre os restos de pentes velhos, pó de arroz espalhado, cinzas de cigarro, pinças, lixas de unhas, comprimidos e pedaços de bolas de algodão —, e pensara que era um objeto maravilhoso. A pérola era tão grande. Certamente nenhuma ostra poderia ter criado aquilo... E como foi presa ao alfinete?

Aos treze anos, Emilie pegara uma das lixas de unhas de aço e começara a lixar a ponta com cuidado, tentando remover a pérola. Na sua base, onde estava o alfinete, um pouco de pó nacarado havia saído da pérola. Na parte de baixo a pérola era cinza, e Emilie achava que pérolas de verdade eram *nada além de si mesmas*, e essa parte cinza era feita de outra coisa, por isso a pérola devia ser falsa.

Ela queria contar para a mãe, caso não soubesse, que a pérola não era de verdade, mas isso envolveria admitir que havia mexido em suas coisas, visto a bagunça do pó de maquiagem e os fios grisalhos embaraçados nos pentes. Porém, desde então, quando Irma usa o alfinete de pérola em seu chapéu bordô, Emilie se lembra do pozinho de cobertura perolada que havia se soltado e que talvez ainda esteja na gaveta de Irma, invisível entre as cinzas de cigarro.

Frau Mollis volta para a mesa com seu marido. Ele é quem está segurando o alfinete. Ele limpa a garganta e diz: "Frau Albrecht, sinto muito, mas não podemos aceitar esse alfinete. Na próxima vez que vier — e saiba que é sempre bem-vinda em nossa casa de chá —, por favor, traga o dinheiro necessário para pagar sua dívida".

Outros clientes do café se viram para encarar a cena. Irma hesita por um instante, pronta para discutir com Herr Mollis, mas muda de ideia, pega de volta o alfinete e o prende no chapéu bordô outra vez.

Emilie sabe que elas nunca mais irão voltar à casa de chá; e elas nunca mais voltaram.

Ela se acomoda em sua cama estreita. Pensa em como, ao longo da vida, Irma — em toda sua devoção — tem se comportado de modo vergonhoso. Pergunta-se como isso começou, esse jeito negligente de tratar as pessoas.

Em outra gaveta, onde cachecóis de inverno e luvas horrendas eram guardados, Emilie uma vez achou uma foto — desbotada e amassada — de um homem que Irma disse ser o "responsável" pelo nascimento de Emilie. Ela não se referia a ele como "seu pai", e sim como o "homem responsável". Seu nome era Pierre. Ele viera de Genebra, onde havia trabalhado em um hotel, para Basileia. Ele queria melhorar, "se aprimorar", disse Irma, mas só conseguiu um trabalho em um café em Basileia e, quando soube que Irma estava grávida de uma filha sua, desapareceu de um dia para o outro. Talvez tenha ido a Paris, onde ele sonhava em ter uma casa noturna.

Emilie havia visto a foto de Pierre várias vezes — um homem bonito e magro no exterior, mas que por dentro era um covarde e trapaceiro com as mulheres, deixando Irma Albrecht com uma incurável e eterna fúria.

Na escuridão da noite de inverno, Emilie se pega comparando o próprio marido com o pai ausente. Ela começa a notar algo importante, que nunca antes havia considerado: Pierre era como a pérola falsa do alfinete, com uma bela e reluzente cobertura por seu corpo, mas uma alma impura. Erich, por outro lado, é ele mesmo *por inteiro*. Ele fez o que seu coração dizia e está preparado para sofrer as consequências. Ele é um homem que não consegue mentir para si próprio e não consegue trilhar um caminho que acredita ser errado. Agora, ela se depara com relances de um estreito caminho que a leva de volta para ele — em direção ao seu perdão e ao seu amor.

LOUCURA
Matzlingen, 1941

Erich tem vontade de ser professor. Ele acredita que todo o trabalho cuidadoso e disciplinado na polícia o tenha preparado para ser um educador. Ele gostaria de ensinar história — para chegar à verdade das coisas. Ele começa a pegar livros de história emprestados na biblioteca. Cercada pela guerra por todos os lados, ele sabe que a Suíça precisa se agarrar rapidamente à neutralidade e desenvolver em suas crianças um entendimento do *porquê* de seu país ser assim.

Ele se candidata em quatro escolas de Matzlingen, mas nenhuma quer correr o risco de contratar um policial "desonrado", com um processo pendente. Ele havia infringido a lei por vontade própria. Ele é rudemente lembrado de que "criminosos e crianças não deveriam se misturar". Ele quer protestar, mas sabe que as decisões já foram feitas. O medo de uma invasão alemã é uma agonia diária para o país, quase nunca comentada, mas sempre presente. Ninguém lhe dará ouvidos.

Ele consegue um emprego na garagem de bondes. Ele trabalha no turno da noite com um rapaz muito mais novo chamado Erlen. Ambos têm a tarefa de supervisionar a limpeza e a manutenção dos bondes entre uma e seis da manhã, e inspecionar a primeira saída até a cidade. Erich recebe pouco por todas essas longas horas de trabalho, mas ele precisa viver. Precisa comer. Precisa pagar o aluguel do apartamento na Unter der Egg. E há um bônus por trabalhar à noite: seus dias são livres para receber as visitas de Lottie Erdman.

Lottie Erdman ocupa suas horas, as que passa acordado e também aquelas em que está dormindo. É como se estivesse procurando por Lottie a vida inteira e agora a tivesse encontrado — sua amante perfeita. A visão, o cheiro, o toque e o sabor de Lottie são tal qual uma droga. Ele sempre quer mais. Quando ela o deixa, e ele cambaleia pelo apartamento com as pernas fracas e exaustas pelo esforço sexual e a falta de sono, ele conta as horas, ou dias, até poder vê-la de novo. A noite inteira, na garagem fria, ele suspira e lamenta o fato de Lottie não ser sua esposa — e ela nunca será. Ela é a esposa de seu amigo. Quando imagina Roger fazendo amor com ela, ele sente uma dor tão forte em seu coração e em sua virilha que, às vezes, o faz pensar que entrará em choque.

Lottie entende sua obsessão. Às vezes, ela o trata como uma Cleópatra caprichosa, fazendo-o esperar e implorar. Quanto mais faz isso, mais ele a quer. E ele a quer de qualquer jeito, sem se importar se a machuca, fascinado, na verdade, pela ideia de que pode machucá-la no ápice do prazer. Ele sabe que está praticamente insano de desejo, abandonando qualquer controle. É o tipo de loucura que pode matar um homem.

Erich quase não pensa em Emilie. Ele a imagina na casa da mãe, caminhando entre a colina vazia e a porta quebrada. Ele fica estupefato com a ideia de ter se apaixonado por alguém assim. Como chegou a esse ponto? Só por causa de um belo dia de verão no *Schwingfest*. Só por causa de um beijo. Porque ela era virgem. Porque ela estava determinada a tê-lo. Porém, pensando nela agora, ele mal consegue se lembrar de qualquer dia ou noite em que tenham sido felizes juntos.

Após uma tarde com Lottie, uma tarde tão intensa que sabia que nunca esqueceria, ele se senta e escreve uma carta para Emilie, sugerindo que, "com tudo que tem acontecido", eles assinem o divórcio. E quando isso é posto no papel, ele se sente consolado, como se, ao divorciar-se de Emilie, a ele fosse permitido casar-se com Lottie, ter filhos e ficar com ela pelo resto da vida.

Mas antes que Erich possa enviar sua carta, Emilie volta.

Ela chega no meio da tarde. Erich está dormindo. Lottie esteve com ele desde as nove da manhã, mas foi embora ao meio-dia. A cama ainda cheira ao seu perfume, os lençóis estão úmidos e bagunçados pelo sexo.

Erich escuta a maçaneta da porta, mas vira as costas e volta a dormir. Ele ouve passos recuarem e, em seguida, a porta se abre e a voz de Ludwig Krams, o filho adolescente da zeladora, fala: "Herr Perle, eu vi você chegar. Você precisa vir aqui. Há uma moça aqui que diz ser sua esposa."

Erich senta-se. Está nu. Pega um par de calças e uma camiseta de baixo e vai para a sala de estar, onde vê Emilie em pé ao lado da porta. Ludwig Krams está sorrindo como um idiota. "Sua esposa", anuncia ele, colocando a mão em frente à boca para conter uma risada. "Você não disse para minha mãe que tinha uma esposa, Herr Perle!"

"Por favor, deixe-nos, Ludwig", pede Erich.

"Eu quase ri. Isso é indelicado. Vou embora agora."

Ele se vira e sai do apartamento. Emilie não se mexe. Ela continua em pé com os punhos cerrados, encarando Erich.

Ele a deixa entristecida. Seu cabelo está comprido e bagunçado, sua barba por fazer, os lábios estão secos, o pescoço tem hematomas vermelhos — o tipo de hematoma que as pessoas que entendem de sexo chamam de outra coisa, mas Emilie não se lembra da palavra. Ela está de volta para dizer que sente muito, que fez as pazes com a perda de sua antiga vida, que pede perdão pela pressa em deixá-lo. Quer contar como, nos últimos tempos, tem pensado muito sobre o homem que ela sabe que ele é, verdadeiro, honesto, gentil e bondoso. Mas, ao vê-lo agora, com um cheiro quase animal, ela não consegue dizer nada disso. Tudo que consegue fazer é gaguejar: "Imagino que você esteja com uma mulher aqui, certo?".

"Não", responde Erich. "Não há ninguém aqui. Venha até a cozinha. Vou fazer um chá e podemos conversar."

Ela coloca a mala no chão e segue Erich até a cozinha. Ela repara na pilha de louças sujas na pia e na sujeira do fogão. Repara também que não há mesa na cozinha, só uma bancada articulada na qual havia restos de café da manhã para duas pessoas e metade de uma garrafa de aguardente. Ao ver isso, ela pensa: Cheguei tarde demais. Fiquei longe por muito tempo. Ele me trocou.

Ela fica em silêncio ao lado da bancada enquanto Erich tira os pratos. Cansada da viagem, em choque por estar em um apartamento desconhecido e habitado por duas pessoas, ela começa a chorar.

Erich ignora o choro enquanto coloca a chaleira no fogão. Em seguida, tira a rolha do aguardente e o entrega para Emilie. "Tome um gole", aconselha ele. "Vai te acalmar."

Ela bebe, procura por um lenço e gagueja. "Você tem uma vida nova, não tem?"

"Não", responde ele enquanto pega duas xícaras.

"Não posso culpá-lo. Provavelmente achou que eu não voltaria... Não tinha motivos para achar que..."

"Me escute", diz Erich. "Eu vou contar a verdade para nos livrarmos disso de vez. Eu pago uma prostituta, às vezes. Eu trabalho à noite na garagem dos bondes, então, quando ela vem, é de manhã cedo, depois tomamos café porque eu a trato de um jeito civilizado. E depois ela vai embora. Certo? Eu pago uma prostituta. Uma vez por semana. São só negócios. Nós transamos, tomamos café e ela vai embora. Mas agora que você está de volta..."

"Você me quer de volta, Erich?", soluça Emilie. "Eu sei que fiz tudo errado e não o culpo... Mas ainda amo você. Eu precisava vir e falar isso. Eu o amo tanto."

A palavra "amo" parte o coração de Erich. É a palavra que ele usa com frequência com Lottie, mesmo sabendo que ele nunca poderá expressar esse amor como gostaria, como seu marido e único homem de sua vida. Ouvi-la de Emilie o faz sentir como se, de alguma forma, ela lhe *roubasse* essa possibilidade, e isso o enche de tristeza.

Com uma colher, ele coloca folhas de chá em um bule amarelo lascado enquanto morde o lábio. Ele mal havia olhado para Emilie, mas agora a encara de frente. Ela é sua esposa. Lottie Erdman, seu anjo voluptuoso, a mulher com quem faz amor três ou quatro vezes por semana, não é sua esposa. Sua esposa é Emilie, que está em pé, soluçando, bebendo aguardente e falando de amor. É ela, a mulher na sua frente, usando um vestido grande demais em seu corpo tão magro, tão lamentável, tão faminto que mal parece estar vivo.

Erich quer gritar. Ele coloca um punho na boca.

Alguém me salve disso!

Alguém me salve!

Enquanto ela termina o chá, ele troca os lençóis da cama. Ela não o vê segurando os lençóis manchados de sêmen próximo ao rosto, sentindo o cheiro do corpo de Lottie, o que o faz querer uivar como um lobo.

Ele a escuta lavando a louça na cozinha. Ele lembra como ela deixava limpo o apartamento na Fribourgstrasse, como ela o perfumava com flores. Logo, ele lembra-se dela rasgando uma almofada, cobrindo-se com as penas e arranhando seu rosto feio...

Ele vai até a cozinha e diz: "Eu realmente não sei como vamos morar juntos, Emilie. Eu andei pensando que nunca tentaríamos ficar juntos de novo".

"Eu sei", funga ela. "Eu pensei, depois de ir embora, que eu não conseguiria mais viver com você, mas eu quero tentar, Erich. Eu devo isso a você. Eu sei que a vida agradável que tínhamos se foi, mas podemos tentar algo juntos, não podemos? Não?"

"Eu não sei."

"Eu fui tão infeliz na casa da minha mãe. Comecei a pensar em você o tempo todo. Pensei em nossa viagem para Davos, lembra? O chá dançante. Nossa vista das montanhas. Não lembra?"

O sol da tarde agora entra pela janela da cozinha e alcança os cabelos de Emilie, tornando-os brilhantes e dourados, embora isso pouco signifique. Ela lembra a Erich um roedor — um rato ou um esquilo — que, quando a luz bate de um certo jeito, de repente pode evocar uma súbita compaixão.

"Eu lembro", responde ele.

O fato de ele trabalhar à noite significa que nunca precisam dividir a cama. Emilie acorda às seis e meia, quando ele volta da garagem. Eles tomam chá juntos e em seguida ele vai para a cama dormir. Ela anda pelo apartamento, limpando e organizando. Ela compra narcisos selvagens e vários ramos de violetas da barraca de flores na Unter der Egg.

Ela passeia pela cidade procurando por trabalho. Erich dissera que tinha dívidas a pagar. Ela havia prometido que encontraria trabalho assim que possível, e tinha esperança de ser contratada em uma nova cooperativa de queijo emmental. "De agora em diante", ela dissera ao marido, "nós vamos dividir o fardo."

Porém, há um fardo que ele nunca dividirá.

Na noite do retorno de Emilie, sob a luz fria da garagem, Erich Perle compõe a única carta erótica de amor que escreveu na vida.

Ele a coloca em um envelope e pede para Erlen escrever o endereço com sua letra bagunçada; desse modo, Roger não reconhecerá sua letra. Agora, Erich sente vergonha do envelope, mas não da carta, que começa com *Lottie, minha querida, meu bem mais precioso*, e é assinada por *seu triste Werther, seu inabalável Dante, seu oprimido Abelard*. Ele sabe que soa como um adolescente, mas não se importa.

Ele diz para Lottie que, apesar do retorno de Emilie, eles encontrarão uma forma de continuar o caso, "mesmo arriscando serem descobertos", porque, sem ela, ele sente como se estivesse definhando. Ele sugere ir até a Grünewaldstrasse de manhã cedo, depois de Roger sair para o quartel-general. Ele pede que ela responda que dia deve ir. Ele a imagina vestindo seu penhoar de seda, que usara na tarde em que se tornaram amantes.

Emilie entra no quarto extra do apartamento. Não há cama. O quarto está cheio de caixas fechadas de livros e tralhas esquecidas da Fribourgstrasse. Há uma janela quadrada com vista para o pátio, e nele há uma cerejeira totalmente florescida, tão bela que faz Emilie perder o fôlego. Ela vê sair do prédio um dos moradores idosos, Herr Nieder, andando com sua bengala até parar ao lado da árvore. Ele estica o braço e coloca uma mão trêmula nas flores.

Emilie se vira para o quarto. Em sua mente, tira todas as caixas e varre o chão. Ela compra um tapete e coloca cortinas na janela. Em seguida, com cuidado, ela coloca um berço no quarto e um brinquedo de pelúcia — um coelho ou um urso — no canto.

Ela sabe que pensar nisso é inútil. Erich não a toca mais. Ele não demonstra interesse em tocá-la, mas ela lembra como ele é um homem carente e sensual. Naquele *Schwingfest*, ela o seduziu com um beijo. Ela cogita que seja só uma questão de tempo até ele a levar para a cama novamente.

E é isso que ela quer. Toda a raiva que tinha de Erich sumiu. O que ela deseja é uma vida simples e sociável com o homem com quem se casou. E, mais cedo ou mais tarde, uma criança — um menino, claro, para substituir seu Gustav. Logo se imagina pegando esse bebê em seus braços e levando-o até a janela para mostrar, lá embaixo no pátio, a cerejeira branca.

Então a voz de Irma ecoa em sua mente: "É loucura voltar para aquele amante de judeus! Ele pode ser bonito, mas nunca mais poderá confiar nele. Ele irá traí-la, assim como Pierre me traiu, e você ficará sozinha, como eu, com um filho que nunca quis".

DOIS DOMINGOS

Matzlingen, 1941

Emilie consegue o emprego na cooperativa de queijo. Apesar de o gerente, Herr Studer, lançar um olhar desconfiado para seu corpo magro, duvidando de que ela seja robusta o suficiente para as tarefas de carregar e mexer que o trabalho requer, ela garante ser mais forte do que aparenta. Ela diz que carregava bacias de água da bomba até a banheira em uma casa perto de Basileia. Isso coloca um sorriso secreto no rosto de pássaro do gerente. Ele gosta de ver mulheres tendo dificuldade com trabalho pesado; isso as faz parecer desejáveis e lamentáveis. Ele dá o trabalho para Emilie.

Ela ganha mais dinheiro por semana do que Erich. Em sua cabeça, isso lhe dá um pouco mais de poder. É ela quem compra a comida, às vezes complementada com pequenos presentes: chocolates ou charutos para Erich. Ela observa o marido com atenção quando ele os recebe. Ele sempre agradece educadamente, mas algo sempre parece entristecê-lo.

Algumas manhãs, talvez uma vez a cada quinze dias, ele não chega em casa às seis e meia, e Emilie supõe que ele esteja visitando a "prostituta" com quem tomava café da manhã e bebia aguardente.

Emilie pensa nisso enquanto começa o trabalho na cooperativa, localizada em um armazém gelado. Ela imagina Erich e a mulher, calorosos e à vontade um com o outro em algum quarto perfumado, e ela anseia que isso não seja verdade. Mas ela está esperando a hora certa. Ela já tirou todas as caixas do quarto pequeno e as desempacotou, organizando os livros e tralhas pelo apartamento. Erich mal comenta. Ele só olha para as coisas, como se nunca as tivesse visto.

Erich olha para a própria vida e sabe que está mais infeliz do que nunca.

O único lugar em que pode fazer amor com Lottie é no apartamento dos Erdman, na Grünewaldstrasse, mas ela não o deixa visitá-la com frequência, temendo que sejam descobertos. Até que, louco de vontade de tê-la, agora raramente satisfeito, ele sugere que fujam juntos.

"Fugir para onde?" pergunta Lottie. "Há guerra em todo lugar, menos aqui."

"Para a América do Sul", responde ele.

Lottie ri alto, a risada que ele ama tanto. Porém, agora soa zombeteira. Ele já imaginara os dois — Erich e Lottie, Herr e Frau Perle para o mundo — em uma clareira iluminada, o vento das planícies altas sussurrando ao redor, pássaros que não reconhece em árvores altas. Mas Lottie ri de seu sonho. Ela é a esposa de Roger Erdman, chefe de polícia. Ela lhe lembra, pacientemente, que nunca deixará Roger.

Ele retorna, pesaroso, para a Unter der Egg, feliz por Emilie estar no trabalho e poder pelo menos ficar sozinho. Ele deita na banheira de água quente, onde as meias-calças de Emilie estão penduradas em um varal, e lava o cheiro de Lottie de seu corpo. Ele descansa a cabeça na borda da banheira e fecha os olhos. Ele se pergunta se consegue continuar com a vida que tem. Apesar de não ter mais a pistola da polícia, ele tem uma arma no guarda-roupa — o rifle que todo lar suíço precisa ter, caso seja necessário se defender —, e Erich se pergunta se teria coragem de se matar. Ele pensa em como, sem dúvida, é difícil cometer suicídio com um rifle; mesmo assim, a ideia de que ele *conseguiria* fazê-lo o consola.

Erich deita na cama e cai no sono. Como sempre, Lottie está lá, em seus sonhos.

Aos domingos, ele bebe.

Emilie faz seu famoso porco assado com *knödel* e eles se sentam, lado a lado, à bancada da cozinha, comendo juntos e bebendo vinho tinto.

É domingo, e Erich, tendo comido bem, bebe seu vinho, insaciável, e sente o corpo ser aliviado da dor. Ele sabe que esse alívio do sofrimento não durará, mas ele se sente grato enquanto persiste.

"Vinho", diz ele para Emilie, "é o consolo da natureza: o único."

"Costumávamos ter outros consolos entre nós", responde ela.

Ele ignora o comentário, mas, quando ela se levanta para limpar os pratos, ele olha para ela e repara que está usando um vestido de verão e que fez cachos suaves nos cabelos.

Ele fica de pé. O único jeito de fazer isso, ele pensa, é fazer agora, agora mesmo, com a ajuda do vinho — e a esperança de que uma velha memória de como havia sido em tempos passados o ajude. Ele pega a mão de Emilie, leva-a para o quarto e a empurra sobre a cama. Ele sabe que ela não vai protestar. Ele já sabe há algum tempo que é isso que ela quer.

Ela está nua sob o vestido e isso o excita o suficiente para que possa penetrá-la. Ela tenta beijar sua boca, mas ele vira o rosto. Ele está ofegando. O quarto gira. Ele lembra como antes era fácil para os dois, mas agora já sente o desejo desaparecendo. Mesmo assim, ele pensa consigo que tem um dever a cumprir nesta tarde, tem de completar o que, se conseguir fazer, fará com que a vida com Emilie — a vida tão faminta pelo amor de Lottie — seja mais suportável. Ele pensa em como, no futuro, isso pode ser algo para provocar Lottie: "Eu faço amor com Emilie de novo. Ela começou a me deixar excitado, como costumava fazer...".

Ele olha para a porta do quarto e visualiza Lottie. É o único jeito de ter uma ereção de novo. Lottie está em pé à porta, observando-o fazer amor com sua esposa. Ela fica excitada. Tudo que é estranho e contraditório no sexo deixa Lottie Erdman excitada. Então ela se junta a eles. Ela murmura o nome de Erich, levanta a saia e começa a se tocar. Vê-la fazendo isso sempre o estimulou mais do que ele admitia. Ele fecha os olhos. Lottie sussurra que isso é lindo, olhá-lo dentro de outra mulher, e que em poucos segundos ela vai gozar. Naquela hora, para Erich, Emilie não está sob ele. Não há quarto, não há luz, não há som. Existe somente o gosto do vinho na garganta e a batida do coração e sua amada Lottie em seu delírio descarado. Daqui para a frente é uma viagem fácil e agradável. Quando ele termina, solta um grito e deixa o corpo cair na escuridão.

A gravidez de Emilie é confirmada no outono. Quando ela descobre, chora de felicidade. O médico diz que o bebê nascerá em junho.

Ela pergunta para Erich se ele está feliz em finalmente se tornar pai. Ele olha para Emilie como se ela tivesse dito uma palavra estrangeira que ele não entendesse.

"Feliz? Não exatamente. Eu perdi o jeito para a felicidade quando perdi meu emprego."

"Bem", diz ela, "você deveria ter pensado nisso antes de ter tomado partido dos judeus."

"Por favor, não fale assim. É detestável."

"Eu acho que tenho o direito", retruca ela, "considerando tudo que aconteceu."

"Você não tem o direito. Isso está no passado agora."

"Não está no passado. A chance de ser processado ainda existe. Uma intimação pode chegar a qualquer momento."

"Talvez, mas ainda não veio. E, de qualquer forma, não há nada que eu possa fazer sobre isso."

"Errado", teima ela "Podemos conversar com as pessoas da Israelitische Flüchtlingshilfe. Eles precisam defender você. Quem sabe não foram eles que o traíram?"

"Não foram."

"Como você sabe?"

"Não poderia ser. Por que eles fariam isso? Foi o povo deles que eu estava salvando."

"Quem foi, então? Roger Erdman? Alguém traiu você."

"Não foi Roger."

"É mais provável que tenha sido a IF, na minha opinião. Para salvar a própria pele. Então se a intimação vier — *quando ela vier* — eles devem mostrar decência e enviar alguém para o Ministério da Justiça de Berna, para defendê-lo."

Ele conta para ela que já se encontrou com a IF, e eles disseram que não podem ajudar, mas ela não acredita.

No dia seguinte, depois do trabalho, Emilie vai até os escritórios apertados. Ela sabe que está cheirando a queijo, mas não se importa. Ela sobe as escadas estreitas segurando a barriga da gravidez, como se achasse que o bebê precisasse ser consolado por estar em um lugar assim. Ela entra em uma sala grande, simples e cheia, do chão ao teto, de caixas de arquivos e pilhas de papel amarradas com fios. Um homem idoso, judeu, está sentado atrás de uma mesa alta com a cabeça abaixada, como se estivesse acostumado a se esconder do mundo.

Quando Emilie começa a contar a história de Erich, o homem parece confuso. "Eu não sei do que você está falando."

"Eu já disse: meu marido. Herr Erich Perle. Ele era assistente-chefe de polícia aqui em Matzlingen, em agosto de 1938. Foi por ele ter concordado em falsificar datas de entrada em formulários que centenas de judeus puderam ficar na Suíça."

"Eu nunca ouvi falar disso. Foi antes de eu começar a trabalhar aqui."

"Bem. Você está aqui agora. Em algum lugar no meio de todos esses arquivos deve ter um registro disso."

"Você espera que eu procure em milhares de arquivos?"

"Eu espero que você me ajude. Estou grávida. Se meu marido for mandado para a prisão, eu ficarei desamparada."

"Prisão? Ir para a prisão?"

"Ele foi demitido da força policial, teve sua pensão e tudo o mais tirado de sua posse. Disseram que ele ainda poderia ser processado e preso. Então estou aqui para dizer que esperamos que a IF o ajude, que vá para Berna, se necessário, caso a intimação chegue."

O homem esfrega os olhos. Então coloca um par de óculos e encara Emilie. Eles se confrontam, cara a cara. Em algum lugar, no fundo da sala, Emilie consegue ouvir o barulho de máquinas de escrever e uma pessoa tossindo. O homem espera até que a tosse pare e diz em seguida: "Eu suponho que você tenha ouvido falar do que tem sido feito com os judeus na Alemanha e na Áustria, não?".

"Sim, eu ouvi. Ou, ao menos, ouvi boatos. É por isso que precisam ajudar meu marido. Ele salvou seu povo de um destino terrível colocando sua própria vida em risco."

"O que quer dizer com 'sua própria vida em risco'?"

"Ele nunca se recuperou da perda do emprego. Ele trabalha à noite na garagem dos bondes agora. Foi tudo o que conseguiu. Ele queria ser professor, mas ninguém o contratava. Nós perdemos nosso apartamento, tudo. Ele leva a vida como um homem morto."

O velho balança a cabeça como se abandonasse à insignificância tudo que Emilie dissera. Cansado, o homem pega uma caneta, empurra os óculos para cima no nariz e pergunta: "Qual é o nome do seu marido mesmo?".

Emilie economiza para comprar o berço e o tapete. Compra um trem de metal.

Ela observa o quarto da criança. Ela sabe que ainda está muito vazio, que ainda não é acolhedor o suficiente para o novo pequeno Gustav. Ela faz uma lista das coisas que quer encontrar. Em março, visita Lottie Erdman para perguntar se ela gostaria de ir ao brique algum domingo de manhã para procurar por essas coisas.

Quando Lottie abre a porta do apartamento e vê Emilie, resplandecente, no sexto mês de gravidez, seu rosto fica pálido e ela desaba na cadeira mais próxima.

"Você está bem, Lottie?", pergunta Emilie.

"Sim", diz Lottie. "Perdão. Eu tenho tonturas às vezes, não sei por quê."

CORAÇÃO

Matzlingen, 1942

Lottie manda um bilhete para a garagem. Ela pede para Erich encontrá-la em um café afastado, onde ninguém os reconhecerá. Há neve no chão.

No café, Erich ainda sente calafrios depois da noite na garagem e pede um chocolate quente.
    Lottie diz: "Eu não quero nada agradável. Hoje será difícil, mas vamos ter que lidar com isso".
    Ela veste um casaco preto com gola de pele. Seu cabelo loiro está escondido em parte por um chapéu de pele preto. Ele pensa que é assim que Anna Karenina parecia para Vronsky — antes de se cansar dela, antes que a magia tivesse acabado. Ele quer esticar o braço por baixo da mesa e colocar a mão na boceta dela.
    Ela começa a falar, mas ele não está ouvindo. Lottie é perfeita demais à luz da manhã, seu rosto é tão bonito e macio, seus olhos azuis brilham estranhamente com as lágrimas. Ele poderia tomá-la agora, ali mesmo no banco, sem se importar com nada no mundo além de estar dentro dela e ouvi-la gritar seu nome.
    Mas agora ela diz que ele *precisa* ouvir o que tem a dizer. Ela diz que o caso acabou. Ela tomou essa decisão. Com a gravidez de Emilie, ela concluiu que também quer ter um filho — com Roger. Ela quer se comprometer com Roger e com uma família. "O resto", diz ela, "é loucura. Sempre soubemos disso. E precisamos terminar."

Erich a encara. Sua beleza é como um peso em cima dele, sufocando-o, prendendo-o ao chão.

"Por que você passou batom?", pergunta ele.

"O quê?"

"Por que você se maquiou para dizer que não me ama mais?"

Lottie tira o chapéu de pele e solta as tranças.

"Eu nunca amei você", declara ela. "Eu nunca disse isso. Eu só gostava do que fazíamos."

"*Gostava?* É essa a palavra certa? Você só *gostava?*"

"Sim. Era só sexo animal, Erich. Animais nem têm palavras para dizer se estão 'gostando' ou não: eles só transam. Eles se conhecem, a hora certa chega e eles transam. E nós somos assim. Nós não pensávamos em nada além de satisfazer um ao outro. De novo e de novo. Como porcos. Nós éramos porcos."

A mão de Erich treme quando ele acende um cigarro. O garçom traz seu chocolate quente e o copo d'água para Lottie. O cheiro do chocolate o deixa enjoado. Ele não consegue mais olhar para Lottie, é doloroso demais. Ele encara o chão de madeira, onde ainda estão as pontas de cigarro dos clientes da noite passada, e ele pensa em como o mundo é mesquinho, cansativo, velho e cheio de coisas descartáveis.

"Escute", recomeça Lottie gentilmente. "Eu não quis insinuar que vou me esquecer de nós, Erich. As coisas que fizemos! Quando eu estiver velha, provavelmente vou me lembrar delas e me perguntar se foram de verdade. Não é assim com Roger. É muito mais comum e tranquilo, mas a questão é: eu amo Roger. Eu nunca deixei de amá-lo. Você sempre soube disso. Eu nunca menti para você. Quando vi Emilie grávida, eu soube que era isso que eu queria, ter filhos com Roger, muitos filhos. Não quero mais que meus seios sejam objetos sexuais; eu quero amamentar meus bebês."

Seus seios. Por que ela precisava mencioná-los? Ele costumava deitar em cima dela e chupar como uma criança, adorando o jeito como os mamilos endureciam quando ela se excitava, até imaginando que alguma substância fresca saía dos mamilos eretos para alimentá-lo e unir a ambos — uni-los para sempre, porque ele sabia que sempre precisaria dela. Lottie Erdman. Seu único amor.

Ele se levanta e apaga o cigarro. Dá uma última olhada para ela sob a forte luz da manhã no humilde café, para gravá-la na memória: suas bochechas macias, os lábios vermelhos, a mão pálida segurando a gola felpuda do casaco. Então ele se vira e vai para a rua, onde a neve está caindo.

No sétimo mês de gravidez, Emilie larga o emprego na cooperativa de queijo. O gerente, Herr Studer, é gentil e diz que a aceitará de volta quando se sentir pronta para trabalhar. Ela ganha um grande pedaço de emmental em uma caixa que Herr Studer chama de "caixa de exposição". Quando vai embora, ele lhe dá um beijo na bochecha.

Emilie começa a contar os dias restantes até o nascimento: sessenta dias, quarenta dias, trinta dias...

Ela vai ao médico sempre que pode, e o médico a deixa usar o estetoscópio para ouvir o coração do bebê. Isso faz com que Emilie diga: "Eu sei que é um menino. Vamos chamá-lo de Gustav. Como o outro que perdi".

"Ah. Você perdeu um?"

"Sim. Com cinco meses e meio, mas esse aqui é forte, não é? Ele vai ficar bem?"

"Até onde sabemos, sim."

"Eu acho que o coração parece forte. Ele não será pequeno e magro, como eu, e sim alto e musculoso como o meu marido. Eu sei que vai. Ou talvez seja só a minha vontade. Você acha que querer as coisas faz com que elas aconteçam?"

O médico pega o estetoscópio de volta. "Se eu realmente acreditasse nisso", diz ele, "eu não me daria ao trabalho de ser um médico."

Mas ele ri, e Emilie pensa: Agora que serei mãe e segurarei meu menino nos braços, sou capaz de suportar qualquer coisa.

Ela achou que Erich ficaria feliz com a ideia do nascimento do filho, mas quando conversam sobre a proximidade da data, ele só dá um sorriso leve. Ele repete o nome várias vezes: "Gustav... Gustav...". Era o nome de seu pai.

Há algo errado com Erich. Algumas noites ele não consegue sair da cama para ir à garagem. Não há telefone lá, então Emilie precisa andar até a garagem, nas ruas escuras, e dizer para Erlen que seu marido está doente. Ela fica triste por Erlen, sozinho na vasta garagem, com seus esfregões e baldes de água gelada. Às vezes, ela leva um pedaço de *nusstorte* para ele. "Diga a Herr Perle que ele vai ser demitido se continuar faltando assim. Os chefes são barra pesada", alerta ele.

Quando ela passa o recado para Erich, ele só fecha os olhos. Emilie lembra a ele que, sem a cooperativa de queijo e o trabalho na garagem dos bondes, eles ficariam pobres, mas ele não parece se importar. Tudo que quer fazer é dormir.

Ela tenta cuidar dele o melhor que pode, usando suas reservas de compaixão para controlar a raiva. Ele chora de verdade enquanto dorme. Quando ela pergunta o que o tormenta, ele diz que é tristeza pelo estado atual do mundo. Ele diz que acredita que a invasão na Suíça é "só uma questão de tempo. E, então, tudo que conhecem será destruído".

Emilie não se permite pensar assim. Ela pede para Erich ir trabalhar. Ela diz — pela terceira ou quarta vez — que a chegada do pequeno Gustav vai ajudá-lo a recuperar a paz de espírito. Porém, quando diz isso, ela vê um relance da velha raiva em seus olhos. "Você não sabe de nada, Emilie", diz ele. "Você não sabe de nada."

As dores começam no dia 2 de junho. Primeiro, elas vêm em um sonho: um duende de rosto escuro arranha o útero de Emilie com as mãos escamosas. Mas, quando acorda e as dores voltam, ela sabe que é real agora: é Gustav rasgando-a, pedindo para nascer.

São quatro da manhã, e nessa noite Erich foi trabalhar. Levaria mais duas horas e meia antes que ele chegasse em casa.

Emilie respira devagar, tentando manter a calma. Ela arruma uma mala pequena e veste um vestido solto e o casaco. Ela lava o rosto e escova os dentes. "Faça tudo certo", diz ela para si. "Tudo na ordem certa."

Em seguida, ela desce e bate à porta do apartamento de Frau Krams, e, depois de uma longa espera, a vizinha aparece. Seu cabelo está preso com papel alumínio para fazer cachos, e ela está descalça. Emilie se desculpa por acordá-la e pede que chame uma ambulância.

Frau Krams veste um roupão e acende um cigarro. Ela diz para Emilie sentar-se na sala enquanto vai até o telefone do corredor. Pouco depois, Ludwig Krams entra na sala segurando um cobertor. Ele senta de frente para Emilie e sorri. "Eu achei que seria a outra", diz ele.

"O quê?", pergunta Emilie.

"Eu achei que seria a outra moça quem ele engravidaria. Eles sempre estavam se pegando de manhã. Eu costumava sentar nas escadas e ouvir."

Emilie observa Ludwig com calma. Ela sente pena de Frau Krams por ter um filho demente. "A *outra moça*, como você a chama, era uma puta — uma prostituta. De qualquer forma, não acho que você deveria ter dito isso, Ludwig", retruca Emilie, virando as costas para ele.

"Sempre se pegando...", Ludwig repete mais uma vez, mas a voz vai sumindo quando Frau Krams entra no cômodo. Ela coloca uma chaleira no fogo. Encontra um cobertor quadriculado e o coloca nos ombros de Emilie, mandando Ludwig sair.

"O que ele disse?", pergunta ela.

"Nada", responde Emilie. "Nada que eu não saiba."

Elas esperam. A dor vai e volta. Emilie tenta não gritar, e continua respirando normalmente. Sua testa está cheia de suor. Ela enfia as unhas nas palmas das mãos. "Para o seu próprio bem, Frau Perle", diz Frau Krams, "espero que seja uma menina. Meninos são uma decepção, partem seu coração."

"Bem, se for uma menina não temos nome. Qual o seu nome, Frau Krams? Talvez possamos usá-lo."

"Helga", responde Frau Krams.

"Helga? É um pouco comum, mas serve. Não vou batizar nenhuma filha minha com o nome da minha mãe."

Elas bebem apenas um gole do chá e Emilie já está sendo levada pela ambulância. Ela gostaria que Erich estivesse com ela. Ela pergunta aos paramédicos se eles podem entregar uma mensagem na garagem dos bondes, e eles dizem que vão tentar. Eles dão oxigênio para que ela respire, e a sensação do oxigênio puro em seus pulmões é tão agradável quanto respirar o ar de Davos.

É seguro e confortável na ambulância, com a pureza do oxigênio e dois paramédicos para cuidar dela. Emilie gostaria que a ambulância parasse em algum lugar silencioso, e que Gustav nascesse ali, colocado em seus braços por esses homens aos quais ela já confia a vida.

Mas, cedo demais, eles chegam ao hospital. Ela se despede dos paramédicos. Em uma cadeira de rodas, ela é levada até um elevador e depois sai para uma sala com uma forte luz branca. Uma parteira a observa por cima da máscara. As pernas de Emilie estão levantadas, e seus pés pendurados, nos estribos. De repente, ela está ansiosa, assustada pela dor, com medo de que o corpo seja estreito demais para o bebê passar. Lágrimas começam a se formar em seus olhos. Ela chama o nome de Erich.

Ela olha ao redor da sala pequena e bem iluminada. Há um grupo de pessoas ao pé de sua cama. Emilie não percebeu quando entraram na sala, mas ali estavam. Eles dão instruções a todos com calma. Dizem para que ela empurre e empurre. A dor é tão intensa que acha que vai desmaiar, e então pensa: será que algum dia os filhos entendem pelo que passamos para lhes trazer ao mundo?

Talvez ela desmaie mesmo. Ela não tem certeza. O tempo parece parar e começar tudo de novo. Quando recomeça, lá está seu bebê, seu menino Gustav, vivo e gritando, enrolado em um cobertor verde e deitado em seu peito.

COMEÇO E FIM

Matzlingen, 1942

O bebê é muito pequeno. Seus membros são magros. Ele parece chorar de fome a todo momento. Ele chora até quando está no peito.

Erich senta na cama, observando Emilie tentando alimentar o filho dele. Mesmo em seu estado maternal, os seios, que cresceram durante a primeira gravidez, estão magros. Está claro para Erich que Gustav está morrendo lentamente por falta de alimento. Ele o arranca do peito de Emilie e o leva até a farmácia, onde o deita no balcão e tira suas roupas.

"Olhe!", diz Erich. "Olhe como ele está magro e fraco! Ele precisa de leite."

A jovem farmacêutica examina Gustav enquanto outros clientes, que haviam entrado na farmácia para comprar remédios de dor de cabeça ou de estômago, esperam perplexos e um pouco irritados.

"Minha esposa", continua Erich, "ela está tentando alimentá-lo, mas acho que *não há nada em seus seios!*"

Sem comentar nada, a farmacêutica pega o pequeno Gustav e o coloca em uma balança. Ela mexe alguns pesos, então o levanta, enrola de volta no cobertor e devolve o bebê para Erich.

"Você tem razão. Ele está abaixo do peso", diz ela.

Ela entrega uma caixa de leite em pó e uma mamadeira de vidro com uma tetina de borracha para Erich.

"Delicioso leite suíço", diz ela. "Dê dois terços da mamadeira a cada quatro horas. Traga-o de volta em uma semana ou leve-o ao seu médico."

Ao sair, uma das clientes que esperavam na fila por um remédio básico diz: "Você sabe que ele precisa tomar do peito também. Do contrário, sua esposa ficará deprimida".

Ela está deprimida.

Quando Erich dá a mamadeira para Gustav, ela vê no rosto do bebê uma expressão de êxtase, enquanto no seu peito, ele fica agitado e inquieto. E ela sabe que é desastrada com ele. Parece não conseguir colocá-lo em uma posição totalmente confortável em seus braços. Ele chuta e grita, mas quando Erich o carrega, fica em silêncio.

Suas noites são um purgatório. Erich fica na garagem e ela sozinha com seu filho, que a acorda de hora em hora com seus gritos. Às vezes, ela o deixa gritando. Está tão cansada que consegue ignorar aquele barulho horrível. Ela diz para si mesma que não há nada errado com ele; só está com um pouco de fome, ou molhado, ou simplesmente mal-humorado. E ela precisa dormir. Como vai aguentar o dia de amamentação e troca de fraldas se não puder descansar?

Ela esperava sentir alegria. Ela lembra quanto desejou esse bebê. Imaginava que a maternidade curaria as mágoas do passado e a deixaria feliz e orgulhosa, mas não é nada disso. Ela cultiva a ideia terrível de que esse Gustav é o Gustav *errado*; o bebê que perdeu era o seu filho legítimo, com quem ela teria uma relação maternal maravilhosa.

Quando ela encontra Lottie Erdman um dia andando na rua, ela confessa: "Não é o que esperamos que seja, ter filhos, Lottie. É mais inferno do que paraíso".

Lottie olha para ela com tristeza. "De qualquer forma, eu invejo você. Roger e eu estamos tentando ter um bebê, mas nada acontece."

Emilie observa Lottie, cuja beleza ela sempre admirou e invejou. E ela percebe que o cabelo de Lottie perdera o brilho e que seu rosto parece magro.

"Eu pensei que seria diferente", continuou Emilie. "Eu posso lhe contar, Lottie, porque confio em você. Eu pensei que sentiria um amor esmagador pela criança, mas não sinto."

Lottie hesita por um instante antes de perguntar. "Erich o ama?"

"Sim", responde Emilie. "Ele gosta muito de Gustav. Quando chega em casa, às seis e meia, ele dá a mamadeira e troca as fraldas, então o leva para a cama com ele. Eu fico lá, assistindo aos dois dormirem como anjos — e isso faz com que eu me sinta inútil e triste."

Lottie assente com a cabeça. Então ela se abaixa em frente ao carrinho de bebê e toca no rosto de Gustav. "Ele parece mais com você do que com Erich", comenta ela.

Na garagem, Erich se preocupa com o filho a noite inteira. Ele vê que, entre mãe e filho, existe uma sensação estranha de afastamento. Emilie mal beija Gustav, ou o segura perto do coração. Quando ela troca sua fralda, é grosseira, puxa seu corpinho de um lado para o outro, às vezes xingando enquanto o limpa.

Ele diz para si mesmo que dar à luz é uma provação que não chega nem perto de entender, então as mulheres devem precisar de um tempo para se recuperar e, durante essa lenta recuperação, o comportamento delas pode ser inconsistente e estranho. Ele só precisa rezar para que Emilie se aproxime de Gustav à medida que as semanas e meses passam. Mas a sensação de que seu bebê está *em perigo* quando fica sozinho com Emilie não passa por completo. É como se alguma manhã, ao terminar seu turno na garagem, ele fosse voltar correndo para a Unter der Egg apenas para encontrar Gustav morto.

Em meio a essa inquietação, ele recebe algo que não esperava: um convite de Lottie. Ele está sentado em um banco na garagem, lendo a mensagem sob uma pequena luz fria. Mas, ao ler, é como se um brilho dourado envolvesse seu corpo. Seu coração começa a bater tão forte como se fosse estilhaçar dentro de si, deixando-o morto de espanto.

Erich,

Várias vezes — tantas vezes em meus sonhos —
você e eu estamos naquele café e eu te digo que
nunca o amei, mas o que eu disse não é verdade.
Eu só disse aquela coisa sobre animais para tornar
nossa separação mais tolerável — para deixar que
você desapegasse de mim.

Erich, eu o amo de verdade — amo tanto. A ideia
de que nunca mais vamos fazer amor é insuportável demais para aguentar. Eu sigo com a esperança
de que serei curada da minha necessidade de você,
mas ela cresce a cada dia.

Eu sei que não tenho o direito de pedir isso a
você, especialmente agora que você tem seu filho
e precisa ficar ao lado de Emilie, mas eu quero que
venha até mim. Roger está em Genebra. Você quer
ser meu amante de novo? E... Deus do céu, mal me
atrevo a pedir isso a você... Sou tão descarada...
Mas você pode me dar um filho? Eu tenho trinta
e dois anos. Pelo que parece, Roger e eu não con-
seguimos ter um filho. O amor que fazemos é fraco demais, mas sei que eu e você, naquele delírio
que compartilhamos — se não tomarmos nenhuma
precaução —, podemos fazer um com facilidade.
Eu não o procuraria por nada depois — nenhuma
responsabilidade paternal, eu prometo. Seria "o
filho de Roger", e só você e eu, no mundo inteiro, saberíamos que seria o anjo do nosso desejo...

É tarde da noite na garagem, e o aroma do outono é carregado pela brisa. Erich lê a carta de Lottie de novo e de
novo até decorar. Ele entende que o seu pedido é audacioso,
o tipo de mentira majestosa na qual só uma mulher irres-
ponsável como Lottie Erdman pensaria. Porém, ele também sabe que, na mesma hora, fica empolgado com o plano
e que iria até ela nesse instante, se pudesse. E agora que ela

o convidou, ele não pode demorar. A necessidade de tê-la retorna como uma compulsão horrível que ele precisa saciar de vez, ou morrerá.

Assim que a luz começa a surgir, às seis da manhã, Erich vai até a cabine telefônica e liga para Frau Krams, pedindo para dar o recado a Emilie, para dizer a ela que foi chamado para uma reunião com os chefes da empresa de bondes às oito e não chegará em casa até o fim da manhã. "Lembre-a", completa ele, "de dar o leite de Gustav."

Quando as lojas abrem em Matzlingen, Erich entra em uma loja de roupas baratas e compra calças, camisa, sapatos e uma jaqueta nova. Ele vai até o banheiro público para se livrar do fedor da garagem. Depois, veste as roupas novas e vai ao barbeiro para cortar o cabelo e fazer a barba. Quando se olha no espelho da barbearia, percebe que está sorrindo.

Agora são nove e meia, e Erich está descendo a Grünewaldstrasse — seu velho e amado caminho até a porta de Lottie. Só agora ele percebe que não está com a carta de Lottie; deve tê-la deixado no banheiro, ou na cabine telefônica, ou no provador da loja de roupas, mas não pode voltar para procurar, sua saudade de Lottie é urgente demais. Ele reza para que ela esteja esperando, desejando que ele aja como agia antes, e que chegue logo, até mesmo sem fôlego pela pressa que o fez correr até lá. Ele tenta imaginar qual vestido ela estará usando.

Cansada de sua noite, depois de ter sido acordada cinco vezes por Gustav, e depois por Frau Krams com o recado, Emilie senta-se ao lado do aquecedor a gás, ainda de camisola, e bebe café e fuma. Gustav está finalmente dormindo em seu berço, e Emilie acha que vai voltar para a cama por mais alguns instantes. O apartamento precisa ser limpo, mas ela vai fazer isso mais tarde. Ela só quer dormir.

Ela se deita na cama e é levada, quase imediatamente, para um sonho estranho sobre Irma e o alfinete de pérola. Irma está dançando em sua pequena sala na casa perto de Basileia, com o alfinete na mão e apunhalando o ar, gritando que ela "vai ter sua vingança em vida". Emilie se esconde em um canto, sabendo que é só uma questão de tempo até Irma espetá-la com o alfinete. Ela era a filha indesejada. É sobre ela que recairá a "vingança" de Irma.

Há uma batida forte e insistente na porta do apartamento. A princípio Emilie pensa que faz parte do sonho com Irma, mas acorda e veste um roupão.

Não há barulho vindo do quarto de Gustav, mas quem quer que esteja à porta chama por seu nome: "Frau Perle! Abra a porta. Polícia!".

Então Emilie pensa que finalmente chegou, a intimação de Erich para o adiado julgamento. Ela fica gélida. Abre uma brecha da porta e vê dois policiais parados. Eles não falam nada por um instante, e então perguntam educadamente se podem entrar.

"É o julgamento, não é?", quer saber ela. "É sobre o julgamento?"

Eles não dizem, mas balançam a cabeça em negativa. Entram na sala bagunçada que fede a cigarro e pedem, com gentileza, que ela se sente.

"Sentar? São más notícias, não são? É sobre o julgamento."

"Não", diz o mais velho dos dois. "Não é sobre nenhum julgamento. Por favor, sente-se, Frau Perle, e vamos contar tudo."

Emilie se senta na beira de uma cadeira marrom desgastada. Os policiais também sentam. Em seguida eles dizem que seu marido, Herr Erich Perle, fora encontrado morto na rua, às nove e trinta e cinco daquela manhã.

Atônita, Emilie olha para os policiais.

Encontrado morto na rua naquela manhã?

Encontrado morto...?

Após um instante, ela diz, ridiculamente: "Na rua? Erich não poderia ter morrido na rua...".

Era uma rua, eles a informam — a Grünewaldstrasse. "Ele estava nos degraus do prédio residencial habitado pelo chefe de polícia Erdman. Pode ter sido uma coincidência, ou ele pretendia visitá-lo. A causa da morte parece ter sido seu coração."

Emilie percebe que não é capaz de falar. Ela quer voltar para o sonho. Ela poderia lidar com a mãe, mas isso — essa "morte na rua" — é muito além do que consegue suportar. Talvez não seja verdade... Talvez os policiais nem estejam mesmo ali.

Ela vira a cabeça de um lado para o outro, procurando por alguma explicação na sala. Isso está acontecendo ou não? A sala não dá respostas. Então ela espera por um sinal, por algo real e no momento presente. Por fim, esse sinal chega, na forma de um som muito familiar: em seu berço, Gustav está chorando.

Parte 3

Rose Tremain
A Sonata Perfeita

HOTEL PERLE
Matzlingen, 1992

Aos quarenta anos, Gustav já era dono de um hotel em Matzlingen. Ele sabia que a área de hotelaria era perfeita para o seu jeito exigente. Ele se orgulhava da organização do lugar e de disponibilizar pequenas necessidades da existência humana que tornavam a vida mais agradável: bom aquecimento central, camas espaçosas e macias, secadores de cabelos para as moças, cadeiras confortáveis no salão de jantar, uma lareira aberta no saguão...

Seu único ato de vaidade foi dar o próprio nome ao hotel — Hotel Perle. Ele sabia que esse nome, de alguma forma, faria o hotel parecer mais grandioso do que era, quando, na verdade, o Guia Michelin da Suíça só o validava com um único símbolo de casinha, classificando-o como um estabelecimento *assez confortable*, mas sem muitos elogios. Mesmo assim, Gustav sentia orgulho. Seu dedicado chef italiano, Lunardi, criava pratos que conseguiam ser interessantes e reconfortantes. Os dois homens sabiam que, quando as pessoas viajavam, era comum que também ansiassem por estar de volta em casa, e era isso o que tentavam oferecer aos hóspedes do Hotel Perle: um lar longe do seu lar.

Gustav estava com cinquenta anos. Vivia sozinho em um apartamento no último andar. Da janela, conseguia ver o rio Emme e um feio bloco de apartamentos no local onde um dia fora a cooperativa de queijo. Ele se sentia feliz pela cooperativa não estar mais ali, assim não precisava se lembrar da mãe voltando para casa cheirando a emmental e usando o odor como desculpa para nunca abraçar ou beijar o filho.

Ainda assim, ele pensava na infância com frequência. A lembrança da época sempre lhe trazia um sentimento de tristeza que parecia absoluto e completo — como se nenhuma mágoa futura pudesse mexer com ele da mesma forma. A tristeza juntava-se, como um crepúsculo cinzento, à ideia de sua invisibilidade: o jeito como o menino Gustav continuou tentando chegar até a luz para que sua Mutti o enxergasse. Mas ela nunca o enxergara. Ela permanecera parcialmente cega a quem ele era.

Quando comprou a velha Gasthaus Helvetia e a transformou no Hotel Perle, ele achava que Emilie, que, apesar de levar uma vida sem luxos, nunca pararia de desejá-los, teria orgulho dele. Mas não foi o caso. Ela admirava a mobília no estilo Biedermeier que ele havia escolhido para o saguão e ocasionalmente ficava sem fôlego e corada graças a alguma sobremesa de Lunardi, "especialmente para a sua mãe, chefe". Entretanto, ela nunca parabenizou Gustav por ter aberto o hotel. Na verdade, ela disse que não gostava de ir até lá, porque o local fazia com que se lembrasse de seu ridículo trabalho como criada na Gasthaus Helvetia. "Seu pai me resgatou de tudo aquilo, e sinto muito, Gustav, mas eu realmente não tenho vontade de voltar lá", declarou ela.

Gustav queria dizer que era ridículo da parte dela relacionar em sua mente o novo e confortável hotel, o qual ele tratou com o maior cuidado do mundo, com a velha taverna. Não havia semelhanças entre os dois — somente o teto e as paredes externas, mas até isso fora reformado e limpo. Ele queria lembrá-la de que os quartos da taverna tinham camas estreitas e chão de linóleo e cortinas finas que deixavam a luz entrar. Os cafés da manhã com pão velho, café fraco e queijo emmental borrachudo eram uma desonra para a culinária suíça. Os quartos públicos eram sujos, os banheiros fediam e eram cheios de manchas. Por outro lado, no Hotel Perle, onde quer que o hóspede andasse, encontraria coisas agradáveis: arranjos de flores no corredor, tapetes macios ao lado das camas, banheiros limpos e cheirosos... Mas era inútil continuar. Se ele começasse a listar essas coisas, Emilie viraria a cara para ele como se não ouvisse uma palavra do que dizia. Nessas horas, com o nariz pontiagudo no ar, ela o fazia lembrar de uma criatura assustada — um morcego pendurado em uma parede de sua caverna —, angustiada pelo barulho humano.

Mesmo assim, ele ainda não havia desistido dela. Ele sabia que, apesar de tudo, ainda a amava. Alguma parte dele sempre acreditou que sua mãe não poderia morrer até ter aprendido a amá-lo. À medida que foi crescendo, tentou ensiná-la a fazer isso antes que fosse tarde demais, mas não conseguiu.

Quando Emilie ficou debilitada, ele perguntou se ela gostaria de morar no hotel, assim ele e a equipe poderiam cuidar dela. Mas a pergunta pareceu tê-la ofendido.

"Eu suponho", retrucou ela, "que você tenha vergonha e se sinta constrangido porque nunca tive uma mesa na cozinha. É isso?"

Gustav a encarou. Ele se preocupava de que a mente da mãe estivesse mais debilitada do que seu corpo.

"Não sei o que você quer dizer, Mutti.".

"Quero dizer que você nunca para."

"Ainda não entendi do que você está falando."

"Você nunca para de sentir vergonha de mim! Com esse seu hotel com estrela Michelin! Você preferia ter tido Adriana Zwiebel como mãe, eu sei. Com seu dinheiro e suas bolsas de grife. Em vez disso, você tem a mim, e sempre teve vergonha de mim, a vida inteira."

Gustav ficou imóvel. Ele se pegou questionando se havia alguma verdade no que ela dizia.

"Você não nega. Viu só?", disse Emilie, e suas mãos magras estavam fechadas como as de um lutador de boxe, prontas para bater.

"Eu nego, sim", rebateu Gustav. "E o hotel não tem nenhuma estrela Michelin."

"Tem alguma coisa Michelin. E doze quartos! E eu não tenho uma simples mesa, e isso é vergonhoso para você."

Gustav foi até ela e colocou os braços ao seu redor, prendendo as mãos de lutador. Ele beijou o topo de sua cabeça grisalha, mas imediatamente ela se afastou dele, como ele sabia que faria — como ela sempre fez.

Eles só ficaram próximos uma vez. Foi quando estiveram juntos em Basileia. Ele tinha dezesseis anos.

Eles viajaram para o funeral de Irma Albrecht, a mãe de Emilie, que Gustav nunca conhecera. No trem indo para Basileia, Emilie disse: "Você nunca a conheceu porque ela era uma mulher terrível".

Depois do funeral, ao qual ninguém foi além deles, Emilie disse para Gustav que precisavam ficar para limpar a velha casa de Irma e ver o que podiam vender.

Quando Gustav viu a casa, toda quebrada, com um banheiro em uma cabana torta no jardim, ele disse que não conseguiria imaginar alguém que quisesse comprá-la.

"Você se engana", disse Emilie. "Uma construtora vai comprar. Basileia é uma cidade em crescimento. As pessoas estão de olho nos terrenos ao redor."

No segundo dia, Emilie acendeu um fogo no braseiro antigo onde Irma costumava queimar os detritos do jardim. Gustav ajudou-a a tirar todas as roupas de Irma dos armários e a jogá-las no fogo. Até seus chapéus foram queimados. Em um deles, Gustav encontrou um alfinete de pérola, mas, quando tentou tirá-lo do chapéu, Emilie o agarrou de sua mão e jogou nas chamas. "A pérola não é verdadeira", resmungou ela. "A pérola é uma mentira."

Enquanto as roupas estavam queimando, Emilie começou a juntar os lençóis e tapetes, como se achasse que tudo que Irma já usara estivesse contaminado. Quando Gustav a ajudou a levar tudo para fora, o velho criador de porcos, que foi vizinho de Irma, apareceu carregando um leitão nos braços.

"Eu vi o fogo", disse ele.

"Sim?", respondeu Emilie. "Tudo isso são coisas inúteis."

O fazendeiro mostrou o leitão. "Eu gostaria de um cobertor", continuou ele. "Eles ficam com frio, os pequenos."

Gustav viu uma sombra de sorriso surgir no rosto de Emilie. Ele supôs que a ideia dos lençóis de sua mãe serem usados em um chiqueiro deixava Emilie encantada.

"Por favor, pegue o que quiser."

O velho entregou o leitão para Gustav, que notou como a pele parecia macia, mas na verdade era áspera como lixa. O animal se mexia e tremia em seus braços enquanto o fazendeiro começava a procurar pelos cobertores. Ele balançou a cabeça, perplexo.

"Não são coisas inúteis, gnädige Frau",[1] ele disse para Emilie.

"Para mim, são", respondeu ela.

"Posso pegar um carrinho de mão? Vou deixar minha cama confortável com eles. Dou o leitão em troca."

Gustav esperava que a mãe aceitasse a oferta. Uma das poucas coisas de que tinha orgulho na vida era sua receita de porco assado, mas havia um olhar estranho de compaixão em seu rosto magro. "Não queremos o leitão", disse ela. "Vá pegar seu carrinho."

O fazendeiro levou tudo. O leitão correu ao seu lado, indo e voltando, enquanto juntava dois carrinhos cheios de cobertores e lençóis. Quando tudo foi levado embora, Emilie riu e disse: "Talvez ele e os porcos durmam juntos. Não me surpreenderia".

O fogo do braseiro se apagara. Em cima das cinzas estavam algumas rosas feitas de metal fino, de um dos chapéus de Irma. Emilie olhou para elas e anunciou: "É assim que ela era. Você tentava destruí-la, mas alguma parte sempre ficava inteira. Minha vida será melhor agora que ela se foi de vez — se foi de verdade. Talvez eu seja mais gentil com todos, inclusive com você, Gustav".

Quando caiu o sol, eles começaram na despensa.

"Podemos dar todas essas garrafas de chucrute para o fazendeiro, para os potes de lavagem", propôs Emilie.

O chucrute de Irma era um lacto-fermentado de repolhos que ela cultivava ou comprava barato em grande quantidade no mercado local. Emilie e Gustav contaram trinta e

---

[1] Forma de tratamento mais formal, cujo significado é "minha senhora" ou "madame".

quatro garrafas, rotuladas e datadas. O repolho em alguns do vidros mais antigos, dos anos 1930, estavam em um tom escuro de marrom. Eles esvaziaram tudo em uma bacia de latão, grande o suficiente para dar banho em um bebê. "Eu imagino que me dessem banho nessa coisa. Lavada como um repolho", disse Emilie.

Agora estava escuro na despensa, quase noite. Gustav estava enjoado do cheiro de fermentação e estava prestes a sugerir que parassem quando viu uma última garrafa em um canto da prateleira.

Ele pegou a garrafa e viu que estava cheia de cédulas. Ele encarou o dinheiro. Então levou a garrafa até a janela, onde a lua nascente fornecia um pouco de luz. Gustav desenroscou a tampa, e ele e Emilie colocaram as mãos dentro dela, como mãos de crianças em potes de farelo, e tiraram rolos de cédulas de cinquenta francos presos com elásticos de borracha. Era difícil calcular quanto dinheiro havia ali, mas sabiam que era muito.

Mais tarde, eles contaram mais de catorze mil francos.

"Bem", disse Emilie. "Eu provavelmente podia comprar uma casa de chá inteira em Basileia com isso, mas não vou! Vou colocar em uma poupança e metade dele pode ficar para você."

Gustav usou sua parte do dinheiro para pagar o curso de hotelaria em Burgdorf. Tempos depois, ele com frequência pensava que, sem as notas de cinquenta francos guardadas no pote de chucrute da avó, e sem o dinheiro da venda da casa decadente, ele nunca teria conseguido a vida que queria ou sequer teria sido capaz de montar o Hotel Perle. Ele chegou a desejar que tivesse ficado com alguma lembrança de Irma Albrecht, mas não guardou nada, nem mesmo uma flor de metal de um chapéu.

ANTON

Matzlingen, 1992

Alguns sonhos persistem.

Anton Zwiebel disse que, em referência ao seu sonho de se tornar um pianista, a palavra *resistência* era ironicamente apropriada, porque implicava muito sofrimento.

Depois da primeira competição de piano em Berna, na qual ele ficou em último do grupo de cinco finalistas, Anton havia se submetido a mais oito ou nove competições, em que ele ia bem o suficiente nas eliminatórias para chegar à final, e então falhava quando precisava tocar no grande palco. Ele nunca foi nomeado vencedor, nem mesmo obteve o segundo lugar.

Adriana levou Anton a um médico para tentar achar a cura do que ela chamava de apenas "nervosismo". A Anton foram receitados calmantes de diferentes tipos e potências, mas nenhum o ajudou a controlar seu medo de tocar no palco. Ele ainda tocava mal quando chegava a hora de tocar bem.

Às vezes, ele ficava enfurecido por ser "testado" desse jeito. Era Gustav quem tinha de ouvir sua fúria. Anton dizia: "Precisa ser você, Gustav. Eu não posso deixar que meus pais me vejam agindo como um cão selvagem. Eu já os decepcionei o suficiente. Eles pagaram muito dinheiro pelas aulas com Herr Edelstein, e ainda mais com as inscrições nas competições, e eles esperavam resultados. Enquanto você..."

"Você está certo", dizia Gustav. "Eu não me importo se você ganhar ou perder. Só o que importa para mim é que perder te deixa infeliz."

Um dia, quando Gustav e Anton tinham dezoito anos e foram para o rinque de patinação depois da aula, Anton disse que não queria patinar, queria conversar. Então se sentaram no café do rinque, bebendo cerveja, enquanto os patinadores deslizavam, rodavam, saltavam e caíam de costas. Até que Anton disse: "Não posso continuar com esse sonho de fama. Está me matando".

Eles conversaram por um bom tempo e ficaram bêbados com a cerveja. Anton disse que nunca abandonaria a música, era importante demais para sua vida, mas que ele precisava desistir de competir. "Eu só quero tocar piano, porque tocar piano é algo lindo de fazer", disse ele. "Eu toquei 'Moonlight Sonata', de Beethoven, várias vezes na outra noite, quando meus pais saíram para jantar. E eu sei que é uma música sentimental, mas a cada vez que eu tocava me emocionava mais e mais, e fui tocando melhor e melhor, até que comecei a chorar e tocar ao mesmo tempo. As teclas ficaram ensopadas, mas eu não me importei. Me senti transfigurado ou algo assim. Foi quando pensei: *isso* é o que eu quero — me emocionar comigo mesmo tocando, mas não ter de ficar em um palco e emocionar outras mil pessoas. Eu sei que você vai entender."

Gustav olhou para o rosto de Anton, rosado graças ao frio e às emoções que acumulava dentro de si. Ele esticou o braço e tocou as costas da mão na bochecha de Anton.

"É claro que entendo", disse ele. "Fico feliz que você tenha decidido isso. Estava começando a me preocupar com você."

"Estava? Mas tenho mais uma coisa para enfrentar, Gustav. Como eu vou contar para meus pais? Especialmente para minha mãe. Como eu vou contar para ela que todas as suas esperanças em relação a mim serão destruídas?"

Gustav virou e olhou para os patinadores e pensou em como o rinque de patinação sempre fora um lugar de risos e felicidade, e os risos dos quais ele mais se lembrava eram os de Adriana.

"Eu conto para ela por você", decidiu ele. "Se você quiser. Eu explico tudo."

"Não é pedir demais de você?", perguntou Anton.

"Não."

"Ela pode aceitar melhor, vindo de você. Ela sabe que você sempre vê a alma das coisas."

"Talvez..."

"Mas talvez ela fique chateada, Gustav. Se ficar, só a abrace."

Gustav foi para a Fribourgstrasse em uma tarde no começo do verão, quando Armin estava no escritório. A luz do sol preenchia a sala. Adriana estava cuidando dos gerânios. Ele pediu por um copo d'água.

Ele se sentou com Adriana em um dos sofás floridos, e ela segurou suas mãos. "Você sabe que eu sempre adoro vê-lo, Gustav", disse ela, "mas algo me diz que você veio me trazer más notícias. Estou certa?"

"Sim", respondeu Gustav. "E eu odeio ter que fazer isso com você e Armin, mas Anton está contando comigo."

Adriana soltou as mãos de Gustav. "Ele engravidou alguma menina?", disse ela. "É isso?"

"Não. Não que eu saiba."

"Bem, então é melhor você me dizer o que é."

Adriana deixou Gustav falar e não o interrompeu. Ele tentou explicar os sentimentos de Anton como se ele mesmo fosse Anton. E ele descobriu que isso não era difícil porque *ele conhecia esses sentimentos tão bem*. Enquanto falava, sentiu o rosto corar com emoção. Ele quase sentiu que choraria.

Quando terminou, Adriana acendeu um cigarro. Ela fumou e não falou por um tempo. Então ela se inclinou, apoiando os cotovelos nos joelhos. Ela disse: "Eu tive outro filho, Gustav. Uma menininha chamada Romola, que morreu quando do tinha um ano. Anton mal se lembra dela, mas Armin e eu... É claro que sempre pensamos nela. E eu suponho que todas as expectativas que tínhamos para nossos dois filhos foram postas no único sobrevivente, nosso querido Anton. Está na nossa natureza dar o melhor, ver nossas crianças terem sucesso, e o que seria mais maravilhoso do que se tornar um pianista famoso? A música é tão importante para nós, humanos. Ela acha um lugar dentro de nós que nada mais consegue preencher".

Gustav não tinha certeza do que devia falar. Ele começou a pensar sobre Romola e o dia no rinque quando ele e Anton cortaram os braços com lâminas de patins para misturar seu sangue e jurar segredo. Ele se lembrava da dor do corte e da sensação estranha do sangue de Anton se misturando ao dele em uma pequena poça no corte em seu braço.

Depois de Adriana ter fumado em silêncio, ela apagou o cigarro e disse: "Eu imaginei isso tantas vezes, Gustav — o momento em que Anton iria superar seu medo e começar a se apresentar em um palco. Ele tem talento para isso. Todos sabemos que ele tem. E agora você está me dizendo que esse dia nunca vai chegar?".

"Sim, estou. Esse dia nunca vai chegar."

"Eu não consigo aguentar, Gustav."

"Eu sei que é difícil, mas talvez você já soubesse como Anton se sentia o tempo todo, e isso não é exatamente uma surpresa para você, certo?"

"Eu *não* sabia! Armin tinha algumas inseguranças sobre o assunto. Eu disse que ele estava sendo pessimista: disse para ele que Anton venceria seus medos com o tempo, mas estava enganada. E eu deveria ter visto isso. Nós gastamos bastante com remédios. Eu sou a mãe dele e fui tão obtusa. Eu o pressionei demais e fiz Anton sofrer, e agora todos os nossos sonhos estão desmoronando..."

Adriana começou a chorar. Gustav lembrou o que Anton havia dito sobre colocar os braços ao redor dela, então se aproximou no sofá, abraçou-a, e ela apoiou a cabeça em seu peito e se deixou chorar. Gustav acariciou seus cabelos e disse: "Você não deve pensar que Anton a culpa, de forma alguma. Ele não a culpa. Ele me disse: 'Estávamos juntos nessa loucura'. Essa foi a palavra que ele usou — loucura. E ele me incluiu nisso, porque ele sabe... Bem... Ele sabe quanto eu o amo. Eu amo todos vocês, Adriana. Eu queria ter uma família como a de vocês".

Quando ele percebeu o que disse — essa coisa sobre amor —, Gustav não conseguiu segurar as próprias lágrimas. Ele e Adriana se abraçaram, balançando-se e chorando.

O momento foi tão intenso que criou em Gustav uma sensação esmagadora de desejo sexual. Ele levantou o rosto de Adriana e o segurou perto do próprio rosto, ela sussurrou seu nome, Gustav... Ele a beijou na boca. Ele esperava que ela se afastasse, mas ela não o fez. Ela continuou o beijo e Gustav ficou confuso. Ele achou que perderia a consciência. Ele sabia que o que estava fazendo era pecado, puro e perfeito.

Ele se forçou a dissipar o momento e voltar para a sala iluminada, onde as cortinas brancas se moviam preguiçosamente na janela aberta. Ele se afastou de Adriana e gentilmente colocou sua cabeça nas almofadas do sofá.

"Sinto muito", sussurrou ele. "Não devia ter feito isso. Você me perdoa? Por favor, me perdoe e não me odeie, Adriana. E, por favor, não conte para o Anton."

Adriana olhou para Gustav com carinho. Ela enxugou as lágrimas e acariciou o rosto corado do rapaz.

"Foi um beijo lindo, Gustav. E todos nós o amamos muito. Espero que saiba disso. Anton, Armin e eu, todos nós o amamos muito."

Naquele outono, Gustav deixou Matzlingen, pela primeira vez significativa em sua vida, para começar o curso de hotelaria em Burgdorf.

Anton Zwiebel se tornou professor de piano.

Durante as primeiras férias da faculdade, Gustav foi à apresentação dos alunos na escola de ensino fundamental onde Anton trabalhava. Ele não só viu quanto as crianças se esforçavam, mas como elas claramente amavam e idolatravam Anton.

Depois de se apresentarem, elas corriam para ficar ao lado de Anton, abriam os braços e o abraçavam. Gustav o via como algum tipo de Flautista de Hamelin, com todas as crianças encantadas ao seu redor. E pensou: Eu sou um deles; estou encantado também. Eu seguirei Anton para onde quer que ele me leve — até para uma caverna escura.

Agora, aos cinquenta anos de idade, Anton se tornara chefe do Departamento de Música da muito expandida Academia Protestante de Sankt Johann, onde ele e Gustav haviam estudado. Ele era um belo homem, com cabelos volumosos e cacheados, grisalhos nas têmporas, um sorriso destruidor e uma risada contagiante que Gustav nunca cansava de ouvir.

Gustav sabia que algumas mulheres eram seduzidas por Anton e que ele aproveitava, até certo ponto, o poder que exercia sobre elas. Mas Anton contava para Gustav que ele nunca se deixava apaixonar. Ele dizia que a ideia de viver com uma mulher era "nociva" para ele. Dizia que fazer música no piano sempre seria a coisa mais importante de sua vida, e a ideia "de uma esposa, essa pessoa estranha" bisbilhotando seus treinos o deixava aterrorizado.

Gustav o lembrou que Anton havia tocado para ele e para os pais sem se importar se erraria na frente deles, mas ele simplesmente respondeu: "Vocês não são estranhos".

"Mas sua esposa seria?"

"Sim. De alguma forma, eu acho que ela sempre seria."

Gustav observou com atenção a contínua rejeição de Anton em deixar que qualquer mulher em sua vida acreditasse que *pertencia* a ele. Elas podiam passar uma noite ou duas em seu apartamento, que ficava perto do de Adriana e Armin, na Fribourgstrasse, mas raramente falava sobre elas ou as levava para visitar a escola. Às vezes, ele não conseguia lembrar o nome da mulher com quem estava dormindo.

"Talvez um dia seja diferente", disse ele para Gustav, "mas por enquanto não é assim. Nada muito diferente de você, hein?"

"Não", respondeu Gustav. "Eu não tenho tempo para isso. Meu corpo e minha alma pertencem totalmente ao Hotel Perle."

PASSATEMPO

Matzlingen, 1993

O Hotel Perle era um lugar onde os hóspedes ficavam, a princípio, por pouco tempo — uma noite ou duas —, a caminho de outro lugar. Afinal, o que havia para ver em Matzlingen? Algumas lojas chiques. Uma fábrica de azulejos. A Igreja Protestante de Sankt Johann. Há muito tempo, os visitantes faziam um passeio pela cooperativa de queijo, para a raiva de Emilie Perle, que não gostava de ser observada enquanto trabalhava duro. Mas agora a cooperativa de queijo já não existia. Matzlingen havia se tornado quase nada além de uma parada a caminho de Berna.

Mesmo assim, às vezes, os hóspedes ficavam por um período maior, atraídos pelas caminhadas nos vales ao redor e pela complacente insignificância da cidade. E, na primavera fria de 1993, um desses hóspedes chegou.

Ele era inglês. Seu nome era coronel Ashley-Norton. Ele tinha cerca de sessenta e tantos anos e falava bem o alemão, idioma que, contou a Gustav, havia aprendido "na escola e, depois, na guerra, quando tinha dezenove anos". Aos olhos de Gustav ele parecia uma caricatura de um reservado senhor britânico, com cabelos brancos cheios de gel, pele rosada e um ridículo bigode pequeno, aparado tão perto do lábio superior que parecia uma escova de unhas.

Quando Gustav começou a conversar com Ashley-Norton, percebeu que o jeito reservado escondia uma personalidade emotiva. O homem de idade disse, com um pequeno soluço na voz, que queria estar em Matzlingen, "no meio do nada, sem muito para ver, assim posso ficar tranquilo e resolver o dilema sobre o que fazer com o resto da minha vida". Ele completou que tudo o que pedia desse meio do nada era que fosse limpo e com um vale perfumado por perto, onde ele pudesse caminhar. Ele disse que sabia que podia encontrar isso na Suíça.

Veio à tona que o coronel Ashley-Norton foi casado por quarenta anos com uma mulher que ele chamava de Bee, mas ela o decepcionara. Colocando uma mão sobre o coração, ele disse: "Ela me decepcionou quando morreu".

O coronel Ashley-Norton continuou: "Ela morreu no Natal. No intervalo entre comer nosso pudim natalino e ir para a sala de visitas assistir à transmissão da rainha. Ela sentou na sua cadeira, fechou os olhos e morreu. Seu coração parou, e agora estou sozinho".

Gustav ficou tentado a dizer que, tendo testemunhado a longa morte de sua própria mãe, achava que esse era um bom jeito de completar a vida — só fechar os olhos e nunca mais acordar —, mas não disse. Podia notar que Ashley-Norton ainda sentia muito ao falar sobre Bee. Seu lábio inferior começou a tremer. Ele pegou um lenço estampado do bolso no peito e enxugou os olhos. Ele pediu por um gole de uísque.

Depois de ter bebido o uísque, o coronel disse: "Você vai achar isso muito bobo, Herr Perle, mas o que mais me chateia, no dia a dia, é que eu perdi minha companheira de *gin rummy*".

"O que é *gin rummy*, coronel?", perguntou Gustav.

"Ah, sim", disse o coronel. "De um jeito estúpido, sempre esqueço que não é algo universal, porque sempre pareceu comum para mim. É um jogo de cartas. Bem simples, exige um pouco de talento, mas sem a necessidade do alerta constante do bridge. Bee e eu costumávamos jogar três ou quatro vezes por semana, por anos e anos. É um jogo que o deixa tranquilo. Eu até diria que pode ajudar a regular a vida humana e tornar mais fácil o que é insuportável de lidar. E agora não tenho mais com quem jogar."

"Nós temos um jogo de cartas obscuro na Suíça, chamado Jass", disse Gustav. "As cartas são decoradas e complexas. A pontuação é complicada. Talvez, enquanto estiver aqui, você possa me ensinar *gin rummy*, coronel? Depois que o jantar é encerrado eu não tenho quase nada para fazer, exceto as rondas no hotel antes de ir dormir. Eu adoraria aprender."

"De verdade?", disse Ashley-Norton. "É muito gentil da sua parte. Nenhum dos meus amigos na Inglaterra se interessou. Eles achavam que *gin rummy* era um baita desperdício de tempo. Eu dizia a eles: 'É essa a ideia. Perder tempo muda a natureza do próprio tempo. E o coração fica tranquilo'. Porém, ninguém deu atenção."

Eles jogaram em um canto tranquilo do saguão, depois do jantar. Às vezes, Lunardi saía da cozinha, encarava-os e balançava a cabeça, com certeza pensando que jogos de cartas eram "um baita desperdício de tempo", mas talvez tenha percebido que Gustav estava se divertindo, porque ele começou a fazer trufas de chocolate para os dois comerem com seus cafés e conhaque. Ashley-Norton disse que a textura das trufas de Lunardi era "mais do que perfeita".

Gustav gostava de ficar no saguão — um lugar onde ele raramente ficava sentado por muito tempo. O ambiente era no centro do hotel e, de sua poltrona confortável, ele conseguia ouvir a vida do estabelecimento acontecendo e se preparando para a noite. Essa atenção que dava para os acontecimentos ao redor mal o distraía do jogo de cartas, e Ashley-Norton era um professor paciente.

Na primeira noite o coronel ganhou todos os jogos, mas ele disse para Gustav: "Isso vai mudar. Uma vez que tenha aprendido o jeito de colocar estrategicamente as cartas na pilha de descarte para depois pegá-las, você vai começar a ganhar. Pode demorar algumas rodadas, mas o que é excepcionalmente consolador no *gin rummy* — se os jogadores são mais ou menos bons ou ruins no jogo — é que a pontuação tem uma tendência a flutuar, como as marés. Nenhum jogador fica tão à frente do outro na contagem a ponto de acontecer um desequilíbrio. Você verá em breve".

E foi o que aconteceu. A reserva de Ashley-Norton no hotel era de duas semanas, mas agora ele havia estendido sua permanência "indefinidamente". Ele pediu apenas para ficar no mesmo quarto, ao qual ele já havia se apegado, e que o estoque de trufas de chocolate não acabasse.

Com o clima agradável da primavera, ele passava os dias andando pela cidade e indo até o vale, usando um bastão de caminhada, procurando por narcisos. Suas bochechas se tornaram ainda mais rosadas do que eram quando havia acabado de chegar. Ele elogiava as cerejeiras de Mittelland, que começavam agora a desabrochar.

Uma noite, depois de comentar mais uma vez sobre a cerejeira que encontrou em seus passeios, ele baixou as cartas, bebeu um gole de conhaque e disse: "O único problema dessas árvores é que elas me lembram do caminho até Bergen-Belsen".

Gustav parou o jogo.

Mais uma vez, Ashley-Norton tirou o lenço estampado que estava sempre disponível no bolso superior e assoou o nariz. Em seguida, disse: "Uma vez que tenha testemunhado aquilo, é como um filme na sua cabeça. Você não quer apertar o 'play', mas algo acontece — como ver a beleza daquelas árvores nos vales por aqui e sentir o aroma delas —, e o botão é acionado. Agora eu tenho problemas para dormir".

Gentilmente, Gustav perguntou se ele queria conversar sobre o que havia visto. O coronel respondeu: "Falar sobre isso ajuda a me livrar dos pesadelos, mas não consigo falar por muito tempo".

Ele disse que era um caminho perfumado até o campo. Todas as cerejeiras estavam floridas, e o aroma no ar era delicioso. Quando os soldados britânicos passaram pelos vilarejos, eles viram crianças brincando felizes nos pomares. Eles viram pássaros e animais que pareciam prosperar nas fazendas, lagos cheios de água fresca e moinhos girando com a brisa da primavera.

"Nós não acreditávamos que veríamos o que vimos."

Gustav encheu novamente o copo de conhaque do coronel e, quando Lunardi veio desejar boa noite, ele se despediu rapidamente.

Depois que Lunardi foi embora, Ashley-Norton disse: "É quando chego nessa parte que não consigo continuar. A questão é, Herr Perle, eu tinha apenas dezenove anos. Eu fora convocado havia poucos meses. Alguns dos companheiros no regimento, eles lidaram com isso melhor do que eu, porque eles tinham visto outras coisas terríveis. Inacreditáveis. Mas nada tão ruim quanto o que encontramos em Belsen. Eu não sei se é possível, no mundo inteiro, existir algo mais terrível do que aquilo".

Ele contou a Gustav que lhe deram uma câmera e disseram para tirar fotos, porque os rumores sobre um campo de extermínio em Bergen-Belsen haviam chegado ao Exército Britânico, e isso precisava ser documentado para os tribunais — para todo o acerto de contas que viria no pós-guerra. Ele disse que o oficial encarregado lhe deu a câmera porque ele parecia ser "do tipo artístico". O oficial o instruiu a tirar o máximo de fotos que conseguisse, sem se esquecer de nada.

"Eu comecei pela estrada", disse ele, "tirando fotos das cerejeiras, dos gansos e das crianças. Logo, o primeiro sinal que tivemos de que algo terrível se aproximava era que o ar estava infestado por um mau cheiro horrendo. Cada vez mais e mais forte. Todos os homens, mesmo os oficiais mais velhos, começaram a desacelerar. Sinceramente, todos queríamos voltar. Alguns dos rapazes vomitaram na vala antes mesmo de chegarmos. Eu amarrei um lenço cobrindo a boca e o nariz. Sabia que precisávamos continuar. Eu tirei uma foto do meu melhor amigo, Ralph Thompson, vomitando na grama."

Ashley-Norton bebeu mais conhaque. Ele disse que não conseguia mais descrever os horrores que presenciou. Disse que não havia palavras para aquilo. O que ele queria falar era sobre a câmera — "a maldita câmera!" — e como ele começou a odiar tê-la em seu pescoço, odiar ter que apontá-la para as pilhas de corpos e para os presos aflitos de Belsen, "como se estivesse em uma maldita viagem ao litoral, como se fosse um adolescente imbecil que faz fotografia como um passatempo!". Ele disse que alguns dos prisioneiros até sorriam para ele, e as mulheres tentavam arrumar os cabelos, mas na metade do tempo ele mal conseguia ver o que estava fotografando, sentia-se enjoado e cego pela tristeza.

"A questão é, Herr Perle, se eu não tivesse a droga da câmera e um pacote pesado de filmes nas minhas costas, eu poderia ter feito mais para ajudar as pessoas. Mas eu tinha sido instruído a nunca me separar de nenhum desses 'equipamentos', e isso era uma ordem. Eu tinha que obedecer. Você entende por que eu odiei tanto? Eu sentia como se aquela câmera e a bolsa de filmes estivessem me prendendo ao chão. Nós tínhamos equipes de alimentação, equipes de remoção de piolhos, rapazes separando e lavando roupas, e eu poderia ter ajudado com alguma coisa. Não com os atendimentos médicos, provavelmente, porque eu não tive treinamento. Mas eu poderia ter sido útil, não poderia, em vez de tirar fotos malditas?"

O coronel enxugou os olhos. Depois de um segundo ou dois, Gustav comentou: "Na verdade, você provavelmente estava fazendo o trabalho mais difícil que poderia ter feito — testemunhando. Alguém tinha que fazer isso".

"Eu sei. Alguém tinha que fazer, porém não precisava. Porque os americanos chegaram com filme de cinema. Eles fizeram imagens em movimento. Está tudo nos arquivos. Eles não precisaram das minhas fotos, mas, mesmo assim, eu precisava dormir com a maldita câmera no meu pescoço. Eu dizia para Ralph Thompson: 'Eu estou quase me enforcando com essa alça'."

Gustav ficou sentado com Ashley-Norton até tarde da noite. Quando disse que não conseguia mais falar sobre Belsen, Gustav se ofereceu para acompanhá-lo até o quarto, porque sabia que o coronel estaria cambaleante por causa do conhaque que havia bebido, e temia que ele caísse e se machucasse no Hotel Perle. Em vez disso, ele disse que não queria ir dormir e "arriscar ter pesadelos".

Eles ficaram sentados em silêncio por um tempo. Gustav abasteceu a lenha que gostava de deixar queimando no saguão toda noite até a chegada do verão. Ele sabia que ambos estavam cansados demais para outra partida de *gin rummy*, ou até mesmo para terminar a partida incompleta na mesa à sua frente, mas ele deixou as cartas espalhadas onde estavam — como se talvez pudessem recomeçar a qualquer momento. Então Gustav se perguntou se foi isso que algumas famílias judias haviam feito quando foram levadas — deixar as coisas do jeito que estavam nos apartamentos dos quais saíam, como se, ao anoitecer, fossem estar em casa de novo, a tempo de ligar as luzes e fazer o jantar?

Ashley-Norton acendeu um cigarro. Isso parecia acalmá-lo um pouco, e ele estava forte o suficiente para começar uma nova conversa, pedindo que Gustav contasse sobre sua vida e como ele entrara no ramo hoteleiro.

Gustav embarcou no assunto. Ele sabia que a própria voz tremia um pouco, mas seguiu firme, descrevendo o período que passou na escola de hotelaria e contando como cuidar de pessoas e objetos sempre foi algo muito importante para ele, desde quando era criança, e que no jardim de infância fizera parte de uma pequena equipe que cuidava de bichos-da-seda.

Isso fez Ashley-Norton sorrir, e ele sabia que poderia ter contado muito mais sobre como se tornou o dono do hotel e por que esse lugar significava tanto para ele.

Mas naquele momento, trazido de volta para o relato do terrível caminho até Bergen-Belsen, ele se pegou desviando do próprio passado e dizendo: "Meu pai era policial. Ele conseguiu um posto alto: assistente-chefe de polícia, aqui em Matzlingen. Eu acho que ele gostava do trabalho, mas foi demitido durante a guerra por falsificar documentos que permitiam que judeus entrassem na Suíça. Eu nunca soube a história inteira do porquê de ele ter se arriscado a fazer isso — ou mesmo se o fez realmente, e, *se* fez, como foi descoberto. Minha mãe sempre insinuava que ele havia sido traído. Sempre falava sobre meu pai como um 'herói', mas não sei se foi ou não".

Ashley-Norton ficou em silêncio por um instante. Então disse: "Você quer dizer que realmente *não sabe*, ou que ainda não decidiu o que pensa a respeito?".

"Estou dizendo que não sei."

"Entendo. Bem, nesse caso, você precisa descobrir, Herr Perle. Você deve descobrir! Uma pessoa não pode passar a vida sem saber a verdade sobre uma história assim. Quantos anos você tem? Quarenta e oito? Cinquenta? Não está na hora de ouvir a verdade de alguém, antes que todos tenham ido embora?"

O MOMENTO ZIMMERLI

Matzlingen, 1993

Gustav considerava as alegações que Ashley-Norton fizera quanto ao jogo de cartas — que desacelerava o tempo e permitia que o coração se acalmasse da agitação habitual, um exagero de uma pessoa com uma vida tranquila. Mas depois que o coronel deixou Matzlingen, Gustav ficou chocado com quanto sentia falta das sessões noturnas de *gin rummy*.

Ocorreu-lhe a ideia de convencer Anton a aprender o jogo. Ele se perguntou se a natureza inquieta de Anton permitiria que se acalmasse, mas também sabia que Anton com frequência ficava entediado com as noites que ele próprio planejava. Ele contou para Gustav: "Estou cansado demais de levar mulheres para jantares em restaurantes, pagar a conta das sobremesas absurdas que elas gostam de pedir... em troca de sexo ruim".

Contudo, assim que Gustav considerou tocar no assunto do jogo com Anton, este entrou correndo, em um começo de noite, com um olhar ansioso, segurando uma cópia do *Matzlingerzeitung* e dizendo que precisava falar com Gustav imediatamente "sobre algo que me deixou desnorteado por completo".

Gustav estava no salão de jantar, checando, como sempre fazia antes de servir o jantar, se os talheres estavam corretamente arranjados, se os copos estavam limpos e as toalhas de mesa, impecáveis e bem passadas. Ignorando por um momento a clara ansiedade de Anton, ele continuou sua tarefa sem pressa. (Qualquer coisa que o impedisse de cumprir sua função de exigente supervisor dos esforços do hotel para atingir a perfeição gerava uma sensação de desespero e irritação. Ele também acreditava que, em uma vida onde ele com frequência ficara à disposição das vontades e desejos de Anton, ele deveria, uma vez ou outra, deixar o amigo esperando.)

"Anda logo, Gustav", apressou Anton. "Tem uma coisa no jornal sobre a qual eu preciso conversar com você. Eu vou até o seu apartamento."

Gustav o encontrou sentado na cadeira de sempre, servindo-se de um copo de uísque.

"Veja só isso", disse Anton, entregando o jornal.

Gustav pegou o papel e sentou-se em frente a Anton. Na manchete que ele apontava lia-se: GAROTO DE MATZLINGEN ALCANÇA A FAMA. O pequeno artigo falava sobre *o impressionante sucesso de um antigo aluno da Academia Sankt Johann de Matzlingen, Mathias Zimmerli, na prestigiosa Competição Tchaikovsky de Piano, em Genebra. Zimmerli ficou em primeiro lugar e agora deve receber convites de concertos pelo mundo inteiro.*

"Leia a última frase", disse Anton. "Certifique-se de ler bem, porque foi essa que realmente me pegou."

Gustav colocou os óculos. Ele passou pelos elogios da *clareza do som de Zimmerli ao tocar o Concerto N. 4 de Rachmaninov, uma peça muito complexa para um jovem músico*, e chegou na fala de Zimmerli quando recebeu o prêmio de vencedor. Depois de agradecer aos pais, Zimmerli disse: *Eu também quero agradecer a meu professor de piano na Sankt Johann, Herr Anton Zwiebel. Sem a paciência e inspiração de Herr Zwiebel, eu tenho certeza de que não estaria nesse pódio agora.*

Anton cobria o rosto com as mãos. Através das mãos fechadas, ele disse com uma voz falha: "Ele conseguiu, Gustav! Aquilo que eu não consegui fazer. Zimmerli conseguiu. Quantos anos ele tem? Vinte? Vinte e um? Mas ele segue para a fama e eu estou preso em Matzlingen para sempre".

Gustav encarou o amigo. O fato de ele estar tão desconcertado com o sucesso de um antigo aluno o surpreendeu, mas ele ter usado as palavras "preso em Matzlingen" foi chocante. Gustav nunca duvidou da certeza de que ele e Anton viveriam suas vidas perto um do outro nessa cidade que os criara. Mas agora ele finalmente percebeu que, na mente de Anton, Matzlingen era somente um lugar onde ele estava "preso" e de onde, um dia, ele poderia se libertar. Gustav apertou o peito, tentando acalmar a turbulência que sentia no coração.

"Anton", começou ele, "você me disse várias vezes ao longo de nossas vidas que você fez a escolha certa sobre sua vida profissional..."

"Eu não sei se foi a coisa *certa*", retrucou Anton. "Eu fiz a *única* escolha que tinha, porque era impossível tentar ser bem-sucedido tocando em público, mas você não acredita que eu passei todos esses anos sem me arrepender, não é?"

"Você nunca falou em 'se arrepender'."

"Eu posso não ter falado sobre arrependimento. Não significa que eu não senti. Você mesmo viu. Eu tinha o talento para conseguir, mas meu estado físico e mental não me deixava continuar."

"Eu não sabia que você lamentava isso, Anton. Eu nunca soube. Talvez tenha sido desatenção da minha parte."

"Não lamento. Essa palavra é forte demais. Só fico inconformado, porque eu penso na vida que teria... nas capitais de todo o mundo! E agora está tudo aos pés do Zimmerli. Ele vai ter uma carreira pública maravilhosa, e eu vou continuar com a vida monótona de um professor de cidade pequena. Mas eu preciso ser sincero com você, Gustav, e sem me gabar, Zimmerli não é mais talentoso do que eu era naquela idade. Se eu tivesse vencido meu medo..."

Gustav se levantou e encheu o copo de Anton com uísque, e o seu, com conhaque. Ele sabia que esse era um dos momentos em que o rumo das coisas na existência cotidiana era alterado de repente. Se alguém tivesse lhe perguntado como estava o estado mental de Anton até aquela noite, ele teria dito "feliz", mas agora via que essa felicidade havia sido destruída e talvez nunca mais fosse recuperada.

Ele se sentou, segurando o copo de conhaque. "Eu sempre achei que é inútil tentar mudar aquilo que não podemos mudar."

"Eu sei disso."

"Eu acho que devemos tentar mudar quem somos para nos conformarmos. É possível que lhe dê algum consolo saber que ajudou esse jovem rapaz de maneiras que mais ninguém poderia?"

"Não", confessou Anton. "Eu não sou generoso o suficiente para pensar assim."

Anton adoeceu.

Ele tinha febre alta e se recusava a comer. Adriana e Armin o levaram para seu apartamento e ficaram sentados ao lado de sua cama por horas. Eles trouxeram o médico da família, um médico tão velho que mal conseguia ficar em pé e precisava se inclinar em um ângulo que Anton achava incômodo. O médico não conseguiu dar um diagnóstico preciso e foi embora.

Gustav visitou Anton todos os dias, trazendo sopas e caldos feitos por Lunardi. Quando ele começou a melhorar, Gustav tentou ensiná-lo a jogar *gin rummy*. Eles jogavam em uma bandeja que lembrava a Gustav a bancada da cozinha na Unter der Egg. Nunca houve muito espaço para pratos, copos e talheres naquela bancada, e agora não havia espaço suficiente na bandeja para as cartas, e eles continuavam a partida usando o chão.

Por um curto período — porque não havia mais nada para fazer —, Anton pareceu gostar do jogo, e Gustav deixou que ganhasse quantas vezes achava que ele quisesse ganhar. Mas, uma noite, ele disse o que Ashley-Norton havia falado sobre o jogo "tranquilizar o coração" e isso pareceu ofendê-lo.

"Eu não quero o meu coração tranquilo", disse ele. "Eu quero o meu coração transbordando de felicidade."

Anton voltou para seu apartamento e chamou uma das mulheres com quem estava saindo. Seu nome era Hansi, um nome que Anton achava ridículo, mas ele disse para Gustav que talvez o sexo "devolvesse sua vontade de viver". Disse que Hansi gostava de fazer amor "ficando por cima", e que isso era perfeito para ele, que estava com preguiça demais para outra posição.

A Adriana, Armin e Gustav foi orientado que deixassem Anton sozinho, então eles mantiveram distância.

Adriana segurou as mãos de Gustav nas suas, que estavam enrugadas e ossudas, mas ainda exuberantes para o mundo, com suas unhas vermelhas. "É muito infeliz essa história do Zimmerli", disse ela. "Meu coração lamenta por Anton, mas o que nós podemos fazer?"

"Nada, Adriana", respondeu Gustav.

Anton ficou afastado da escola pelo resto do verão, e em seguida anunciou que estava levando Hansi para Davos.

Quando Gustav ouviu a palavra "Davos", sentiu-se cheio de inveja e tristeza, e seu coração começou a bater acelerado mais uma vez. Imaginar seu amigo deitado em um quarto arejado, iluminado com as luzes brancas do sanatório abandonado, com Hansi cavalgando sobre ele, tentando fazê-lo "transbordar de felicidade", o deixou enojado e assustado.

"Anton, não a leve para Davos. Leve-a para outro lugar", pediu ele.

"Não", respondeu Anton. "Me diga por quê."

FRAU ERDMAN

Matzlingen, 1993

A temporada de verão no Hotel Perle era atribulada. Depois das reclamações de Lunardi sobre como o excesso de trabalho estava afetando sua saúde, Gustav contratou um subchefe para ajudá-lo.

O subchefe, Vincenzo, tinha vinte anos, era um rapaz inquieto de Turim, e Gustav precisava se concentrar em acalmá-lo sem reprimir seu talento como cozinheiro. Quando ele sugeriu que Vincenzo tentasse ser mestre de si mesmo e criasse uma concha mais robusta em torno de si, "como um coco", Vincenzo riu e disse: "Isso é uma ideia idiota, chefe! Cocos são peludos e eu sou liso e suave como um gladiador".

Mesmo que o garoto lhe desse trabalho, Gustav ficou feliz por ter essa distração — qualquer distração que o impedisse de imaginar Anton sentado sob o sol de Davos, ou caminhando floresta adentro pela estrada secreta. Ele havia dito a si mesmo que o sanatório devia ter sido demolido havia muito tempo para ser substituído por hotéis ou apartamentos em um elegante resort de esqui, mas aquilo ainda era tão vívido em sua memória que ele não conseguia imaginar sua não existência. Em seus sonhos, ele via Anton e Hansi andando de mãos dadas pelo caminho íngreme sob os pinheiros e encontrando morangos às margens dele. Seus lábios ficavam vermelhos. Eles passavam os morangos de uma boca para a outra...

Às vezes, Gustav meio que esperava que o coronel Ashley-Norton voltasse para o Hotel Perle. Ele sabia que aguentaria até as memórias do velho sobre Bergen-Belsen em troca da boa companhia e das partidas de *gin rummy*. Mas ele nunca mais apareceu.

O que voltou para Gustav, entretanto, foi o comentário de Ashley-Norton sobre a necessidade de saber a verdade sobre a vida de seu pai. Mas onde estaria a verdade? Se seu pai realmente tivesse sido um herói, então por que Emilie não havia guardado suas coisas, exceto a caixa de charutos vazia que um dia contivera o tesouro de Gustav? Se ela o reverenciara por um ato de bravura, por que o havia tratado como tratara Irma, aparentemente queimando ou jogando fora tudo que pertencera a ele?

Gustav percebia agora que talvez *houvesse um segredo* sobre seus últimos anos, um segredo que Emilie Perle quisesse manter escondido. Ele deitou em sua cama estreita, contente com a sensação de grande *peso e valor* de seu precioso hotel abaixo de si, quieto e tranquilo à noite, mas pronto para ganhar vida outra vez pela manhã. Em seguida, pensou em como segredos muito importantes podem adormecer dessa forma, mas um dia serem acordados e trazidos à luz.

Gustav foi até o Quartel-General da Polícia de Matzlingen, disse seu nome e profissão, e perguntou se poderia checar os registros da polícia referentes ao período entre 1938 e 1942. O policial encarregado olhou de forma desconfiada e disse: "Por que quer vê-los, senhor?".

"Muito bem, eu explico", disse Gustav. "Meu pai foi assistente-chefe aqui em 1938 e foi demitido da polícia em maio de 1939. Eu preciso saber por que isso aconteceu e como. Meu pai faleceu pouco depois de eu ter nascido. Antes de ficar velho, preciso saber o que aconteceu com ele."

"Qual era o nome dele?", perguntou o policial.

"Perle. Meu hotel leva o nome dele."

Foi dito a Gustav que ele deveria fazer um pedido por escrito para "ter acesso a registros confidenciais" e foi informado de que seria contatado, se fosse dada a autorização.

"Eu sou o filho dele", disse Gustav.

"Eu sei disso, senhor. Você acabou de me dizer."

"Eu tenho o direito de saber."

"Bem, veremos."

Enquanto Gustav preenchia o formulário, levantou o olhar para uma parede cheia de retratos em preto e branco de policiais, pendurados acima da mesa da recepção.

Um desses retratos era de um homem que ele achava ter reconhecido anos atrás, alguém que viera uma ou duas vezes ao apartamento na Unter der Egg. Gustav perguntou para o policial quem era a pessoa, e ele respondeu: "Esse é o chefe de polícia Roger Erdman. Um bom chefe durante a guerra, até onde sei. Um homem que todos respeitavam".

"Ele ainda está vivo?", quis saber Gustav.

"Eu duvido que esteja. Estamos em 1993. Mas procure na lista telefônica, Herr Perle. Talvez o encontre lá."

Havia nove pessoas com o nome Erdman na lista de Matzlingen, nenhuma com a inicial R. À noite, Gustav se sentou e começou a ligar para todas, começando com Erdman, A.

Quando chegou em Erdman, L, uma voz feminina atendeu. Gustav pediu para falar com Roger Erdman e a mulher perguntou: "Quem é você?".

Ao dizer que seu nome era Gustav Perle, o telefone ficou mudo. Em seguida, a mulher disse: "Gustav. O filho de Emilie. Eu o vi quando ainda era um bebê. Antes e depois da morte de seu pai".

"Você me viu? Então você é a esposa de Roger Erdman?"

"Sim. Roger morreu há muito tempo. A guerra o deixou doente, e ele nunca mais se recuperou. Mas deixe-me dizer uma coisa a você. Seu pai era um homem maravilhoso."

"Era o que minha mãe costumava dizer..."

"Ele era. Meu Deus, estou tão emocionada de ouvir sua voz, Gustav. Mas por que está me ligando?"

Foi a vez de Gustav ficar em silêncio. Era difícil admitir que ele estava tentando desvendar segredos, mas ele gaguejou que agora havia passado seu quinquagésimo aniversário, que ele ainda não sabia quase nada sobre a vida do pai e que agora estava à procura de alguém que pudesse se lembrar dele.

"Bem", disse Frau Erdman. "Eu me lembro dele. Venha tomar chá comigo no domingo à tarde. Eu moro na Grünewaldstrasse. Eu contarei tudo que quiser saber."

O apartamento era grande e escuro. Apesar de ser uma tarde de verão, cortinas pesadas fechavam as janelas. No começo, Gustav ficou intrigado com isso, mas quando sentou-se com Frau Erdman e a observou com cuidado, o motivo de ter escolhido viver naquela penumbra peculiar ficou claro.

Era óbvio que ela havia sido bonita. Adriana Zwiebel lhe disse um dia que as mulheres bonitas, à medida que envelhecem, "começam a temer luzes fortes", e ele tinha certeza de que Frau Erdman preferia um cômodo escuro, levemente iluminado com um abajur de luz amarelada e fraca, ao brilho de um dia de verão, de modo que os vestígios da beleza que tivera ainda pudessem ser vistos.

Ao chegar, ela o cumprimentou com um beijo no rosto. "Gustav!", exclamou. "Você não imagina como fico feliz que você tenha me encontrado! Você não se parece com seu pai, mas a voz é semelhante. Quando o ouvi no telefone meu coração parou por um segundo. Por um instante, pensei que Erich estava vivo de novo."

"Bem, eu estou muito feliz de ter encontrado *você*, Frau Erdman…"

"Me chame de Lottie, por favor. Eu não quero ser 'Frau Erdman' para você. Por favor, me chame de Lottie."

O cabelo de Lottie Erdman estava preso em um emaranhado coque grisalho e preso com um pente. Apesar da idade, ainda era volumoso, e Gustav conseguia imaginar que um dia fora loiro e brilhante, talvez comprido, ou preso em tranças, que eram moda na sua época. Seus olhos azuis-claros estavam inchados, mas ainda brilhavam dentro de suas bolsas de carne. Seus seios e barriga eram grandes, e ela se movia devagar.

Ela fez chá e comprou um mil-folhas de uma doceria francesa no final da rua. Quando levou uma dessas cheirosas invenções até a boca, disse: "Gula é a última indulgência da vida de muitos, Gustav. Na minha opinião, é um vício muito melhor do que vinho. Não acha?".

Gustav achou sua risada contagiante, quase como a risada de uma jovem menina. Eles ficaram sentados e riram juntos, comeram mil-folhas, e então Gustav disse: "Eu não quero tomar muito do seu tempo, Frau Erdman...".

"Lottie. Eu insisto, 'Lottie'. Quero ouvir você dizer."

"Lottie. Eu não quero tomar muito do seu tempo ou incomodá-la com perguntas, mas ultimamente tenho começado a perceber que sei pouco sobre a vida do meu pai e..."

"Eu conhecia sua mãe. Se ela não tivesse perdido o primeiro filho... Nesse caso, eu acho, tudo teria sido diferente entre ela e seu pai. Acho que ela nunca o perdoou por isso."

Gustav olhou para Lottie em choque. Ele colocou o resto do mil-folhas no prato de porcelana. Ele abriu a boca para falar, mas nada saiu.

"Você não sabia sobre o outro bebê? Emilie nunca te contou?"

"Não."

"Bem, ela não gostava de falar sobre isso. Eu acho que ela tentou esquecer, mas houve um acidente no apartamento, aquele que eles tinham na Fribourgstrasse. Erich ficou mortificado com o que aconteceu. Ele foi para cima de Emilie — porque achava que ela não se esforçava para entender o trabalho que ele fazia durante a guerra."

"Ele bateu nela?"

"Não. Ele só... Eu não sei ao certo... Ela foi levada às pressas para o hospital, mas eles não conseguiram salvar o bebê. Pobre Emilie. Ela ficou desolada. Ela culpou Erich pela perda terrível. Ela o deixou por um tempo e ficou com a mãe em alguma casa nas montanhas."

"A casa perto de Basileia?"

"Sim, acho que sim."

"Eu conheço o lugar. Eu estive lá. Era um lugar horrível."

"Era? Bem, ela ficou longe por um bom tempo. Erich tinha certeza de que ela nunca mais voltaria, mas ela voltou... talvez porque a casa em Basileia fosse assim tão terrível. Mas eu acho que ela tinha decidido tentar novamente com Erich, e, com o tempo, você nasceu."

"Eu nunca soube. Eu nunca soube nada sobre o bebê perdido."

"Não? Bem, era assim que sua mãe era. Ela guardava as coisas para si. Não como eu. Eu digo tudo. Você guarda as coisas para si, Gustav?"

"Sim. Minha mãe nunca se interessou de verdade em como eu me sentia ou em que pensava. Então isso se tornou um hábito, esconder as coisas dentro de mim."

Lottie esticou o braço e serviu mais chá nas xícaras de porcelana. Em seguida acendeu um cigarro.

"O bebê era um menino. Eles iam chamá-lo de Gustav."

Gustav colocou a mão onde fica o coração e massageou o peito.

"Que estranho", comentou ele. "Eu costumava... quando minha mãe era viva... às vezes, tinha a sensação de que eu não estava completamente *ali* para ela, de que ela estava procurando por um outro alguém e ficava decepcionada quando percebia que tudo que tinha era eu. Imagino que ela tenha amado mais o primeiro Gustav."

Os olhos inchados de Lottie começaram a brilhar com lágrimas que ela tentava conter. Ela esticou-se sobre a mesa e pegou as mãos de Gustav.

"Gustav", disse ela. "Seu pai amava você. Eu sei disso porque ele era um homem carinhoso. E ninguém sabia disso melhor do que eu, entende? Agora, eu não sei o que veio aqui me perguntar, mas deixe-me contar uma coisa que eu não posso esconder de você. Seu pai e eu éramos amantes. Começou quando Emilie foi embora, e ele achou que nunca mais a veria de novo. Ninguém sabia. Ninguém foi magoado pelo que fizemos. E quando sua mãe voltou, eu terminei tudo. Eu disse para seu pai que não o amava, mas era mentira. Eu o idolatrava. Ele era o meu mundo. Era o amor da minha vida."

As lágrimas começaram a cair. Lottie largou a mão de Gustav, pegou um guardanapo de pano e chorou nele.

Gustav se emocionou diante dela. Ele não sentiu raiva de Lottie, nem de ninguém. Ele percebeu que, em vez disso, ficava *feliz* por seu pai, irrepreensivelmente feliz por ele ter sido o amante dessa mulher que fora tão bela. Então lembrou-se de uma coisa. Ele lembrou de Emilie lhe contando que Erich morreu na Grünewaldstrasse. E era lá que ele estava sentado, no apartamento dos Erdman, na Grünewaldstrasse — talvez no mesmo sofá onde seu pai havia sentado e admirado Lottie, ou a tido em seus braços.

"O dia em que ele morreu", começou ele. "Foi aqui, nos degraus do seu prédio. Ele estava vindo vê-la, não estava? Ele estava voltando para você?"

Lottie olhou para Gustav, seus olhos brilhando, sua mão ainda segurando o guardanapo.

"Eu nunca vou saber", disse ela. "Eu tentei acreditar que foi assim, porque eu havia escrito para ele pouco tempo antes. Eu descobri que era impossível viver sem ele, mas será que ele estava voltando para mim no dia em que morreu? Ou estava vindo para dizer que não poderia mais me ver? Eu daria qualquer coisa para saber, mas nunca saberei."

Era noite, mas Gustav não conseguia dormir.

O que ele havia descoberto naquele dia havia despertado sentimentos complexos, mas o mais intenso deles era uma sensação de alívio. Ele soube que as revelações de Lottie Erdman o ajudaram a entender por que Emilie não conseguia amá-lo. Fez com que ele entendesse que, apesar de todas as afirmações sobre o heroísmo de Erich, ela fora incapaz de amá-lo também.

HANS HIRSCH

Matzlingen, 1994

Gustav percebeu que, na vida de muitas pessoas, a "crise" que chega para todos geralmente aparece na quinta década. Mas para ele e para Anton chegou mais tarde, em 1994, quando ambos tinham cinquenta e dois anos.

O que ele chamava de "o momento Zimmerli" foi meio que o precursor dela, despertando em Anton toda sua saudade por adulação e singularidade. Desde então, ele sonhava com Mathias Zimmerli. Ele também foi forçado a ler no *Matzlingerzeitung* que o rapaz estava fazendo apresentações em Genebra e Amsterdã. Ele admitiu para Gustav que, em certos dias, tudo em que conseguia pensar era a fama crescente de Zimmerli e sua própria insignificância.

E, então, algo mais aconteceu.

Começou perto do Natal, quando, como mandava a tradição, a Academia Sankt Johann montava um concerto para as crianças, organizado por Anton. No final desses eventos, Anton sempre entretinha os pais com um pequeno recital próprio. Ele descobriu ao longo dos anos que as últimas sonatas de Beethoven, particularmente a Sonata Nº 26, "Les Adieux", e a Sonata Nº 29, "Hammerklavier", eram aquelas que o emocionavam mais, então eram as que ele geralmente tocava no final.

Ele praticou essas duas sonatas de novo e de novo. Ele frequentemente convidava Gustav para ouvi-las e responder perguntas sobre técnica e clareza, coisas que o amigo não tinha preparo para entender. Mas isso não incomodava Anton. "Eu gosto de você como público", disse ele. "Sempre gostei. Você me deixa tranquilo."

Gustav estava lá, na noite fria de dezembro, quando Anton tocou a sonata "Les Adieux". Ele conseguia dizer que a performance fora excepcional, como se algo extraordinário o tivesse inspirado naquela ocasião.

A escola sempre preparava um jantar depois da apresentação, mas Gustav não poderia ficar. A caldeira do aquecimento central do Hotel Perle estava dando problemas, e ele precisava voltar para se certificar de que o encanador que encontrara em tempo recorde a havia consertado.

A noite estava muito fria. Manter o hotel aquecido a todo instante estava no topo da lista de prioridades de Gustav. Suas lembranças do quarto gelado na Unter der Egg, e o toque do trem de metal, como gelo em seus dedos, ainda perduravam. Ele não suportava a ideia de que seus hóspedes de repente se vissem tremendo. Logo, ficou aliviado ao encontrar a caldeira funcionando quando voltou da apresentação.

Ele pagou o encanador e lhe desejou um Feliz Natal e um bom Ano Novo, e subiu ao seu apartamento para aproveitar os frios e os queijos que pedira a Lunardi que providenciasse.

Perto das onze da noite, Anton apareceu. Ele carregava uma garrafa de champanhe. Seus olhos brilhavam e suas bochechas estavam muito vermelhas, como se tivesse estado dançando no gelo.

"Notícias indescritíveis!", disse ele, enquanto tirava o casaco e o jogava em uma cadeira. "Notícias que eu pensei que nunca ouviria!"

Gustav esperou. Suas preocupações sobre a caldeira, junto com a emoção que sentira ao ouvir Anton tocando no concerto, o deixaram exausto. Ele não queria beber champanhe àquela hora da noite, queria ir para a cama, mas deixou Anton servir duas taças e lhe dar uma. Anton levantou sua taça e disse: "À fama! É a isso que vamos beber. À fama!".

Eles brindaram e Gustav disse: "À fama, aquela vadia volátil?".

"Sim", concordou Anton. "Eu tenho cinquenta e dois anos, mas agora vou finalmente domar essa vadia. Você não acredita em mim, eu posso ver na sua expressão. E é um pouco inacreditável. Eu vou beber rápido para acalmar meu entusiasmo, então te conto tudo..."

Um homem chamado Hans Hirsch estava na apresentação. Hans Hirsch era o tio de um dos alunos de Anton. Gustav nunca ouvira esse nome antes, mas aparentemente ele era bem conhecido nos círculos musicais. Anton o descreveu como um "empresário estupidamente bonito" que trabalhava em Genebra, dono de uma gravadora de música clássica, a CavalliSound.

Durante o jantar da escola, Hans Hirsch abordou Anton. Ele apertou sua mão e o parabenizou por tocar a Sonata Nº 26. Então explicou quem era.

"De início eu não entendi por que ele estava me falando tudo isso", disse Anton, "mas de repente ele falou que a coisa mais empolgante de seu trabalho era fazer descobertas musicais — de pessoas que ninguém conhecia — e lhes dar visibilidade. Ele me olhou de um jeito muito intenso e disse: 'Eu não vou dar voltas aqui. Eu acredito que descobri em você um talento subestimado. Se quiser, eu gostaria de levá-lo para tocar para mim em Genebra, para fazermos algumas gravações de sonatas de Beethoven. Podemos começar com uma ou duas, mas, se você for tão bom quanto acho que é, eu vejo a possibilidade de, em algum momento, fazer o ciclo inteiro, todas as trinta e duas'. Eu não acreditava no que estava ouvindo, Gustav. Eu tive que pedir, como um idiota, para ele repetir tudo de novo. Achei que era um sonho e que acordaria a qualquer minuto. Suponho que você consiga imaginar, certo?"

Gustav encarou Anton. O brilho rosado em suas bochechas fazia com que parecesse mais jovem.

Antes que Gustav pudesse falar alguma coisa, Anton continuou: "Não era um sonho, Gustav! Hans Hirsch acredita em mim. Ele realmente acha que eu consigo dominar as trinta e duas sonatas. Não é a coisa mais incrível que já aconteceu comigo?".

Gustav fechou a boca, que ele percebeu que estava aberta, como a boca de um velho confrontando um horror antigo. Ele tomou um gole do champanhe e se forçou a dizer: "Eu acho inacreditável, Anton. Que tenha acontecido assim, do nada. Muito inacreditável...".

"A coisa mais bonita disso tudo", continuou Anton, "é que, quando eu tocar para Hirsch, estarei apenas em um pequeno estúdio de gravação — não abandonado em um palco gigantesco —, então eu devo conseguir controlar meus nervos. Vai ser bem diferente de tocar em um palco, mas, uma vez que esteja tudo gravado, milhões de pessoas poderão ouvir. Imagine só, Gustav! Eu estarei tocando para milhões."

"Inacreditável...", repetiu Gustav, parecendo não encontrar outra palavra além dessa.

"E tudo se encaixa tão bem", prosseguiu Anton. "Ele quer que eu vá para Genebra semana que vem, quando as férias de final de ano começam. Ele fez uma piada sobre minha idade e disse: 'Acho que não devemos adiar, *n'est ce pas*?'. Precisamos mostrá-lo para o mundo antes que seja tarde demais."

"Semana que vem?", murmurou Gustav.

"Sim!"

"Mas semana que vem é Natal. Você, Armin e Adriana vão vir para a ceia no hotel..."

"Foda-se o Natal. Foda-se a ceia. Por favor, Gustav. Eu achei que ficaria feliz por mim. Por que não está feliz?"

"Estou. É só que..."

"O quê? Você não parece feliz. Lembra aquele dia no rinque quando eu te disse que não conseguia continuar com minhas apresentações em público e você me apoiou? Bem, tudo está mudando, e eu preciso do seu apoio de novo, quando as coisas finalmente estão dando certo para mim. Eu achei que podia contar com você."

"Você pode contar comigo. É algo incrível, Anton. Só me pegou desprevenido."

"Surpresas são boas. Elas são tão raras."

"É claro que são, e eu imagino que isso seja um novo começo na sua vida."

"Isso mesmo", disse Anton. "É, sim. E eu digo uma coisa, meu amigo, eu preciso de um novo começo. Eu sei que você é feliz em Matzlingen, com o hotel e tudo o mais, mas eu... Eu sei há muito tempo que estou morrendo lentamente aqui. Se tudo der certo, vou poder largar meu emprego na Sankt Johann e nunca mais voltar para Matzlingen."

O champanhe tinha um gosto ácido na boca de Gustav, e ele largou sua taça. Ele sentiu uma dor tão insuportável em seu coração que sabia que precisava tentar de qualquer forma, por mais cruel e inadequada que fosse, aliviá-la. Levantou-se, foi até a janela e olhou para a lua encoberta de nuvens sobre os telhados da cidade que ele nunca deixaria. Sem se virar para Anton, ele disse: "Você mencionou aquele dia no rinque. Vai se lembrar então que eu me ofereci para contar a Adriana sobre sua decisão de não continuar com as competições, certo? E eu fui, como sabe. E Adriana começou a chorar e eu a beijei. Eu nunca contei isso a você. Eu beijei sua mãe na boca, um beijo intenso".

Houve um longo silêncio, então Gustav se virou e viu Anton o encarando. Gustav queria que ele sentisse choque e ódio, assim como ele mesmo se sentiu consumido pela notícia da chegada de Hans Hirsch. Mas ele não viu ódio no rosto de Anton. Depois de um instante, Anton tomou outro gole de seu champanhe e disse: "Acontece o tempo todo. Não pense que você é especial. Minha mãe é uma mulher muito sedutora".

TRÊS MOVIMENTOS
Matzlingen, 1995

O novo ano começou.
    Em Davos e em outros resorts de esqui, os grandes estabelecimentos estavam lotados, mas o Hotel Perle estava praticamente vazio. Em janeiro, Matzlingen parecia um lugar triste. As estradas eram ruins, com neve caindo sobre o gelo e congelando, e mais uma camada de neve caindo sobre a anterior. O serviço de bondes tinha sido temporariamente desativado por causa dos trilhos congelados, e Gustav pensou em seu pai, passando noites frias na garagem dos bondes, desejando estar com Lottie Erdman, e então correndo, correndo até sua porta e morrendo na Grünewaldstrasse, morrendo do coração doente poucos momentos antes de poder tomar Lottie em seus braços. Ele imaginou os pedestres se aglomerando nos degraus onde Erich caíra, gritando, aterrorizados: "O homem está morto".
    Anton estava em Genebra. Ele disse para Gustav, em uma carta, que Hans Hirsch havia alugado um apartamento para ele com um piano de cauda. Toda manhã, um colega de Hirsch, um talentoso acompanhador, vinha para o apartamento e ensaiava com Anton as duas sonatas de Beethoven, a 26 e a 29. Na próxima segunda-feira ele tentaria a primeira gravação, a da Sonata Nº 26, "Les Adieux". Na carta, ele disse para Gustav que, para seu horror e vergonha, ele sentia um pouco de sua antiga ansiedade voltando.
    Gustav conhecia muito bem essa sonata. A peça era dividida em três movimentos: "Das Lebewohl" ("O Adeus", ou "Les Adieux"), "Abwesenheit" ("Ausência") e "Das Wiedersehen"

("O Retorno"). Ele sempre se emocionava com o lento movimento do meio, "Ausência", mas, como este era sombrio e quase fúnebre, o último movimento, em sua vivacidade tão enfática, parecia estranho para ele — como se pertencesse a outra peça musical.

Ele imaginou que se sentisse assim porque as ausências — como a que sentiu quando Emilie estava no hospital e ele ficou completamente sozinho no apartamento quando tinha dez anos — não acabavam de um jeito muito feliz; elas acabavam em ressentimento: *elas precisavam ser perdoadas*.

Ao aguentar a ausência de Anton, a qual Gustav via como um treino para uma ausência que seria permanente e final, ele sabia que tudo que podia fazer era esperar. Ele supervisionava a limpeza da neve e do gelo nos degraus do hotel. Assegurava-se de que a lareira no saguão estivesse acesa para os poucos hóspedes.

Ele as via como as tarefas mundanas de um criado e pensou que, com todo o seu ridículo orgulho pelo Hotel Perle, isso era exatamente o que ele era: um escravo dos desejos e vontades das outras pessoas. Mas isso, ao que parecia, era a vida que tinha escolhido para si.

Era domingo à noite. No dia seguinte, às dez da manhã, Anton chegaria aos estúdios CavalliSound para gravar "Les Adieux". Gustav tinha certeza de que seu amigo não dormiria nessa noite. Gustav decidiu não dormir também, para fazer uma espécie de vigília para Anton a distância. Porém, sabia que esse pensamento era vergonhosamente dividido. Por um lado, ele ficaria de guarda para a ansiedade de Anton diminuir e ele conseguir descansar; por outro lado, sua vigília era mal-intencionada, esperando que ele fracassasse.

Para se manter acordado na noite mais sombria de todas, Gustav decidiu lembrar um episódio de sua vida que ele não visitava com frequência: a lenta morte de sua mãe. Pensar sobre isso lhe trouxe à tona um choro desesperado, mas do qual ele quase sempre emergia se sentindo aliviado e livre.

Gustav tinha quarenta e três anos quando sua mãe ficou gravemente doente.

Mais ou menos um ano antes, ela tinha arranjado um amante — o homem que fora o gerente da Cooperativa de Queijo Matzlingen e que, aparentemente, sempre tivera uma atração por sua "querida Em".

Emilie não tentou esconder esse relacionamento, ela se gabava dele para Gustav. "Acredito que pensou que nenhum homem jamais olharia para mim aos sessenta anos, não é?", dizia ela.

Gustav respondia que não pensava nisso, de um jeito ou de outro, mas disse para a mãe que, se esse homem a fazia feliz, então ele ficaria feliz por ela também.

Seu nome era Martin Studer. Emilie começou a trazê-lo para o hotel para almoçar aos domingos, e Gustav se juntava a eles na mesa. Studer tinha cerca de setenta anos. Sua cabeça e o pescoço se sobressaíam acima dos ombros, como a cabeça e o pescoço de um abutre. Às vezes, eles pareciam se recolher, e seu pescoço desaparecia no colarinho da camisa de botão, e Gustav esperava até o momento em que saísse novamente.

Ele ficava fascinado e perturbado por esse fenômeno. Studer tinha olhos grandes e brilhantes, e as mãos longas pareciam garras, que agora usava para acariciar a bochecha de Emilie.

Apesar de tudo, havia uma coisa que Gustav apreciava sobre o homem: ele admirava o hotel. Ele comentava com Emilie quão brancas eram as toalhas de mesa, as flores frescas nos arranjos, o bom atendimento dos garçons e, é claro, a comida de Lunardi. A princípio, quando ele comentava essas coisas, Emilie dizia: "Ah, todos os detalhes que você apontou não têm quase nada a ver com Gustav".

Gustav se recusava a mostrar-se à altura dos comentários, mas Studer lembrava a Emilie que a maior responsabilidade quanto à excelência de qualquer hotel estava nas mãos do gerente ou do dono.

E, com o tempo, depois de ter devorado um bom número das especialidades de domingo de Lunardi, Emilie conseguiu dizer: "Pelo menos você manteve um alto padrão, Gustav. Nada parecido com suas tarefas da escola, hein?".

Então, em um domingo, Emilie não conseguiu comer. Ela ficou sentada à mesa sem falar, balançando a cabeça para a frente e para trás, como pessoas muito mais velhas do que ela costumavam fazer, como se seu último dever na terra fosse concordar com tudo que viam e ouviam no mundo.

Gustav sugeriu que Studer a levasse para casa. Ele sempre se lembraria de como Studer esticou uma mão de garra e começou a acariciar o cabelo de Emilie. O coitado tinha acabado de comer seu frango assado e sem dúvida estava ansioso pela torta de chocolate ou o *parfait* de pêssego de Lunardi, mas bebeu um último gole de seu vinho tinto, levantou-se obediente e ajudou Emilie a ficar em pé.

"Venha, Em", disse ele com doçura. "Você está cansada. Vamos colocá-la na cama."

Gustav foi com eles até a porta da frente. De repente, ele viu a mãe se desvencilhar das mãos de Studer, cambalear alguns passos e vomitar em uma jardineira. Ele começou a andar em sua direção, mas Studer o parou. "Eu vou cuidar dela", disse ele. "Sinto muito pelas flores. Espero que consiga lavá-las. Sua mãe vai ficar boa logo."

Ela nunca ficou boa de novo.

Encontraram tumores em seu estômago e pulmões. Ela foi para o hospital onde quase havia morrido quando Gustav era criança e tomou as novas drogas químicas que deveriam diminuir o câncer, mas que, para isso, acabavam por transportar seu efeito por todo o corpo, enfraquecendo e angustiando os pacientes até o ponto em que Gustav se pegou desejando, às vezes, que elas nunca tivessem sido descobertas e testadas.

Por um tempo, o sofrimento de Emilie diminuiu, e ela pôde ir para sua casa na Unter der Egg. Gustav conseguiu que duas camareiras do hotel fossem para o apartamento no dia anterior ao seu retorno e o limpassem por completo, colocando um vaso de rosas perfumadas na mesa. Em seguida, ele foi buscá-la no hospital.

Ela segurava uma pequena mala que ele reconhecia de anos e anos atrás. Foi a visão dessa mala velha e gasta que o fez começar a soluçar, de repente. Ele não conseguiu dirigir para fora do estacionamento do hospital. Descansou a cabeça no volante e chorou. Ao seu lado, Emilie estava sentada, imóvel, sem falar ou prestar atenção em Gustav. Então ele enxugou os olhos, pediu desculpas e continuou dirigindo.

Martin Studer estava no apartamento. Emilie não queria ficar na cama, foi sentar-se em sua cadeira de sempre na sala, encarando as rosas.

"Não sei como essas coisas chegaram aqui", disse ela.

"Eu pedi para a equipe do hotel trazê-las", respondeu Gustav.

"Ah, é claro", alfinetou Emilie. "Você não faz mais nada sozinho, faz? Você pede para a 'equipe' fazer, mas isso não é jeito de viver, meu filho. Tudo vai acabar."

O cabelo de Emilie, sempre tão fino e ralo, caiu. Então ela começou a usar uma peruca. Era castanha e volumosa, levemente ondulada, e não parecia nada com seu cabelo verdadeiro, fazendo Gustav se sentir como se ele e Studer estivessem sentados com uma estranha — uma estranha que parecia um pouco insana. O pescoço de Studer entrou e saiu de sua camisa enquanto ele observava, triste e perplexo, sua amada Em. Gustav olhou ao redor da sala e pensou que nada de bom jamais acontecera ali, nem mesmo quando Anton viera para o chá e passara o batom roxo; seria melhor se esse prédio fosse demolido.

Ele fez chá, Emilie bebeu um pouco e então se levantou e saiu da sala. Gustav e Studer a ouviram peidar no banheiro. Eles não se olharam. Os peidos continuaram cada vez mais altos. Pouco depois, Studer disse: "Eu me apaixonei por sua mãe quando ela era muito jovem e veio trabalhar na cooperativa de emmental, mas é claro que não podia falar nada na época. Agora, parece que eu desperdicei toda a minha vida."

Gustav sempre se perguntou o que prendia Emilie à vida. Ela fora tão irritadiça e melancólica por tanto tempo, incapaz de amar ou agradar, que ele imaginou que, quando ela visse o fim se aproximando, ficaria feliz com o alívio da morte. Mas, com seu jeito teimoso, ela lutou. Talvez por Studer? Mesmo que parecesse uma ave de rapina, ele era um homem bondoso e simpático.

Uma vez, quando Gustav foi para a Unter der Egg e Emilie estava claramente com uma dor terrível, Studer a balançava em seus braços, como uma criança. Sua peruca tinha caído, mas isso não o incomodava. Ele beijava sua careca e cantava com uma voz desafinada.

Ela voltou para o hospital. Da última vez que Gustav a visitou, ela estava em um quarto pequeno, iluminado por uma luz azul, exatamente como aquele onde ela havia ficado quando tivera pneumonia, quando ele precisou criar uma barreira na porta contra Ludwig Krams.

Ela estava dormindo. Parecia tranquila. Uma enfermeira entrou, e Gustav disse: "Quanto tempo ela tem?". A enfermeira sorriu e respondeu: "Acho que ela está pronta".

Quando a enfermeira saiu, Gustav falou com Emilie. Chamava-a de Mutti. Ele não sabia se ela o escutava ou não. Ele disse: "Talvez você esteja pronta, Mutti, mas eu não estou. Tem uma coisa que eu sempre achei que poderia lhe ensinar, que é como me amar. Mas eu nunca consegui, não é?".

Ele parou ali, esperando, ou desejando, que Emilie dissesse alguma coisa, mas ela continuou dormindo, imóvel. Havia mais — muito mais — que ele poderia ter dito, mas sabia que o momento de falar havia ficado no passado.

Gustav levantou a mão da mãe e a segurou na sua. Estava muito fria. Ele disse a si mesmo que a beijasse na testa e que não chorasse, que fosse mestre de si mesmo e saísse andando do quarto, sabendo que nunca mais a veria de novo, que o resto seria uma ausência eterna, sem um "Wiedersehen", um retorno. Sair do quarto seria seu único triunfo — sair da vida da mãe antes que ela fizesse o mesmo e o abandonasse.

Ele saiu e a porta do quarto azul se fechou com um clique-clique que lhe lembrou o barulho que vinha do projetor do cinema quando um filme velho acabava. No corredor, ele encontrou Studer, segurando um buquê de anêmonas. Os dois homens pararam para conversar por um instante, e então Studer seguiu em direção a Emilie. Gustav não viu sua mãe novamente até ela estar dentro do caixão, onde, na boca maquiada, ele imaginou ter visto um pequeno sorriso.

Era muito tarde agora, já quase amanhecia. Gustav queria que o choro viesse, trazendo as lágrimas que o purificariam, mas seus olhos permaneceram secos.

NUNCA SABEREMOS
Matzlingen, 1995

Tarde da noite na segunda-feira, Anton ligou para Gustav da cobertura de Hirsch, onde eles estavam bebendo champanhe. Anton parecia estar gritando no fone, como se estivesse em alguma campanha militar usando um telefone de campo.
"Me pergunta como foi!", gritou Anton. "Pergunta!"
"Sim", disse Gustav. "Estou perguntando!"
"Magnificamente bem, é como foi! Muito bem! Todo mundo está muito empolgado."
Gustav não falou nada. Ele achava muito cansativa a maneira como a empolgação humana era com frequência demonstrada por uma avalanche de clichês.
Anton continuou: "A questão, Gustav, é que eu não fiquei nervoso. Eu senti uma espécie de euforia com a gravação. Eu estava agitado, mas não ansioso. Nada daquela coisa de vomitar. Eu devo ter um anjo da guarda comigo!".
"Isso é incrível, Anton", Gustav se forçou a dizer. "É tudo que eu poderia querer."
"E agora", continuou Anton, "Hans e eu estamos fazendo planos — entre goles desse Dom Pérignon maravilhoso que estamos bebendo! Uma música não é o suficiente. Hans não quer perder tempo. Eu vou ficar aqui para trabalhar com o acompanhador em mais três sonatas de Beethoven. Então vamos lançar uma fita cassete e um CD com o selo CavalliSound."
Gustav estava a ponto de perguntar "Quem é Hans?". Sua mente o levou para Davos e para a brincadeira no sanatório

e o menino com o pandeiro, mas então lembrou que o nome de Hirsch também era Hans.

"Eu acho que a Academia Sankt Johann vai entender, não acha, Gustav?", perguntou Anton.

"Entender o quê?"

"Que eu não vou voltar. Não acha? Eles sabem que é a minha única chance. Eles vão precisar contratar um novo professor para as aulas de janeiro."

"Você quer dizer que não vai mais voltar?"

"Não agora, pelo menos. Talvez nunca. Quem sabe o que vai acontecer quando o CD for lançado? Podem chegar convites de todos os tipos, mas por ora tenho que ficar aqui em Genebra, pelo tempo que for necessário para o trabalho. Você pode ir falar com a escola para mim, não pode?"

"Por que eu?", disse Gustav.

"Porque você é um diplomata. Olha só como todo mundo lhe obedece no hotel. Você tem o poder de fazer com que as pessoas façam as coisas. Lembra como, no meu primeiro dia no jardim de infância, você me mandou parar de chorar?"

"Claro que lembro, mas isso é diferente."

"O que é diferente?"

"Porque é algo que eu não quero fazer."

"Tudo bem, mas você fará de qualquer forma. Você sempre faz coisas pelos outros. Estou contando com você."

Quando a chamada foi encerrada, Gustav ficou deitado em sua cama. O silêncio do lado de fora da janela lhe lembrou que estava em Mittelland, aquele lugar tranquilo no meio do país onde nada de mais acontecia, de onde as montanhas mantinham distância. Mas agora, ele pensou, estou na própria Mittelland da minha vida, e tudo está gritando e pedindo que eu mude meu modo de pensar as coisas, e isso vai acabar me matando.

No dia seguinte, depois de poucas e insuficientes horas de sono, ele foi até a Academia Sankt Johann para falar com o diretor sobre Anton. Porém, quando chegou perto da escola, ele soube que não poderia cumprir tal missão. Ele não queria nem *pensar* em Anton, muito menos defender seu abandono de um emprego que teve por quinze anos.

Ele mudou de direção e foi andando para a Grünewald-strasse. Ele imaginou que a companhia de Lottie seria reconfortante, e que, falando sobre Erich, o barulho em sua cabeça seria tranquilizado.

Lottie estava deitada no sofá, perto do aquecedor elétrico, lendo um conto de Guy de Maupassant em alemão. Ela disse: "Eu não sei se a história é boa ou ruim, mas a tradução em alemão está uma porcaria".

Isso fez Gustav sorrir. Ele sentou-se de frente para Lottie. Queria que ela lhe oferecesse um mil-folhas, algo cremoso e extravagante em que pudesse buscar conforto.

Lottie olhou por cima dos óculos para seu rosto ansioso e disse: "Qual o problema, Gustav? Você está parecendo um burro cinza e triste hoje".

"Sim, é exatamente isso: um burro cinza e triste..."

"Me diga o que aconteceu, burro."

Gustav respirou fundo. Ele queria dizer: a pessoa que mais amo no mundo está prestes a me deixar para sempre, mas ele sabia que era impossível falar essas palavras. Em vez disso, ele falou: "Recebi uma carta do Quartel-General da Polícia. Você sabe que eu fui lá tentando descobrir mais sobre a demissão do meu pai e como aconteceu, mas eles disseram que não podem discutir o caso".

"Por que não? Todas as informações devem estar lá, arquivadas."

"Podem estar lá, mas me disseram que é tudo confidencial."

"*Confidencial?* Você não *odeia* o jargão oficial? Eu acho que não lhe dizem o que aconteceu com Erich porque eles têm vergonha."

"Vergonha?"

"Eles sabem que o que Erich fez foi correto e corajoso, não criminoso. Ele nunca deveria ter sido deixado para sofrer naquele trabalho na garagem dos bondes. Ele deveria ter sido readmitido em seu antigo trabalho, mas eles não fizeram isso. Todo mundo tinha medo — medo do alto escalão alemão e do que Hitler poderia fazer com a Suíça. Eles o deixaram morrer."

"O que eu ainda não entendo, Lottie, é que alguém em Matzlingen deve ter denunciado o que meu pai fez para o Ministério de Justiça de Berna. De que outra forma poderiam saber? Mas quem foi?"

Lottie fechou os olhos. Depois de um instante, ela arriscou: "Talvez alguém em Berna tenha acusado a Israelitische Flüchtlingshilfe de falsificar as datas e então eles disseram 'Não, não fomos nós, foi o assistente-chefe Perle'. Mas talvez você deva deixar para lá, Gustav. Acho que nunca saberemos com certeza".

"Tudo, no fim, pode chegar a nosso conhecimento, Lottie."

"A maioria das coisas, mas talvez não isso. Você precisa deixar para lá."

Gustav olhou intensamente para Lottie. Para escapar do olhar, ela pegou as histórias de Maupassant novamente e começou a folhear, como se procurasse onde havia parado no livro.

Bruscamente, Gustav perguntou: "Foi o seu marido?".

Lottie suspirou. Ela deixou o livro de lado mais uma vez e respondeu: "Roger era um homem de honra, Gustav. Foi seu pai quem o traiu, não o contrário".

"Mas e se ele sabia que meu pai era seu amante?"

"Ele não era meu amante na época, em 1939. Começou depois, quando sua mãe o deixou."

"E o emprego de seu marido nunca ficou ameaçado?"

"Tudo estava ameaçado. Era uma época perigosa para a Suíça. Sua geração não faz ideia..."

"Nós temos uma noção, mas os alemães *nunca* invadiram. Acordos devem ter sido feitos, em todos os níveis."

"Talvez houvesse acordos. Talvez houvesse traições? Mas o que é uma traição, de qualquer forma, Gustav? Você tem certeza de que sabe?"

"Não, não tenho certeza."

"E então?"

Gustav ficou de pé. Sabia que a conversa com Lottie sobre Erich havia acabado, por enquanto, pelo menos. Lottie não falaria mais nada. Ele foi até a janela semicoberta por cortinas e olhou para a rua gelada, onde a neve caía com delicadeza. Então se virou e disse: "Agora eu tenho a sensação de ter sido traído por meu amigo, Anton, mas talvez faça sentido que seja eu o verdadeiro traidor. Anton nunca me pediu para sentir o que sinto".

Lottie encarou Gustav. "Espere um instante", pediu ela, "vá com calma. Precisamos beber. Vinho ou uísque? Ou aguardente?"

"Não me importo."

"Por favor, Gustav. Isso *sempre* importa. Qual você prefere?"

"Vinho branco. Vinho alemão, se tiver."

Gustav observou Lottie se levantar e ir até a cozinha. Ele viu como suas coxas grossas se tocavam enquanto ela andava, e ela se apoiava na perna direita. E ele não queria que as coisas fossem assim. Ele queria que Lottie Erdman fosse como fora para seu pai, com o cabelo dourado e os olhos da cor de um jarro de cerâmica de Delft.

Quando ela voltou com o vinho branco, sentou-se e esperou Gustav começar a falar sobre Anton. Ele bebeu um gole do vinho, que tinha um gosto suave de maçãs e flor de sabugueiro, e ele pensou que seria assim que levaria a vida de agora em diante, saboreando pequenos prazeres e sem procurar além deles por uma felicidade plena.

"Então conte-me...", disse Lottie.

Mas ele percebia, agora, que não queria falar sobre Anton. Ele queria nunca ter mencionado seu nome.

Ele olhou para o relógio. "Eu preciso ir", disse ele. "Tenho um compromisso com o diretor da Academia Sankt Johann."

Tarde da noite, Gustav ligou para Anton. Ele queria contar como o diretor da Sankt Johann fora gentil ao receber a notícia de que seu principal professor de música havia deixado Matzlingen sem aviso. Ele queria dizer: as pessoas nesse país se comportam de forma moderada, Anton. Quando estão com raiva, elas decidem, em vez disso, ser educadas. Elas podem não entender como as coisas acontecem, ou por que, mas elas aceitam. Elas se controlam — de uma maneira que você nunca conseguiu.

Mas não houve resposta do telefone de Anton. Gustav o imaginou saindo para algum lugar de Genebra, sendo celebrado e mimado por Hans Hirsch. Ele pensou em como, ao redor de Anton, estava toda a beleza da cidade, o lugar maravilhoso que ele tornaria seu lar, faria sua carreira e ganharia dinheiro e fama. Ele o imaginou andando por uma avenida larga, passando por vitrines de pequenas butiques, sua silhueta iluminada pela luz amarela dos carros passando. Então se imaginou como os outros deviam vê-lo, sozinho em um hotel que quase não recebia hóspedes nessa época do ano, onde não havia nada que quebrasse o silêncio, exceto os ruídos de um bonde passando e o barulho — inaudível — que emanava de si, o incessante e inútil zurrar de um burro aflito, velho e cinza.

AUSÊNCIA
Matzlingen, 1997

Anton Zwiebel deixou Matzlingen de vez na primavera de 1996.

Gustav organizou um jantar de despedida para ele no salão do Hotel Perle, com Armin e Adriana. Lunardi fez um robalo com erva-doce, acompanhado de *crème brûlée* de baunilha com purê de damasco. "Isso deveria ter acontecido anos atrás, quando todos éramos mais jovens", comentou Adriana.

Gustav notou de cara que Anton estava distraído. Era como se ele mal pudesse esperar para voltar a Genebra, como se todas as décadas que passara em Matzlingen tivessem sido tão insignificantes que ele não se dava ao trabalho de participar do jantar. Tudo sobre o que queria conversar era Hans Hirsch e "os fantásticos engenheiros de som" dos estúdios Cavalli.

"Toda vez que eu entro lá sabendo que vou tocar bem, é como uma volta ao lar."

Volta ao lar.

Quando essa palavra foi dita, Adriana e Armin encararam o filho em choque, mas não falaram nada. Gustav desviou o olhar para uma janela descoberta, para o céu de inverno que mostrava um brilho verde perolado antes de se render à escuridão.

Anton deixou o jantar cedo. Ele disse que ainda precisava fazer as malas. Gustav o acompanhou até a porta do hotel, abraçou-o e disse: "Não se esqueça de mim, Anton. Vou pensar em você todos os dias."

"Não vai, não", disse ele. "Você tem um hotel para administrar, e eu tenho uma carreira para seguir. Pense em mim uma vez por mês; é o suficiente."

Em seguida, ele foi andando noite adentro, passando pela jardineira onde Mutti vomitara. Gustav ficou observando-o ir embora, e então voltou para Armin e Adriana, que estavam unidos em um abraço apertado, como passageiros de um bote em meio à tempestade.

Gustav pediu café e conhaque. Armin disse: "Foi um belo jantar, Gustav. Mas aposto que Anton nem agradeceu".

Adriana se afastou do marido e virou-se para Gustav. "Você acha que é possível?"

"Você quer dizer, o que Anton quer — fama e sucesso?"

"Há uma parte em mim que se recusa a acreditar. Ele ficou tão decepcionado aquela vez."

"Algumas coisas chegam mais tarde na vida. E ele consegue lidar bem com as gravações. Aquilo era só medo do palco..."

"Tudo bem, mas pelo que conheço do mundo da música, em algum momento ele vai precisar tocar para um público. Não vai? Carreiras só são feitas assim, com gravações e apresentações — não apenas com músicas gravadas."

"Ele não parece ter pensado nisso", disse Armin. "Ele conversou com você sobre isso, Gustav?"

"Não. Mas eu acho que por enquanto não devemos nos preocupar, Armin. Agora, ele está feliz. Nós devemos deixá-lo aproveitar o que está acontecendo."

Anton enviou para Gustav um CD de sua primeira gravação: As sonatas de Beethoven N. 24, 25, 26 ("Les Adieux") e 27. No bilhete que acompanhava o presente, ele escreveu: *Genebra é a cidade mais incrível do mundo. Às vezes, à noite, eu saio e fico observando o lago e agradeço aos céus por ter conseguido tudo isso antes que fosse tarde demais.*

Gustav sentou-se em seu apartamento, ouvindo a música. Ele não fazia ideia de como Anton estava tocando, se muito bem ou só bem. Depois de um tempo, ele pegou os livros contábeis e começou a trabalhar enquanto a música continuava. Então ele tirou o CD e colocou-o a seu lado. Continuou trabalhando nas contas, as quais, no silêncio que se seguiu à música, começaram a absorvê-lo por completo. Porém, ele ficou com calor e agitado. As contas mostravam claramente que, ao longo do último ano, os lucros haviam caído de forma contínua. O hotel estava começando a falir.

Gustav sabia o motivo. Ele reconheceu que estava em negação por um tempo, mas agora tinha que encarar os fatos: o lugar estava se tornando vergonhoso. As paredes do salão estavam sujas e infestadas por um cheiro de molho velho. O carpete do saguão estava manchado, e os hóspedes tinham começado a reclamar que "não era mais aceitável em plena década de 1990" ter que usar um banheiro no corredor. Todos os quartos deveriam ter se tornado suítes.

Gustav viu que poderia arcar facilmente com os custos da redecoração, mas as reformas estruturais para instalar novos banheiros seriam uma grande despesa. Além disso, em alguns casos, não seria possível colocar um banheiro dentro do quarto; em três casos, ele precisaria derrubar uma parede e unir dois quartos para torná-los uma suíte.

Isso deixaria o hotel com nove quartos e não mais doze, reduzindo assim o potencial de lucro em um terço. Pior ainda, ele percebeu que, para fazer todo o trabalho, seria forçado a fechar o hotel por um tempo; ele não poderia sujeitar os hóspedes ao barulho constante de martelos e furadeiras.

Gustav trabalhou nos livros contábeis até tarde. Por enquanto era verão, e o hotel estava cheio. Ele decidiu que consultaria seus empreiteiros e, se conseguisse um preço razoável pelo trabalho, consideraria fechar o hotel durante o inverno. Percebeu então que, para manter Lunardi, ele teria que lhe dar férias pagas. E, se fizesse isso, os outros funcionários, até mesmo Vincenzo, esperariam o mesmo. Ele viu que estava destinado a passar por um bom período de perda financeira.

Ele não dormiu bem naquela noite, mas, no dia seguinte, que amanheceu brilhante e limpo, ele saiu de Matzlingen e dirigiu rumo ao vale, ao longo do rio Emme. Estacionou o carro e subiu o morro florestado, e olhou para a cidade abaixo.

Ele sentou-se na grama. Nos limites da floresta, reconheceu a folhagem e os arbustos e botões luminosos de morangos silvestres. Ele deu as costas para eles e encarou a bagunçada aglomeração de apartamentos, prédios comerciais e lojas que era Matzlingen.

Ter passado a vida inteira nessa cidade comum agora lhe parecia como um reflexo miserável de quem era — tão isento de um espírito de aventura, tão medroso de ir para algum outro lugar, onde se sentiria perdido e onde nunca estivera, ou nunca quisera estar, algo além das ruas e quarteirões que conhecia.

Sem contar Berna, Burgdorf, Basileia e Davos, ele nunca fora para lugar nenhum; ele nunca saíra da Suíça. De vez em quando, folhetos de viagem chegavam pelo correio, e ele via fotos de Roma, Barcelona e das Ilhas Egeias. Mas Gustav Perle nunca sentira vontade de pegar um avião para visitar esses lugares. Na verdade, a ideia de chegar até eles, sozinho e perdido em outro idioma, só o enchia de pânico. Assim como outros compatriotas, ele acreditava que a Suíça era, com certeza, o melhor lugar do mundo. Ele tinha noção de que viajar só o faria sofrer de formas que ele não imaginava, mas que, de qualquer maneira, esperavam por ele.

Mas agora que estava vendo Matzlingen de cima, presunçosamente localizada em seu vale verde, um lugar pequeno e pouco amável onde os turistas eram escassos, onde nenhum homem ou mulher famosa havia nascido (além do jovem pianista Mathias Zimmerli), um lugar que só chegava perto de ser contente durante aos velhos *Schwingfest*, quando os homens bebiam e lutavam uns contra os outros em shorts de linho, enquanto as moças observavam maravilhadas — em outras palavras, um lugar que poderia ter sido apagado do mapa com pouco ou nenhum lamento —, Gustav sentia-se envergonhado por ter ficado preso ali por cinquenta e quatro anos.

Com uma sede súbita, Gustav levantou-se e foi até onde os morangos cresciam, e começou a colhê-los e a encher a boca. Assim que as belas frutinhas começaram a aliviar sua sede, ele tomou uma decisão. Não era uma que ele esperasse tomar, mas parecia, pelo menos, não lhe deixar aterrorizado. Assim que tivesse colocado os empreiteiros para trabalhar em outubro, ele deixaria Matzlingen por dois meses, voltando a tempo para o Natal, quando achava que Anton talvez voltasse para visitar Armin e Adriana. Ele iria a Paris.

Gustav não queria viajar sozinho. Ele decidiu levar Lottie Erdman consigo. Ele sabia quanto uma viagem para Paris significaria para ela — como, de fato, era algo que ela jamais teria sonhado em fazer com o que lhe restava de vida. A ideia de que Lottie Erdman merecia um *presente*, pelo amor que tinha por seu pai, parecia correta para Gustav.

Havia outra coisa a considerar: com medo de achar Paris sombria e superlotada e não muito agradável, ele preferiu experimentá-la pelos olhos de Lottie, para descobrir pelo menos um encanto passageiro. Ele tinha a sensação de que não ficaria comovido com a altura da Torre Eiffel, com os membros quebrados da Vênus de Milo, no Louvre, com a grandeza formal dos Jardins das Tulherias, mas Lottie, sim, seria tocada por essas coisas. Seus olhos azuis, observando atentamente todos os lugares por onde passava, derramariam lágrimas de gratidão. Ela seguraria em seu braço ou pegaria em sua mão. Ela diria: "Gustav, você não imagina quanto isso significa para mim. Nunca vai imaginar".

Antes de partir, ele precisava rever os planos com os empreiteiros. Ele disse: "Eu quero que esses banheiros sejam estilosos, modernos e acolhedores. Eu quero azulejos de mármore no piso e chuveiros espaçosos e fáceis de usar. Eu quero que o Hotel Perle seja conhecido na região por seu luxo".

O custo era assustador. Ao longo dos anos, Gustav conseguira economizar, mas agora ele via que uma boa parte das economias seria direcionada para a reforma. E uma parte de si questionava se o Hotel Perle, do qual tanto se orgulhara e por tanto tempo (embora localizado em uma rua ignorada de uma cidade irrelevante), era mesmo digno de todo esse custo. Será que conseguiria recuperar o gasto?

Ele não conseguia responder a tais questionamentos. Tudo que sabia era que precisava seguir em frente com sua vida, não podia ficar parado lamentando a ausência de Anton, e seguir em frente, às vezes, significava gastar dinheiro. Com frequência, ele se lembrava da despensa cheia de chucrute da avó e das cédulas que ele e Emilie encontraram na garrafa. Ele percebeu quão triste era o fato de que Irma Albrecht nunca seguira em frente, e vivera a vida inteira em uma casa acabada em um morro perto de Basileia, acumulando um tesouro, nota por nota, em uma despensa encardida, mas sem nunca aproveitá-lo. Seu único prazer era privar os pequenos vendedores daquilo que lhes devia.

Na noite anterior à viagem para Paris, com o hotel já evacuado pela equipe, com exceção do *maître d'hotel*, Leonnard, que havia concordado em ficar cuidando do local, tocaram a campainha.

Já havia um aviso na porta explicando que o hotel estava fechado para reforma, então Gustav ficou surpreso que alguém ainda tentasse se hospedar.

A noite do começo de outubro estava fria, então ele desceu com pressa para ver quem estava do lado de fora e logo reconheceu um rosto querido: era o coronel Ashley-Norton.

Ele pediu que entrasse e apertou sua mão, que estava congelando. Um gasto chapéu impermeável cobria seu cabelo grisalho e reluzente. Uma gotícula gelada ameaçava cair de seu nariz para o bigodinho. Gustav se sentiu péssimo por não haver lareiras em nenhum dos quartos do térreo.

"Coronel", disse ele, "sinto muito. Estou fechando o hotel para reforma. Eu viajo amanhã para Paris..."

"Sim", respondeu Ashley-Norton. "Eu vi seu aviso. Que momento ruim, hein? Eu queria ter voltado no verão para fazer mais belas caminhadas nos vales, mas fiquei preso na Inglaterra por motivos de saúde. Uma grande, grande pena. Estou melhor agora e esperava que pudéssemos continuar nossos jogos nesse outono."

Gustav levou o coronel até seu apartamento, o único quarto aquecido do prédio, e o acomodou ao lado da lareira. Ele não havia jantado, então Gustav lhe serviu uma tábua de frios de sua pequena geladeira e um copo de conhaque.

"Conhaque alemão", admirou-se ele. "Excelente."

"Sinto muito", Gustav disse novamente. "Nem consigo contar quantas vezes me lembrei de você e das cartas e esperei que voltasse. Tudo que você disse sobre o jogo ser reconfortante e 'tranquilizar o coração', eu descobri ser verdade. Ensinei meu amigo Anton a jogar. Você se lembra de Anton Zwiebel? Ele se mudou."

"Ah, mudou para onde?"

"Ele está morando em Genebra."

"Genebra, hein? Bela cidade. Elegante de todas as formas, mas Matzlingen... Por algum motivo, eu acho essa cidade muito agradável. Não muito dinâmica e do tamanho ideal para mim."

Ele preparou um quarto para o coronel Ashley-Norton. Ele disse que a água ainda estava quente, então poderia tomar um banho antes de dormir, se quisesse. Em seguida ligou para o único outro hotel em Matzlingen, o Hotel Friedrich, e reservou um quarto para o dia seguinte.

"O Hotel Friedrich", disse o coronel, balançando a cabeça. "Será que vou ficar bem por lá?"

"Espero que sim. É o melhor que posso fazer."

"Aposto que o chef de lá não faz trufas de chocolate, hein?"

"Receio que não."

"A coisa mais deliciosa que já comi, aquela trufa. E a outra coisa que aconteceu aqui, Herr Perle", disse ele. "Eu sempre dormi bem. Sempre dormi como um anjo — quase como se não tivesse um passado vergonhoso. Por quê?, você se pergunta. Camas confortáveis, eu presumo, e o ruído tranquilo dos bondes, mas, o mais importante, a sensação infantil de que você estava cuidando de mim."

INTERLÚDIO

Paris, 1996

Bem antes de Gustav e Lottie Erdman chegarem a Paris, Lottie começou a falar sobre a maravilha de tudo.

Caminhando pelo saguão do aeroporto de Berna, vestindo um comprido casaco de lã e botas de camurça, ela parava com frequência para se maravilhar diante das lojas vendendo ursos de chocolate, queijo emmental, salsichas suíças e aventais com a estampa da bandeira nacional.

No avião, quando Gustav pediu um drinque para ela, Lottie gargalhou de satisfação com as garrafas de uísque em miniatura que lhe entregaram. Quando olhou pela janela e viu a sombra do avião se movendo através das nuvens, ela exclamou: "Olhe, Gustav! Somos um cargueiro de anjos!".

Gustav deu uma olhada em seu perfil, iluminado pela luz do sol que entrava pela janela do avião. Ela havia feito luzes roxas em seus cabelos grisalhos, os quais prendera em um coque impecável, e havia colocado um par de brincos dourados que lhe davam ares de mulher rica.

De repente, Gustav se sentiu orgulhoso dela. Ele imaginou quão emocionado e maravilhado seu pai ficaria se pudesse ter levado sua amada Lottie a Paris. Ele teria comprado novos vestidos e lingerie francesa para ela. Ele teria passado horas em cafés, segurando suas mãos.

Pouco depois de chegarem a Paris, Gustav teve certeza de que a melhor época para visitar uma cidade nova era o outono. Ele viu que tudo aquilo que dava a uma cidade desconhecida certa impressão de hostilidade — os contornos cinzentos de prédios que faziam você se sentir eternamente excluído, as ruas cheias de pedestres apressados — era humanizado e suavizado pelas folhas caindo e dançando ao vento.

Ele sentia uma doce melancolia na chuva de outubro, e nos dias claros, os gritos das crianças abrindo caminho nas calçadas dispersas ou pelas trilhas de cascalho dos parques, procurando por castanhas-da-índia e castanhas doces, soavam inocentes e adoráveis no ar puro.

Ele esperava sentir-se perdido em Paris, experimentar o sentimento de vergonha e idiotice daqueles que ainda não sabem como negociar seu lugar em um mundo que não entendem. Mas, andando por ali com Lottie, ambos se surpreendiam a cada esquina com as belas perspectivas da cidade sendo reveladas, admirando, como bebês, o Arco do Triunfo, matando tempo nos bancos à beira do rio cinza-esverdeado. Era como se ele, que havia sido prisioneiro em uma cidade minúscula por tanto tempo, agora estivesse livre.

O apartamento que alugou era na Rue Washington, a quase cem passos da agitação da Champs-Elysées. O apartamento ficava no segundo andar, e, para alcançá-lo, era preciso subir uma escadaria larga que, de início, lhe lembrara as escadas do antigo apartamento de Emilie, exceto que essa tinha carpete — por isso não havia o triste eco quando você subia ou descia.

A Rue Washington era bem indistinta: um bar, uma farmácia, um pequeno consultório de optometria. Mas os fundos do apartamento davam para um pátio calcetado, bem iluminado durante as tardes, e na sua primeira semana, Lottie e Gustav passaram um bom tempo observando-o, encantados. O pátio, com loureiros e as várias jardineiras e cubas de gerânios ficando marrons nos ventos fortes de outubro, não pertencia a eles, mas ninguém os impedia de olhar; estava lá para todos os moradores do prédio aproveitarem.

"O que eu sinto", disse Lottie uma noite, enquanto observavam o pátio se encher de sombras e a luz do céu se tornar de um azul elétrico, "é que estamos fora do tempo, Gustav. Essa parte das nossas vidas é um interlúdio; não pode ser medida em dias ou horas. Quando formos embora teremos exatamente a mesma idade de quando chegamos."

Gustav pensou sobre isso por um longo tempo. Ele viu como sua vida em Matzlingen — a vida que ele diria que não era nada infeliz até Anton ir para Genebra — havia ganhado um pequeno toque de *Weltschmerz*[1] ao qual ele nunca estivera disposto a dar ouvidos. Assim, começou a mudar alguns hábitos. Ele deixou que o apartamento ficasse bagunçado e se forçou a não se importar quando Lottie deixava as roupas jogadas pelos cômodos. E rapidamente começou a ser negligente com dinheiro. Ele sabia que era ridículo, um pouco infantil, mas queria comprar para Lottie as coisas que o pai teria comprado para ela, se tivesse tido tempo e condições.

Eles foram a pequenas butiques em Saint-Germain-des-Prés, e Gustav sentou-se entre sapatos e fileiras de sutiãs enquanto Lottie desaparecia atrás das cortinas para emergir, como uma diva da ópera, vestida em saias de veludo e blusas brilhantes e decotadas, seus grandes seios levantados e sua cintura apertada por uma armadura feminina que ela chamou de *bustier*. Com seu cabelo lilás, seus olhos azuis brilhando de felicidade, Lottie parecia muito mais jovem do que quando se conheceram, e seu corpo cheio de curvas era motivo de admiração para as magras vendedoras que a ajudavam a escolher as roupas.

"Madame está linda!", elas falavam em uníssono quando outra peça de roupa brilhante fazia Lottie querer dançar ao redor da loja. "Madame tem um estilo muito especial!"

Então Lottie virava para Gustav e dizia: "É muito caro, Gustav. Eu não preciso disso".

"Eu acho que você precisa, sim. Eu quero que você precise", respondia ele.

E as vendedoras começavam a dar risadinhas, pressupondo que "Madame" tinha um amante que atendia a todos os seus desejos.

---

1   Termo alemão, cunhado pelo escritor Jean Paul Richter, que significa "dor do mundo" e está relacionado a um sentimento de apatia diante da percepção de que o mundo atual jamais alcançará o estado ideal construído em nossas mentes.

Mas onde Madame iria vestir roupas tão extraordinárias?

Ela viu um anúncio de um concerto na Salle Pleyel e pediu que ele comprasse ingressos. O programa era o *Concerto nº 4* de Rachmaninov e a *5ª Sinfonia* de Mahler, tocados por uma orquestra de Jerusalém.

Gustav hesitou. Havia se tornado um hábito concordar com a maioria das coisas que Lottie queria, mas a ideia de estar em uma sala de concerto o assustava. Ele havia decidido que passaria a vida inteira sem chegar perto de uma novamente. Ele poderia aguentar a bela sinfonia de Mahler, mas sabia que o concerto de Rachmaninov, o terror para o solista e a lembrança dos conflitos de Anton com a peça pela qual seu aluno, Mathias Zimmerli, se tornara famoso, faria com que se sentisse doente.

"Lottie", disse ele, "deixe-me comprar um ingresso para você, e nos encontramos para jantar depois. Podemos ir àquele belo restaurante que achamos na Place des Ternes."

"Ir ao concerto sozinha, Gustav?"

"Sim, por que não?"

"Bem, eu não acho que seja muito educado da sua parte."

"Eu não gosto de concertos", disse Gustav. "Para mim, é difícil aguentá-los. Peço perdão."

Ela deixou o assunto de lado, mas, naquela noite, percebendo que o peso da melancolia de Gustav estragava a sensação de alegria que vinha sentindo, ela vestiu uma blusa brilhante e a saia de veludo e anunciou que sairia sozinha.

Gustav a encarou. Seu batom era de um vermelho forte. O cabelo lilás caía em camadas sobre seus ombros.

"Onde vai?", perguntou Gustav.

"Eu vou para o Paris Bar, na avenida", anunciou ela. "Vou ver o que acontece."

Gustav sabia o que ela queria dizer: queria ver se conseguia um homem. Com frequência, ela comentava a sua necessidade constante por sexo. Ela chamou de necessidade, não de desejo. Talvez ela tivesse esperanças de recapturar algo do seu amor perdido, Erich, se conseguisse levar Gustav para a cama. Uma noite, ela tentou beijá-lo, mas, quando ele se afastou, ela disse gentilmente: "Ah, eu entendo. Não é assim com você. É uma pena, considerando que estamos juntos em Paris, mas eu entendo".

Então ela saiu para a noite parisiense.

Gustav ficou sentado no apartamento, imaginando os perigos que ela poderia encontrar. Ele se sentiu culpado por não conseguir ser seu amante. Ele queria ir até o bar e trazê-la de volta em segurança, mas quem era ele para decidir o que era seguro ou não? Quem era ele para acabar com seu enlevo?

As horas passaram e Gustav não se moveu, só ficou escutando, com o coração agitado, os barulhos da cidade, perdida no próprio encantamento, na própria avalanche de beleza e desejo. Ele caiu no sono, na poltrona, e sonhou com o menino Anton aproximando-se dele sob a luz do sol, em Davos, e beijando-o nos lábios. Quando acordou, era de manhã cedo e ele podia ouvir Lottie roncando em seu quarto.

Ela nunca falou sobre o que aconteceu com ela e nunca mais foi para o Paris Bar. Apesar de Gustav ter insistido em saber, ela se recusou a contar, dizendo que ele não tinha o direito de perguntar. E ele se pegou imaginando se, afinal, não tivesse havido homem algum, nenhum ávido estranho no bar, e se Lottie tivesse ficado apenas sentada sozinha, bebendo seu novo drinque favorito, Campari com água tônica, até o bar fechar.

Essa imagem dela, usando suas roupas deslumbrantes com o cabelo lilás em cachos, esperando e esperando, mas nunca sendo abordada por ninguém, fez com que Gustav quisesse chorar.

Para tirar essa noite da memória, para continuar com sua função de benfeitor de Lottie, ele concordou, enfim, em comprar os ingressos para o concerto na Salle Pleyel.

Lottie demorou para se arrumar naquela noite. Ela finalmente apareceu em um vestido tomara que caia preto e um casaco branco de pele falsa. As pessoas na plateia a encararam com a verdadeira incredulidade parisiense. A maioria vestia casacos, anoraques e cachecóis sem graça. Novembro estava começando. Vestindo um terno fino, Gustav tremia no salão frio.

O jovem solista era de Israel e se manteve distante do piano, exatamente a mesma posição que Anton sempre adotara. Gustav não conseguia olhar para ele. Pegou a mão de Lottie e apertou-a muito forte, só percebendo que a estava machucando quando ela puxou a mão de volta. Ela encarou Gustav em meio à escuridão. Ele estava com tanto frio que se agitava com a tremedeira.

Rachmaninov continuava a tocar. De longe, Gustav conseguia apreciar o talento do solista, então levantou a cabeça para assisti-lo, mas tentou não ver o jovem de Israel, só as mãos dançando pelas teclas e os pés em sapatos pretos brilhantes pressionando os pedais. Lottie tirou seu casaco de pele e entregou para Gustav, que o enrolou nas mãos e pressionou junto ao corpo para se aquecer.

Lembranças de quando passou frio começaram a aparecer em sua mente: rastejando de quatro ao limpar as grades da Igreja Protestante de Sankt Johann, antes que qualquer luz de inverno estivesse no céu; descendo até o abrigo nuclear no prédio da Unter der Egg e vendo as camas empilhadas até o teto; andando pela escuridão até o hospital quando Emilie teve pneumonia; ficando em frente à janela com o trem de metal.

Então pensou: Essa era a minha condição na Suíça, passar frio no ar congelante de Mittelland. Eu comprei o hotel em primeiro lugar como um refúgio, um lugar que eu poderia encher de calor e luminosidade familiar. E sem isso eu não teria sobrevivido.

No intervalo, Gustav bebeu uísque, o que fez com que se aquecesse um pouco. Lottie perguntou se ele queria ir embora. Ele se perguntou se conseguiria aguentar a sinfonia de Mahler, com seu quarto movimento de doer o coração, o qual ele não conseguia ouvir sem se lembrar do filme de Visconti, *Morte em Veneza*, inspirado no livro de Thomas Mann. O sofrimento do protagonista, Aschenbach, sempre lhe parecera uma versão extrema da própria dor. Mann entendia perfeitamente que uma paixão secreta, insatisfeita, devia levar a um inevitável colapso físico e, com o tempo, à morte. Gustav só se perguntava quando e onde a morte o aguardava.

Ele sabia que Lottie queria ouvir Mahler. Ele olhou para ela, com seus seios compactados como orquídeas bulbosas pelo corpete do vestido preto, e os olhos dos espectadores sobre ela, e decidiu que não poderia abandoná-la. Então eles voltaram para a Salle. Quando o lento movimento de Mahler começou, cenas do filme de Visconti ocuparam a mente de Gustav. Ele não se lembrava do nome do ator inglês que fazia Aschenbach, mas o rosto sensual e a impressionante habilidade de demonstrar a dor em seu coração com poucas palavras continuaram retidos em seus olhos. A cena que mais afetou Gustav foi quando Aschenbach visita um barbeiro para tingir o cabelo de preto. O barbeiro passa maquiagem nele e, em sua fútil tentativa de parecer mais jovem e mais aceitável para seu amor, Tadzio, Aschenbach acaba por se tornar uma paródia efeminada. Depois, quando a chuva cai, a tinta preta começa a escorrer por seu rosto. Gustav nunca conseguiu assistir ao filme sem chorar.

Ele queria chorar agora, mas se conteve, como fizera quando ainda era um menino. Ele se inclinou em direção a Lottie, para sentir seu calor e o aroma de seu perfume. Ela parecia em êxtase com a música. Gustav disse a si mesmo para controlar a lamentação e pensar somente nela. A estadia em Paris estava passando rápido. Começou tão bem, com tanta felicidade e resolução, mas agora Gustav estava começando a estragar tudo com seu sofrimento. Ele sabia que precisava tentar corrigir isso.

O parque mais perto da Rue Washington era o Parc Monceau, e, nos dias mais bonitos, Lottie e Gustav gostavam de passear ali no fim da manhã, de braços dados, antes de decidir onde iriam almoçar. Esse parque era um dos lugares favoritos dos corredores, e essas pessoas fascinavam Lottie — suas expressões de determinação e satisfação consigo mesmas, seu jeito de mostrar os corpos magros, parando para se alongar nos caminhos de areia.

Eles foram para o Parc Monceau na manhã depois do concerto. O humor de Lottie estava bom. Ela ria dos corredores. Então ela começou a admitir como seu corpo havia mudado um pouco desde que chegara em Paris.

"Talvez sejam nossas caminhadas", ponderou ela, "ou todo o movimento que eu fiz experimentando roupas novas!" Ela disse para Gustav que havia perdido peso, e a dor em sua perna esquerda, que era tão aguda em Matzlingen, havia melhorado. "O que eu fazia o dia todo na Grünewaldstrasse", disse ela, "exceto ficar deitada no sofá lendo romances, bebendo vinho e às vezes satisfazendo meu velho hábito de me masturbar? Acho que meus ossos estavam ficando paralisados."

"Que bom que a dor aliviou. Precisamos torcer para que continue assim."

"Não vai continuar", respondeu Lottie, "a menos que nos mudemos para Paris. Não podemos fazer isso, Gustav? Como amigos — pessoas que cuidam um do outro. Não podemos?"

Gustav se virou para Lottie. O rosto dela estava muito próximo do seu, e sua expressão, ardente, suplicante.

"Eu preciso voltar para cuidar do hotel", disse ele.

"Por quê? O hotel não consegue funcionar sozinho?"

"Não."

"Contrate um gerente. Volte a cada poucos meses para ver como vão as coisas."

"Eu não posso fazer isso, Lottie. Eu não seria feliz desse jeito."

"Muito bem, venda o hotel. Você teria muito dinheiro. Você poderia comprar um apartamento para nós aqui. Poderíamos ser felizes."

Gustav desviou o olhar de Lottie e virou-se para o parque invernal. As últimas folhas pendiam dos plátanos. Os canteiros de flores continham somente algumas dálias vivas entre a folhagem úmida e morta. Nessas coisas, ele conseguia ver a inevitabilidade de sua partida se aproximando.

"Foi você", disse ele, "quem comentou que isso era um 'interlúdio'. É obviamente um erro pensar que um interlúdio pode se tornar algo permanente, não?"

"Não vejo por que não."

"O hotel é meu refúgio, Lottie. Não estou pronto para abrir mão dele. Eu trabalhei metade da minha vida por aquilo. É tudo o que tenho."

"É apenas um *lugar*, Gustav. Aqui é um lugar também. É só trocar um pelo outro."

"O que eu faria aqui?"

"Por que você precisa *fazer alguma coisa*? Não poderia só *ser*?"

Gustav não sabia o que responder. Ele tinha a sensação de que, não importava o que ele fizesse ou dissesse dali em diante, Lottie acharia que ele falhara com ela. Que ele falhara com ela porque não a amava como Erich a amou.

Carinhosamente, ele pegou o braço de Lottie e eles andaram até o pequeno carrossel, onde, mesmo nesse dia de novembro, algumas crianças pequenas estavam sendo colocadas nos carros, aviões e caminhões de bombeiro em miniatura que começariam a rodar assim que a música começasse.

Eles sentaram-se em um banco, e Lottie encarou as crianças de um jeito triste. Depois de um tempo, ela falou: "Tem uma coisa que nunca admiti para você, Gustav. Quando eu escrevi para seu pai, pedindo que viesse até mim, eu disse que queria ter um filho dele. Roger e eu tentamos ter um bebê, mas não engravidei. E eu achei que com seu pai — se não tomássemos as precauções que antes éramos obrigados a tomar — provavelmente aconteceria bem rápido, já que nosso amor era tão forte e profundo. Então você teria um meio-irmão ou irmã. Isso surpreende você?".

Gustav pegou a mão de Lottie, envolvida em uma luva macia de camurça que ele comprara na Chanel. Ele disse que quando se tratava de amor humano, nada o surpreendia, agora ou para sempre.

A música do carrossel começou — uma velha melodia de acordeão que ele lembrava ter ouvido em um *Schwingfest* anos atrás. As crianças rodavam de novo e de novo, esticando os braços para os pais, a maioria acenando, mas alguns com medo, como se implorassem para que o brinquedo parasse.

PAI E FILHO

Matzlingen, 1997

Passaram-se vários meses até Gustav ter notícias de Anton novamente.

Quando ele foi visitar Adriana, ela admitiu estar preocupada com o filho. Aparentemente ele disse estar "prosseguindo com os trabalhos junto a Hirsch", mas que as críticas às primeiras quatro sonatas de Beethoven não foram "o que Hirsch esperava", então adiaram as próximas gravações até que Anton trabalhasse mais em sua técnica.

"Meu pobre filho", lamentou Adriana. "Eu não aguento vê-lo decepcionado uma segunda vez."

"Talvez você deva ir para Genebra e ver como estão as coisas", sugeriu Gustav. "Você e Armin."

"Armin não pode mais viajar", disse ela. "Ele está com câncer de próstata."

"Ah", disse Gustav. "Ah..."

Era difícil para Gustav imaginar Armin Zwiebel doente. Ele era um homem que, mesmo quando velho, sempre parecera saudável. Sua forma, sua voz, seu apetite — essas coisas continuaram grandes e fortes. Seu rosto sempre fora avermelhado, bronzeado no verão; ele nunca empalidecera como os outros idosos. E a estranha antipatia contra o mundo que sempre parecia atingir as pessoas de idade nunca mexera com Armin Zwiebel. Seus bons modos com estranhos, sua gentileza para com Gustav, seu amor por Adriana, tudo isso havia permanecido.

Mas Adriana contou para Gustav que Armin estava bem depressivo nos últimos meses, por causa das acusações internacionais contra certos bancos suíços que, tendo recebido ouro e outros tesouros dos nazistas durante a guerra — tesouros tirados de famílias judias enviadas para os campos de concentração —, mostraram "esforços insuficientes" para rastrear os herdeiros legítimos de tamanha fortuna.

"O banco para o qual Armin trabalhou não é um dos acusados", esclareceu Adriana, "mas a integridade do sistema bancário suíço ser enfraquecida dessa forma é muito ruim para o país. Nós sempre pensamos que os bancos agiam com absoluta honestidade, apesar do código de confidencialidade. Nós, judeus, confiamos neles. Nós acreditávamos que todo o ouro tinha sido devolvido aos verdadeiros donos, onde quer que eles ou seus descendentes estivessem, mas parece que não é o caso. Os bancos enriqueceram com dinheiro que não lhes pertencia. Isso deixou Armin muito envergonhado. Envergonhado do sistema bancário. Envergonhado da Suíça. Esses sentimentos antipatrióticos são coisas terríveis de sentir. E eu me pergunto se não foi essa vergonha o que lhe teria causado a doença."

Gustav ouviu com atenção. Esse era um assunto muito discutido pelos hóspedes do hotel, e parecia deixar todos os cidadãos suíços constrangidos, como se houvesse uma nova epidemia de uma doença contagiosa da qual já tivessem sido vítimas.

Ele disse a Adriana que sempre acreditara com firmeza que as mágoas da vida de alguém poderiam enfraquecer a capacidade do corpo de lutar contra doenças. Ele disse que o próprio pai poderia não ter morrido na época se não fosse pela perda do emprego e da autoestima. "Quem sabe", disse ele, "talvez ele ainda estivesse vivo e casado com Lottie Erdman."

"Lottie Erdman", disse Adriana. "Você a levou para Paris. Por que fez isso?"

"Porque eu queria companhia. E porque eu sinto que devo muito a ela. Ela amou meu pai muito mais do que minha mãe fora capaz."

"Você sabe que ela tem uma má reputação em Matzlingen. Mesmo na idade que tem, chamam-na de cortesã."

Gustav sorriu ao ouvir a palavra antiquada. "Eu não sabia disso", disse ele, "ou talvez sabia? Deixe que seja uma cortesã. Não faz diferença para mim."

Uma tarde qualquer, Gustav foi até a Fribourgstrasse tomar chá.

Armin estava sentado em frente à lareira e parecia ter encolhido; tinha metade do tamanho que um dia tivera. Quando viu a boca de Gustav se abrir em choque, ele disse: "Não se assuste, Gustav. Todos morremos. Eu vou caber melhor em meu caixão agora que estou menor".

Adriana estava na cozinha fazendo chá. Gustav sentou-se de frente para Armin e disse: "Você não pode morrer, Armin. Não está nos meus planos".

Armin riu. "Eu não achei que estivesse nos meus. Eu achava que as pessoas que morriam desistiam muito fácil, mas sabe, Gustav, eu realmente tive uma vida muito boa. Eu comecei pobre, mas tudo deu certo. Eu sei que ser bancário agora é visto como uma profissão corrupta, mas nunca foi assim enquanto eu trabalhava, e sempre gostei do meu emprego. O que mais poderia querer? Casei-me com a mulher que sempre amei. Não importa se eu partir agora."

"Importa para nós, aqueles que você deixa para trás."

"Eu sei, mas o que posso fazer? E, a propósito, eu ia pedir um favor a você, Gustav. Pode cuidar de Adriana quando eu morrer? Servir-lhe boas refeições no hotel? Venha visitá-la sempre que puder. Certifique-se de que suas finanças não fiquem uma bagunça. Pode fazer isso?"

"Sim", respondeu Gustav. "Claro que posso. Com prazer. Mas e Anton? Certamente ele deveria estar com você agora, não?"

Armin olhou para o fogo. Alguns minutos depois, disse: "Anton foi para outro lugar. Eu preciso respeitar isso".

"Outro lugar?"

"Ele não fala muito conosco. Ele não sabe quanto estou doente. A mãe dele quer contar e implorar que venha, e é claro que ele viria, mas eu sou contra. Eu acho que Anton pode estar fragilizado no momento. Não temos certeza de como está sua saúde mental. Eu não quero sugerir nada que possa causar uma crise."

Adriana trouxe o chá. Na bandeja havia um prato com pequenos suspiros e ela deu um para Armin. "A única coisa que consigo comer", disse ele, sorrindo, "claras de ovos e açúcar. Onde foram parar os cordeiros assados e os bolos ao rum?"

Eles ficaram sentados em silêncio e comeram os suspiros.

De repente, Adriana disse: "Anton está compondo agora. Eu não contei a você, Armin. Estava em sua última mensagem. Ele disse que Hirsch o está encorajando".

"Compondo?", disse Armin. "Isso não é cinquenta vezes mais difícil do que tocar? Por que ele está indo atrás disso?"

"Eu não sei", respondeu Adriana. "Ele só me conta metade da história de sua vida. Talvez ele seja um bom compositor."

"Só se for com uma dificuldade incalculável", disse Armin. "Pode ser que isso o destrua."

"Você não pode ter certeza."

"Eu conheço Anton. Ele está tomando a decisão errada. Tenho certeza de que Gustav concorda."

Gustav olhou de Armin para Adriana, sem saber o que falar. Doía-lhe imaginar Anton curvado sobre folhas de composição, semeando linhas de colcheias e semicolcheias, buscando novas formas e expressões ilusórias, acreditando que a genialidade de Beethoven estava dentro de si como uma doença nunca descoberta e que precisava ser libertada.

"Não posso julgar", disse Gustav. "Eu nunca fui bom em prever o que Anton era capaz de fazer."

"Bem, eu fui", disse Armin. "E você verá que estou certo, um dia. Anton era capaz de ser um ótimo professor de música, e era até aí que ia seu talento. Eu poderia ter dito isso anos e anos atrás. Na verdade, eu disse, não disse? Você só esqueceu."

Armin Zwiebel faleceu em dezembro. Gustav se perguntou se — estranhamente — era essa a morte que ele estivera esperando.

Anton chegou no dia anterior ao funeral e ficou para sentar shivá por seu pai, com Adriana e o irmão de Armin, David, que veio de Berna com a esposa e as filhas, Magda e Leah. Durante esse período, como dizia a tradição judaica, a família permanecia em casa, os espelhos do apartamento eram cobertos, velas ficavam acesas e a oração judia conhecida como Kadish era feita várias vezes ao longo do dia. Os homens eram proibidos de se barbear por sete dias.

No último dia da shivá, Adriana ligou para Gustav. Ele mal podia ouvi-la, porque ela estava sussurrando ao telefone. "Está partindo meu coração, Gustav. Anton diz que vai voltar para Genebra amanhã. Eu disse, você precisa ficar e ver Gustav, claro, mas ele disse que Hirsch precisa dele. Precisa para quê? Eu suponho que seja trabalho, mas ele não fala muito sobre isso, só sobre suas composições. Então eu não sei o que fazer, exceto sugerir que você venha aqui esta noite. Você vem?"

Gustav hesitou. Tinha sido angustiante saber que Anton estava na Fribourgstrasse, mas que ele, Gustav, precisava respeitar o compromisso do amigo com os rituais de luto do pai. Apesar de Adriana sempre ter brincado que ele era "da família", quando se tratava da grande questão da morte, ele sabia que não tinha o direito de se intrometer.

Depois de um momento, Gustav disse: "Eu só irei se Anton quiser que eu vá".

Adriana ficou em silêncio, e então começou a chorar. "Eu não sei o que ele quer", soluçava ela, "ele está tão distante de mim, tão fechado. Por favor, venha, Gustav. Aconteceu alguma coisa com ele. Eu sei, mas ele não quer falar. Talvez ele fale com você."

"Não posso ir, Adriana, a menos que ele me queira aí. Não posso me intrometer dessa forma."

"Eu disse, eu não sei o que ele quer, e não acho que ele queira. Mas venha por mim. Nossa shivá acabou. Vocês podem sair para tomar um café... Por favor, diga que virá..."

Quando Gustav chegou à porta do apartamento, foi Anton quem a abriu.

Seus olhos estavam marcados pelo cansaço. Sua barba de sete dias continha, aqui e ali, pelos grisalhos que lhe davam um ar de velho profeta da natureza. Seu corpo estava magro, como se, em solidariedade com os últimos sofrimentos do pai, ele estivesse vivendo de uma dieta de claras de ovos.

Gustav o abraçou, mas Anton rapidamente se afastou. Ele disse: "Adriana o convidou, pelo visto".

Eles ainda estavam parados à porta. A luz era fraca ali, e quando Gustav olhou para Anton, era como se ele estivesse intencionalmente escondido nas sombras, não querendo ser visto.

Mas então se mexeu em direção à entrada do apartamento e disse rapidamente: "Não vamos ficar aqui. Toda a família Zwiebel se encontra apinhada nos sofás. Estranhos, todos eles. Vamos".

Gustav gostaria de ter falado com Adriana, mas Anton pegou seu braço e o apressou a sair do apartamento e descer as escadas.

A noite de dezembro estava fria, e Anton estava sem casaco. Gustav tirou o cachecol de lã e o enrolou no pescoço magro de Anton, e o amigo indicou o caminho, andando rápido em direção à Marinplatz, até uma cervejaria escura ali na praça, que costumavam frequentar quando jovens.

Eles desceram os já conhecidos degraus — sempre escuros, úmidos e cheirando a urina. Gustav viu que a cervejaria não havia mudado muito: paredes de tijolos manchados, luz fraca e mesas pintadas de preto e iluminadas por pequenas velas. Anton pediu a cerveja belga encorpada que disse a Gustav que bebia em Genebra. Com o primeiro gole, Anton engoliu um punhado de comprimidos que tirou do bolso. "Não pergunte", disse ele.

Ele esperou, encarando Gustav com um olhar vazio, como se não quisesse falar até que os remédios fizessem efeito. Então finalmente falou: "Você engordou. Nunca pensei que veria isso. Você sempre foi tão magro".

Gustav protestou sem esforço: "Não diria gordo. Isso é meio injusto. Só um pouco mais gordo. Eu disse que fiquei encantado em Paris. Mandei postais de lá, mas você nunca respondeu."

"Ah, postais. Bem, eu nunca respondo essas coisas. Nunca são sérios."

"Ninguém disse que tudo precisa ser 'sério'."

"Eu digo. Eu levo uma vida séria agora. Tudo precisa ser assim, senão eu deixo para trás."

"O que quer dizer com 'uma vida séria'?"

"Eu lhe direi o que quero dizer, Gustav. Você só tem que prometer nunca repetir o que vou lhe contar para minha mãe, tudo bem?"

"Sim."

"Eu sei que você e Adriana são próximos, mas você não deve me trair."

"Você sabe que eu nunca o trairia. Você é a última pessoa do mundo que eu..."

"Eu estou morando com Hans. Eu faço música para ele e faço amor com ele. É algo muito sério."

Gustav abaixou o caneco de cerveja. Ele percebeu como a luz das velas, refletidas nele, lhe lembravam os vitrais da Igreja Protestante de Sankt Johann. Ele procurou por um cigarro e o acendeu, esperando que Anton não notasse as mãos tremendo.

"Você está em choque, eu entendo. É estranho. Pensei que você, entre todos..."

"Não estou em choque."

"Por que está tremendo, então?"

"Surpreso. Não chocado. Pensava que você gostasse de mulheres."

"Não pensava, não. Você sabia que eu *tentei* gostar delas — Hansi e aquelas pobres coitadas, mas quando eu conheci Hans algo aconteceu."

"Você o ama?"

"É a sua cara falar de amor, Gustav. Mas a palavra não tem mais significado para mim. Minha vida foi tomada, fui escravizado por Hans Hirsch, é tudo que sei — porque ele é encantador e porque tem poder sobre mim. Graças a Deus meu pai morreu. Armin sempre me conheceu tão bem. Ele saberia que o que eu vivo é escravidão, nada mais, nada menos."

"Como pode ser feliz dessa forma?"

"Não sou feliz. Ou só como um escravo desconhece qualquer felicidade além do bondoso toque de seu mestre. Uma vez a cada dez dias, eu sinto isso, e então essa coisa toma conta de mim — quando Hans admira a música que faço, quando fodemos a noite inteira. Mas ele não é fiel a mim. Ele tem amantes por toda Genebra, porque ninguém consegue resistir a ele. Mas a questão é, somos adultos, hein, Gustav? Na verdade, estamos quase *velhos*. Precisamos seguir nossos desejos antes que seja tarde demais. Não acha?"

Gustav olhou para Anton. Na luz fraca e trêmula, seus traços tinham um visual assombrado, como se ele tivesse saído de uma pintura de Goya. Seus olhos estavam grandes e selvagens. Ele se inclinou para perto de Gustav e disse: "Não me decepcione, Gustav. Estou contando com você para compreender".

Gustav tragou o cigarro de novo, mas de repente percebeu, aterrorizado, que iria vomitar. Ele jogou o cigarro no cinzeiro e saiu correndo na direção do lugar onde lembrava ficar o toalete. Havia dois lavatórios, mas ambos estavam ocupados, então Gustav vomitou em um dos urinóis. Ele se segurou na porcelana branca. Um homem idoso entrou e o encarou enojado.

Gustav olhou para o próprio rosto no espelho manchado e viu que estava amarelo, da mesma cor da gordura em um pedaço de carne malpassada. Ele alcançou algumas toalhas de papel e limpou a boca. Em seguida, tentou dar a descarga no vômito do urinol, mas ficou entupido. Ele encarou, cada vez mais tonto e confuso, essa visão terrível. Então tudo começou a ficar nublado e escuro.

DUAS MULHERES
Matzlingen, 1999

Depois da revelação de que Anton era amante de Hans Hirsch, Gustav tentou — por força de vontade, pela tentativa desesperada do autocontrole de sua infância — esquecê-lo. Ele nunca entrou em contato com Genebra, e Anton nunca entrou em contato com ele. Somente em seus sonhos, às vezes, via o rosto do amado amigo, e sentia o velho anseio por amor retornando.

Assim, a vida de Gustav seguia do mesmo jeito calmo e estável. Quando se perguntou se era infeliz, descobriu que não encontrava mais infelicidade em si do que aquela que via em outras pessoas. Ele se recusava a enxergar-se como Aschenbach. Ele não queria morrer aos cinquenta e sete. Porém, havia momentos em que pensava que duas mulheres, Adriana e Lottie — pela bondade e pela necessidade de tê-lo por perto —, o faziam agarrar-se à vida tão somente porque elas queriam que ele o fizesse.

Ele decidiu ensinar *gin rummy* para Adriana. Ele ia até seu apartamento duas vezes por semana, depois de jantarem no hotel, e ela logo se tornou boa no jogo, cativada por seu fator tranquilizante.

Eles jogavam com um conjunto de cartas caras, mas manchadas, que fora enviado para Gustav da Inglaterra. No pacote com o baralho havia uma carta de um escritório de advocacia chamado Montague e Lewis, localizado em Devon. A carta dizia:

Caro Herr Perle,

Lamentamos informá-lo da morte do coronel Reginald Llewellyn Ashley-Norton, condecorado com a Ordem de Serviços Distintos, em sua residência em Sidmouth no dia 13 de janeiro de 1999. O coronel Ashley-Norton pôs essas cartas em minhas mãos antes de sua morte, com o expresso desejo de que eu as encaminhasse para você, caso viesse a falecer. Ele gostaria que eu lhe dissesse que é o mesmo baralho que ele usava para jogar com sua finada esposa, Bee.

Atenciosamente,
Jeremy Montague

Adriana quis saber sobre Ashley-Norton, e Gustav percebeu que falar sobre ele — sobre os detalhes da vida tranquila do coronel com sua esposa, Bee, no sul da Inglaterra — tinha quase o mesmo efeito de jogar *gin rummy*; tranquilizava o coração.

Gustav evitou contar para Adriana que, aos dezenove anos, Ashley-Norton havia fotografado Bergen-Belsen. Ele sabia que tanto ela quanto Armin não gostavam de falar sobre a guerra, como se eles, sendo judeus a salvo na Suíça, se sentissem culpados pelos milhões que morreram. Armin lhe contara uma vez que tinha um sonho recorrente sobre os campos de concentração. "O mais terrível", Armin disse para ele, "é que eu não sou um dos prisioneiros no sonho. Eu sou um dos guardas. Eu guio pessoas nuas para suas mortes."

Gustav e Adriana falavam sobre Armin com frequência e isso raramente chateava Adriana, porque, como ela dizia, "eu tive um casamento maravilhoso. Ambos sabíamos como tínhamos sorte — em um mundo onde os casais enfrentam muitas crises para ficar juntos. Nós nunca tivemos essas dificuldades. Sempre existiu harmonia entre nós, e quando eu penso em Armin, é isso que escuto dentro de mim, uma espécie de melodia, como uma canção de ninar".

E ficou acordado entre ela e Gustav: eles raramente falariam sobre Anton. Adriana não fazia ideia do relacionamento do filho com Hans Hirsch; ela achava que Hans era apenas um "empresário arrogante" que havia lançado mais dois CDs com as sonatas de Beethoven pela CavalliSound, "mas não se preocupava em promovê-los". Sobre isso ela e Gustav haviam conversado: o aparente fracasso das vendas das músicas e a falta de convites para tocar em grandes salas de concerto.

Gustav sugeriu que isso era algo bom, considerando as dificuldades de Anton para se apresentar em público, mas Adriana disse uma vez, melancólica: "Eu me lembro de ter ido ao Grande Teatro de Genebra quando era adolescente. Ver Anton se apresentando lá tornaria minha vida completa".

Gustav quis dizer que esse dia chegaria, mas isso lhe pareceu tão cruel que optou por ficar em silêncio. Ele se convenceu de que não sabia ao certo se Anton, em sua "escravidão", não poderia descobrir um jeito de lidar com os nervos e tocar diante do que ele chamava de "o tigre raivoso", mas especular sobre isso era doloroso demais para aguentar.

Eles também conversavam sobre a vida de Gustav, e Adriana o parabenizava constantemente pela reforma do hotel — por sua atmosfera acolhedora, seu conforto e beleza. Mas, além do hotel, não havia muito o que conversar sobre a atual existência de Gustav Perle, então eles mudavam de assunto para as lembranças do passado.

Uma noite, Adriana disse: "Anton teve muita sorte de ter conhecido você no primeiro dia do jardim de infância. Você sempre foi muito legal com ele, Gustav, e eu não sei se ele sequer chegou a lhe retribuir".

"Retribuir?", repetiu Gustav. "Bem, eu não vejo dessa forma. Eu amo Anton. Sempre amei, e é assim que as coisas são."

Lunardi provocava Gustav por ele só jantar com "senhoras de idade", porque sua outra visitante frequente no salão de jantar era Lottie Erdman. Lottie havia acabado de completar oitenta e três anos.

Adriana sempre comia com moderação, mas Lottie estava sempre faminta e se enchia de comida. Ela também havia começado a beber mais vinho do que antes, e, às vezes, isso a fazia dizer coisas que irritavam Gustav e que partiam seu coração. Uma vez, disse que se ela e Gustav tivessem ficado juntos em Paris, ela teria "renascido". Ela disse que Erich entendia quem ela era, uma pessoa de "um talento sexual formidavelmente aperfeiçoado".

"E quem sabe", dizia ela, "se talvez eu tivesse conseguido fazer minha magia em você, Gustav, então nós dois teríamos sido felizes. Mas você não me deixou tentar. E agora ninguém no mundo quer me foder, então o que posso fazer além de me matar?"

Gustav pegou sua mão, que estava pousada com a palma para cima na toalha de mesa branca, esperando impacientemente pela sobremesa, e a trouxe até seus lábios. Ele disse achar que a ideia de suicídio passava pela mente de muitas pessoas ao longo da vida, um companheiro que parte apenas para depois voltar. Mas ele lembrou a Lottie que se as pessoas fizessem a vontade desse companheiro, então, infelizmente, toda a esperança de outra mousse de chocolate ou de babá ao rum com chantili seria perdida...Lottie bateu no ombro de Gustav. Ela disse que estava cansada de provocações, que a vida era um negócio sério e que ele não devia se esquecer disso.

"Eu não esqueci. Só estou cansado de ser lembrado."

Em uma noite de outono, quando Lottie deveria ir jantar com Gustav, ela ligou por volta das seis horas e disse que não estava se sentindo bem e que não conseguia sair da cama. Recentemente, porque estava bebendo e comendo tanto, ela havia se tornado muito gorda e suas pernas tinham tamanha dificuldade para aguentar seu peso que, de vez em quando, elas falhavam.

Agora ela caminhava com a ajuda de uma bengala, e quando estava com Gustav, ele sempre segurava seu braço para levá-la em segurança até a cadeira para o jantar.

Gustav dirigiu até a Grünewaldstrasse. Ele tocou a campainha de Lottie, mas não houve resposta. Ele aguardou um instante e então chamou a zeladora, Frau Richter, que tinha as chaves de todos os apartamentos, e juntos subiram até o andar de Lottie. Gustav bateu à sua porta e a chamou, mas só havia silêncio no apartamento.

"Eu posso abrir a porta, Herr Perle", disse Frau Richter. "Mas só se ela não tiver colocado a corrente de segurança. Devo abrir?"

Gustav chamou por Lottie mais uma vez. Ele sabia, graças ao interlúdio em Paris, que ela colocava tampões nos ouvidos quando ia dormir. Ele disse para Frau Richter abrir a porta. A corrente não estava presa, então ele entrou. Pediu para Frau Richter esperar, "caso ele precisasse de ajuda".

A noite de outono estava fria, mas Lottie mantinha o apartamento aquecido, e havia um cheiro de mofo no ar, como se ninguém tivesse morado ali por muito tempo.

Gustav andou até o quarto e, sem querer assustá-la caso achasse que um intruso havia entrado, falou em voz alta: "É o Gustav. Estou entrando, Lottie, tudo bem?".

Seu quarto estava quente, com um antiquado aquecedor elétrico ligado e todos os radiadores no máximo. Gustav se aproximou da cama, onde Lottie estava deitada com o cabelo cinza espalhado em um emaranhado sobre o travesseiro. Ele tocou em sua mão, que apertava as dobras do edredom, e ela abriu os olhos.

Gustav sempre se maravilhava com a forma como, nas dobras do rosto de Lottie, esses olhos ainda brilhavam, azuis.

"Gustav", disse ela, "o que está fazendo?"

"Não quero incomodar. Só vim ver se precisava de alguma coisa."

"Sente-se", pediu ela, "fique aqui comigo."

"Devo chamar um médico?"

"Não. Você será meu médico. Eu queria ir jantar no hotel, mas não consigo me mexer, só isso."

"Já tentou se mover?"

"Sim, eu fui ao banheiro, mas caí. Precisei ficar de quatro. E voltar para a cama foi uma comédia."

"Está com dor?"

"Sim, Gustav. Estou com dor. Estou sofrendo desde que deixamos Paris."

Gustav nada comentou sobre isso. Ele disse para Frau Richter que poderia voltar lá para baixo, e então sentou-se na cama de Lottie, acariciando seus cabelos. Ele achou que ela voltaria a dormir, mas de repente virou a cabeça para ele, os olhos bem abertos, e disse: "Há uma coisa que preciso contar a você, Gustav. Poderia ter contado há muito tempo, mas eu não queria. Agora eu acho que não importa mais, então vou contar: é sobre o que aconteceu com Erich".

Gustav esperou. Ele se perguntou se *queria* saber o que ela iria lhe contar, ou se era melhor que algumas coisas ficassem em segredo, assim a mente poderia criar suas próprias histórias do passado, histórias com as quais conseguiria conviver, histórias que, com o tempo, criavam a própria realidade e pareciam ser verdadeiras.

"Está me ouvindo?", perguntou Lottie.

"Sim."

"Bem, antes de tudo, o que você precisa lembrar é que, em 1939, todos tinham medo. Achávamos que os alemães poderiam nos invadir e que nosso mundo acabaria."

"Eu sei disso, Lottie."

"Não. Você não tem como saber — não da forma como sabíamos: o medo horrível do que iria acontecer. E um medo daquele nível pode afetar o modo como as pessoas se comportam."

"Sim, eu sei."

"Você continua dizendo que sabe, mas você *não sabe*, Gustav. A menos que tenha vivido aquilo, você não tem o direito de dizer 'Eu sei'."

"Tudo bem."

"Você me perguntou uma vez quem 'traiu' Erich, mas eu desaprovei essa palavra porque não foi assim: foi uma série de eventos sendo revelados, como teriam sido com o tempo."

"Continue..."

"Bem, quando o Ministério da Justiça de Berna anunciou a lei que proibia a entrada de judeus na Suíça depois do dia 18 de agosto, eles presumiram que a polícia e a IF seriam cautelosas ao aplicar as novas regras. Mas perceberam, depois que o prazo tinha passado, que o número de judeus entrando havia crescido, então mandaram agentes do Ministério da Justiça a várias unidades da IF ao redor da Suíça — para questioná-las. Talvez tenham ficado sabendo da alta concentração de judeus vindo para Matzlingen, eu não sei. Mas aquelas pessoas de Berna vieram até a IF daqui e perguntaram se podiam falsificar as datas de entradas. Aparentemente, a IF estava sob a ameaça de ser fechada e ter os fundos confiscados. Só que *não era* a IF que vinha falsificando as datas — eles não se atreveriam! —, então é claro que levantaram as mãos em um gesto de inocência e disseram: 'Se alguém vem falsificando as datas, só pode ser a polícia'."

"Quando foi isso, Lottie? Antes ou depois de Roger voltar a trabalhar?"

Lottie pegou a mão de Gustav e levou-a aos lábios.

"Agora me escute", disse ela. "E não fique tentado a julgar ninguém tão severamente. Tudo bem? Me promete que não vai julgar?"

"Vou tentar."

"Bem, isso foi depois que Roger havia voltado do hospital. Ele sabia o que seu pai tinha feito, e ele sabia onde a pilha de formulários estava. E, com o tempo, ele recebeu a visita que temia do Ministério da Justiça. Eles presumiram que era a assinatura de Roger nos formulários. Eles lhe disseram que estavam prontos para tirá-lo do cargo naquele exato momento, se as datas tivessem sido falsificadas por ele. Roger pensou em tentar esconder os formulários — dizer que haviam se perdido, ou sei lá o que mais —, mas ele estava apavorado, Gustav. Consegue ver como era apavorante para Roger? Ele precisava escolher entre salvar a si mesmo e contar a verdade sobre Erich. Mesmo assim, não era realmente uma opção, porque a assinatura de Erich estava em todos os documentos. Tudo teria vindo à tona. Então é por isso que não pode chamar de 'traição'."

Gustav estava sentado, imóvel. O calor do quarto era opressivo para ele. Lottie o encarou, seus olhos de repente brilhando com as lágrimas. "Eu preciso lhe lembrar, Gustav", disse ela pouco depois, "que Roger não traiu Erich. Fomos nós dois que traímos Roger — eu e Erich. A única traição de verdade foi nossa paixão. Eu espero que agora você consiga tirar isso da sua cabeça."

Eles começaram a beber uísque.

Gustav estava com fome desde que chegara ao apartamento de Lottie, mas seu apetite estava passando. O uísque era bom, e ele gostava da sensação de ficar com o cérebro confuso. Ele achou que entendia, finalmente, em sua longa vida sóbria, por que as pessoas bebiam — para que o conhecimento e a realidade se tornassem um pouco mais agradáveis, para que as coisas se remodelassem em uma versão de si mesmas na qual realizavam uma dança cheia de graça e beleza. E quem não gostaria de presenciar essa dança?

A única coisa que incomodava Gustav era a dor nas costas por causa da cadeira dura ao lado da cama. Quando Lottie o viu se mexendo, desconfortável, disse: "Apenas deite-se na cama comigo, querido, e acabe logo com isso".

Acabe logo com isso.

Aquilo o fez sorrir.

Ele tirou o casaco e os sapatos, e deitou-se ao lado de Lottie. O calor de seu corpo era tão intenso que ele tinha medo de se aproximar, mas ela o puxou e beijou seu rosto.

"Gustav", disse ela. "Gustav Perle."

Eles dormiram por um tempo, e então Gustav acordou, precisando urinar todo o uísque que havia bebido. O corpo inteiro suava, e ele se perguntou se havia pegado alguma doença de Lottie.

O quarto estava escuro. Gustav tateou o caminho até o banheiro e ficou lá por um bom tempo, tentando se refrescar. Ele podia ouvir a chuva caindo no vidro coberto por geada da janela. Ele queria entrar em seu carro e dirigir de volta para o hotel, ficar sozinho para pensar sobre o que Lottie lhe contara. Mas abandoná-la no meio da noite parecia um ato desprezível.

Ele voltou para o quarto superaquecido. Andou nas pontas dos pés até a janela, abriu-a um pouco e respirou o ar frio e úmido. Então, pela pouca luz que vinha da rua, ele pôde ver que havia algo no chão, uma forma grande, dobrada como um quadrado, como um fardo de algodão. Ele soube que era Lottie.

Gustav acendeu um dos abajures ao lado da cama. Lottie havia caído de quatro, suas costas estavam dobradas sobre os joelhos e sua cabeça estava no chão duro. Ele se ajoelhou ao seu lado, falando gentilmente, e tentou levantá-la. Mas, assim que a tocou, soube que estava morta. Uma frieza inconfundível se espalhara por todo o seu magnífico corpo.

Gustav parou de tentar levantá-la. Ele só ficou ajoelhado ali, com o braço ao seu redor, abraçando-a forte até o amanhecer. Ocorreu-lhe o pensamento de que ele estava praticamente na mesma posição que precisava ficar na Igreja Protestante de Sankt Johann, quando limpava a grade de metal. Exceto que, na época, ele tinha uma almofada para se ajoelhar, e agora não havia almofada, só o tapete fino ao lado da cama de Lottie. E nesse momento ele entendeu, mais do que nunca em sua vida, que não havia nada nem ninguém para protegê-lo da dureza da terra.

O LUGAR ERRADO

Genebra, 2000

Adriana ligou para Gustav de Genebra. Ela disse que Anton havia sido internado em um hospital psiquiátrico lá, por causa de um "colapso nervoso".

"Estou com ele agora", disse ela, "mas não permitem visitas com frequência. Acham que é melhor ele ficar em repouso completo, enquanto decidem a medicação."

Nesse momento, ela começou a chorar. "Se você pudesse vê-lo, Gustav... Tão magro. E ele arrancou grandes tufos de cabelo da própria cabeça. E ele tem se cortado. Tem cicatrizes nos braços inteiros. E as loucuras que ele fala..."

O primeiro pensamento de Gustav foi: não posso ir para lá, não posso ver isso. Anton precisa continuar do jeito que era na minha mente.

Mas então Adriana disse: "O único momento de esperança que tive foi quando ele perguntou de você".

"Ele perguntou de mim?"

"Sim. Ele disse que só você entenderia que ele está no lugar errado."

"O lugar errado?"

"Eu não sei o que ele quer dizer. Ele não quis explicar. Você vem, Gustav? Posso reservar um quarto para você no hotel onde estou hospedada."

Gustav ficou em silêncio. Ele odiava a ideia de ir até Genebra. Ele não queria ser jogado no meio de tanto sofrimento. Não queria ver o jeito como Anton havia se mutilado. Ele ficou furioso porque, depois de tudo que acontecera, Anton ainda esperava isso dele.

Ele ouviu Adriana assoar o nariz e dizer: "Eu entendo quão difícil será para você. É difícil para mim, eu juro. Mas essa coisa de estar *no lugar errado*; eu acho que só você vai conseguir entender. Não podemos deixá-lo morrer, Gustav! Você precisa me prometer que virá. Você vem? Eu imploro".

Gustav deixou Lunardi encarregado do hotel. Ele pegou um trem para Berna, e então outro para Genebra. Caiu no sono em ambos os trens. Ele não queria pensar em como lidaria com o que vinha a seguir.

Era um dia de outono. Havia uma folhagem colorida nos terrenos do Hospital Marburg, onde corvos desfilavam pela grama, sob o céu azul. Entre eles estava um único ganso-do-canadá. Uma residente idosa do hospital estava alimentando os pássaros, mas, conforme eles se agrupavam, ela continuava espantando o ganso.

"Vá embora, ganso!", resmungava. "Venham aqui, corvos! Não me ouviu, ganso? Ganso, vá embora!"

Gustav pensou: Sim, é assim que a vida sempre acontece, com uma criatura sendo escolhida em detrimento de outra, e o perdedor é mandado embora, faminto e solitário.

Adriana e Anton estavam sentados em um banco de ferro. Adriana lia o jornal de Genebra, *Le Temps*, para Anton. Ela estava bem-vestida, como sempre, mas Anton usava uma bata de hospital desbotada, coberta por um dos xales de Adriana. Seus pés e pernas estavam nus.

Gustav andou em direção ao banco. Anton virou e o viu. De súbito, Anton levantou, abriu os braços e, quando Gustav o alcançou, ele o apertou em um forte abraço.

"Me ajude", sussurrou ele, "me ajude. Você é o único que pode me ajudar."

Gustav sentou-se no banco com Anton e Adriana. Ninguém falou nada. Uma parte da atenção de Gustav ainda estava na senhora com os corvos. Agora o ganso andava afastado.

Um instante depois, Adriana ficou de pé. Disse para Anton que iria deixá-lo com Gustav e que voltaria no dia seguinte. Ele respondeu que esperava não estar mais ali.

Adriana olhou para ele, tristonha. Então beijou sua cabeça, onde um tufo de cabelo havia sido arrancado, e foi embora.

Anton fechou o xale de sua mãe ao seu redor. Gustav perguntou se ele estava com frio.

"Não", respondeu ele. "Eu sei que o inverno se aproxima, mas eu não sinto o frio no ar. Eu só sinto as tempestades dentro de mim."

Gustav olhou para os braços de Anton, com marcas vermelhas onde ele os havia cortado. Ele imaginou, por um terrível segundo, que todas as feridas haviam sido feitas com lâminas de patins.

"Você não precisa olhar para mim", disse Anton. "Eu sei que pareço um louco, mas você precisa me ajudar. Se não me ajudar, estou perdido."

Gustav esperou. Ele pegou a mão de Anton, segurou-a nas suas e a acariciou, como costumava fazer com Lottie quando ela falava sobre suicídio.

Os olhos de Anton se fecharam por um instante, como se o carinho o acalmasse. Então ele disse: "Escuta, Gustav. Está me ouvindo? Eu preciso ir para Davos. Você precisa me levar até lá. Eu não posso ficar em Genebra e não posso voltar para Matzlingen. Você precisa me levar para o sanatório na floresta. Qual era o nome dele?".

"Sankt Alban."

"Isso: Sankt Alban. Nós deixamos um pandeiro em uma das camas. Eu preciso ir para lá agora."

Gustav esperou, caso Anton precisasse falar mais alguma coisa, e então respondeu: "Tenho certeza de que podemos ir para Davos, Anton. Desde que encontremos um hospital lá que o aceite…".

"Não, não", retrucou ele. "Um hospital, não. Eu preciso voltar para o sanatório Sankt Alban. Eu preciso achar o pandeiro."

"Eu não acho que essas coisas ainda estarão lá, Anton, nem o pandeiro e nem o sanatório."

"Por que não? Nós curamos os moribundos lá. Não lembra? Nós colocamos as camas na varanda. E a luz do sol era forte e branca. Tudo vai estar lá."

"Era um lugar acabado, Anton. Na época mesmo, era uma carcaça. Éramos só nós dois que o trazíamos à vida."

"Então o traremos de volta à vida. Eu preciso apagar o tempo, entende. Preciso voltar para o lugar onde eu possa começar de novo. No início, eu não conseguia pensar para onde podia ir. Meu mundo encolheu tanto. Não aguento ficar em lugar nenhum, mas então me lembrei de Davos e do Sankt Alban. Então você dá um jeito, Gustav. Certo? E você precisa vir comigo. Eu preciso que você venha quando eu tocar o pandeiro."

Gustav esperou um instante, e então disse: "Eu vou fazer o máximo para dar um jeito, Anton, mas primeiro eu preciso saber para que estou dando um jeito. Você precisa me contar o que aconteceu com você."

Anton balançou a cabeça. "É o que todo mundo me pergunta", disse ele. "O que aconteceu com você? O que aconteceu? Mas eu não quero falar sobre isso. Eu me recuso a responder a essa pergunta. Eu só quero chegar em Sankt Alban e começar tudo de novo. Estou dependendo de você, Gustav — só de você, no mundo inteiro! Mas se você não conseguir dar um jeito nisso por mim, me diga agora, e você pode dar o fora desse lugar, o que quer que ele seja, e nunca mais vai me ver vivo!"

"Esse lugar é um hospital, Anton", disse Gustav, com calma. "Um hospital muito bom. Se você ficar aqui, vai melhorar."

"Não, não vou. Eu vou me matar. Eu pensei que você era meu amigo, Gustav. Pensei que ficaria ao meu lado."

"Eu estou ao seu lado. Só Deus sabe, Anton, como eu estive *ao seu lado* por cinquenta anos! Você não conseguiu perceber isso ainda?"

"Cinquenta anos? Vivemos tanto assim?"

"Sim."

"Somos velhos?"

"Quase. Estamos quase lá."

"Deve ser por isso que Hans me traiu. Eu fiquei velho demais."

"Hans Hirsch traiu você?"

"As pessoas fazem promessas, mas nunca cumprem. O mundo inteiro nos trai — e nós traímos a nós mesmos. Nós cortamos nossa carne... Mas se eu conseguir chegar em Davos com você, e conseguir me fazer voltar no tempo, quando as coisas eram simples e seguras, então talvez eu tenha alguma esperança de vida."

Essa expressão, *esperança de vida*, Gustav parecia ouvi-la de uma longa distância, como se viesse ecoando pelos céus. E ele pensou: *A minha própria existência teria sido mais feliz se eu nunca tivesse conhecido Anton Zwiebel?* Ele sentiu, naquele momento, que sim.

Embora Emilie Perle tenha lhe ensinado bem como amar sem ter seu amor retribuído, ele via agora como a falta de amor o deixara obcecado em sua busca por ordem e controle. Ele olhou para a idosa que havia sido bem-sucedida em separar os corvos do ganso, e se perguntou se, afinal, ele não se parecia com ela de um jeito humilhante, esperando que tudo se encaixasse em uma categoria ou em outra, e nunca deixando que as coisas fossem simplesmente como elas gostariam de ser. Ele viu que o ganso estava sentado sozinho no caminho de concreto, bicando as próprias asas.

Gustav ficou com Anton até a luz começar a sumir e uma enfermeira vir levá-lo para dentro. Ela o guiou, e ele seguiu obediente, sem se despedir de Gustav ou virar-se enquanto desaparecia de vista.

No dia seguinte, Adriana e Gustav foram ver o diretor do Hospital Marburg. Quando Gustav lhe contou sobre o desejo de Anton de ir para Davos, o diretor disse: "Bem, quase certamente um delírio. Ele está muito melhor aqui".

"Com licença, Herr diretor, mas por que Anton não deveria ser levado para Davos, se é o que deseja?", quis saber Adriana.

O diretor deu a Adriana um daqueles sorrisos condescendentes que, conforme Gustav frequentemente notara, pareciam ser a especialidade das pessoas no topo da carreira médica, e disse: "Davos já foi um lugar de renome por seu tratamento contra a tuberculose, como a senhora deve saber. Mas, hoje, é um resort de esportes de inverno. E qualquer associação com doenças é um suicídio para o turismo. Até onde sei, não há clínicas apropriadas em Davos para tratar a condição de Anton. Posso perguntar, mas não tenho esperanças do contrário. O Marburg pode ajudá-lo, mas você precisa entender que ele tem um longo caminho pela frente. Esperamos que ele se recupere, mas vai levar tempo."

"Vocês *esperam*", salientou Adriana. "Quer dizer que não têm certeza de que ele irá se recuperar?"

"Não. Em casos assim, ninguém pode ter certeza. Nós fazemos o melhor que podemos, mas não nos ajuda o fato de que não parece haver nada que Anton queira *fazer*. Ele recusa qualquer terapia em grupo e torna-se agressivo se é forçado a participar. Já tentamos pedir que nos diga o que gosta de fazer para passar o tempo, mas..."

"Música", disse Adriana de vez. "Ele é um músico maravilhoso. Me impressiona que não tenha ouvido falar disso."

"Desculpe-me, não", respondeu o diretor. "Que instrumento ele toca?"

"Piano. Ele fez algumas gravações para a gravadora CavalliSound. Sonatas de Beethoven."

"Ah, é mesmo? Que bom. Mas é claro que não podemos deixá-lo tocar piano aqui. Seria muito perturbador para os outros pacientes."

No dia seguinte, Gustav foi visitar Anton em seu pequeno quarto. Ele estava deitado na cama, puxando os cabelos. "Devo começar a arrumar a mala, Gustav?", ele perguntou rapidamente. "Você organizou a viagem para Davos?"

"Não", disse Gustav. "Davos mudou, Anton. É um resort de esqui. Não há clínica lá na qual você possa ser tratado."

"Eu não quero ir para uma clínica", rebateu Anton, agarrando o braço de Gustav. "Eu disse a você. Eu quero ir para Sankt Alban. Eu não preciso de psiquiatras e essa merda toda. Você pode cuidar de mim. Tudo de que preciso é aquele morro, uma cama na varanda e a visão do que está por vir."

"O que quer dizer com 'a visão do que está por vir'?"

"Existe um caminho, Gustav. Você sabe que existe. Só um caminho que precisamos seguir. Precisamos nos tornar as pessoas que sempre deveríamos ter sido."

Gustav encarou Anton — seu rosto magro, seus olhos brilhantes e agitados.

"Eu não entendo o que quer dizer", disse Gustav.

"Sim, claro que entende. Você sabia o que deveríamos ter sido, mas fui eu quem resistiu. Exceto aquela única vez, em Sankt Alban, quando eu era o menino moribundo e você salvou minha vida com um beijo. Agora, você precisa me salvar de novo."

ALLEGRO VIVACE
Davos, 2002

O dinheiro que Gustav recebeu da venda do Hotel Perle foi considerável — muito mais do que pensava que valeria. Foi comprado por uma cadeia suíça de hotéis, como uma "butique diferenciada" e rentável, e toda a equipe foi mantida, exceto Lunardi, que recusou imediatamente a oferta feita pela nova gerência.

"Sem chance, chefe", disse Lunardi para Gustav. "Eu não vou trabalhar para nenhuma merda de *cadeia*! Especialmente agora que eles estão chamando isso de 'butique' idiota. Que tipo de merda é essa? Eu vou tentar minha sorte em um dos grandes hotéis em Berna ou Zurique. Ganhar dinheiro de verdade, finalmente, hein?"

Mas quando Lunardi e Gustav se despediram, ambos choraram.

"Não é a sua cara chorar, chefe", disse o agora idoso cozinheiro, enxugando os olhos com uma toalha de pratos. "Eu sou italiano, é claro que eu choro. É um dia triste. O fim de uma era. Mas você... Isso não é muito suíço, meu amigo, é? Onde está o famoso mestre de si mesmo agora?"

Anton e Gustav tinham ambos sessenta anos.

Eles moravam juntos em um chalé grande e isolado que Gustav comprara nas colinas próximas a Davos. Era o tipo de casa sólida e confortável, com alguns terrenos anexos; o tipo de casa que Gustav percebeu que, de vez em quando, havia sonhado em ter.

No caminho de madeira que levava até lá, ele plantou morangos. Dali era possível ouvir os carrilhões de Davos tocando as horas que passavam.

O quarto dividido por Gustav e Anton dava para uma larga varanda de madeira com vista para o sul. Nas manhãs de verão, eles tomavam café da manhã lá fora, cercados por jardineiras de gerânios. No inverno, embarcavam em trajetos leves de esqui de travessia pelas árvores silenciosas e assistiam a filmes antigos ao pé da lareira. Eles cultivavam os próprios vegetais e criavam alguns bodes e galinhas. Anton dizia que o barulho das galinhas tranquilizava o coração e que o trabalho na horta o fortalecia.

E ele estava forte, agora. Deitados no escuro, Anton contara a Gustav, pedaço por pedaço, a sua vida em Genebra com Hans Hirsch, e como, com Hirsch, ele sempre se sentiu julgado e analisado, "assim como fui julgado e analisado quando toquei no palco do Kornhaus". Ele esticou o braço e agarrou o ombro de Gustav com força: "Eu não posso levar uma vida em que isso aconteça novamente comigo, Gustav. Então, por favor, eu imploro, meu querido amigo, não me deixe voltar para lá".

"Por que eu deixaria?", disse Gustav, puxando Anton para perto de si com uma forte urgência. "Se tivéssemos nossas vidas de novo, eu mal o perderia de vista."

Adriana morava com Anton e Gustav. Ela tinha a própria suíte nos fundos da casa, com vista para o morro. Gustav se preocupava com o fato de o quarto ser escuro, mas Adriana disse que não se importava. "Às vezes é escuro, sim, mas eu não me importo, Gustav. Não me importo de verdade. Você e Anton precisam da luz do sol, vocês ainda precisam de toda aquela luz branca. Mas eu estou feliz com os gramados e as flores crescendo do lado de fora da minha janela. Quando você está velho, a sombra é reconfortante."

Da Fribourgstrasse, eles enviaram a maior parte dos móveis de Adriana, incluindo o piano de cauda no qual Gustav ouvira Anton tocar "Für Elise" tanto tempo atrás. Assim que foram morar juntos, Anton não queria chegar perto dele. Ele disse que não achava que poderia tocar de novo, porque tocar lhe lembrava tantas coisas que o aterrorizaram na vida.

O piano ficou desafinado, e Gustav perguntou para Adriana se poderiam se livrar dele, mas ela disse: "Não, ainda não. Eu acho que, se fizermos isso, haverá um grande vazio na sala e, um dia, Anton verá esse vazio e se lembrará de que havia algo lindo ali".

Uma manhã de verão, quando Gustav acordou, Anton não estava na cama, e ele ouvia música. Anton estava tocando piano.

Gustav se aproximou da porta e escutou, e pôde ver Adriana, do outro lado da sala, escutando também.

A peça que Anton estava tocando havia começado com acordes ricos e fortes e agora pulava para um novo tema, tocando *allegro vivace* — alegre e vivaz —, o que imediatamente fez Gustav imaginar um riacho correndo, passando sobre pedras e galhos caídos, e então desacelerando gradualmente, mas mantendo seu ritmo e energia, como se tivesse encontrado um canal mais calmo e agora pudesse fluir, desimpedido, para o mar.

Anton parecia não perceber que alguém o observava. Seu corpo estava na posição de sempre, afastado do teclado, e em seu rosto Gustav via uma expressão de muita felicidade.

Mais tarde, quando os três estavam tomando café da manhã na varanda, Adriana disse: "Precisamos afinar o piano, Anton. Mas que peça você tocou essa manhã? Achei encantadora".

"Ah", disse Anton, "é só parte de algo que eu compus em Genebra. Eu a escrevi em uma noite horrível, quando entendi todas as direções erradas que minha vida havia tomado e onde eu queria estar. Está incompleta, como pôde ver, mas talvez eu comece a trabalhar nela de novo. Eu a chamei de 'A Sonata de Gustav'."

POSFÁCIO

Essa história teve uma outra vida.

Começou como um conto, *"A Game of Cards"* [Um jogo de cartas], publicado na revista *Areté*, de Craig Raine, que o editou de um jeito sutil porém inteligente. Gustav e Anton eram os protagonistas, e a história se passava na Suíça, mas a sombra da Segunda Guerra Mundial que paira sobre o livro mal existia. E a amizade entre os dois homens era somente isso: amizade. A história gira em torno das expectativas de Gustav de que a carreira tardia de Anton como pianista não mudasse o conforto de sua vida doméstica, mas a paixão que sente pelo amigo não é explorada. E Emilie, que causa tanto dano emocional ao filho no livro, é retratada como gentil e amorosa.

Então o que aconteceu? Por que esse conto se transformou em um romance com um imperativo político, heroísmo e punição injusta, paixão sexual reprimida e a incapacidade de uma mãe de amar seu único filho?

A resposta é complexa. Quando estava lecionando no Mestrado em Escrita Criativa, na Universidade da Ânglia Oriental, costumava advertir meus alunos de que um conto nunca conseguiria ser o mesmo que um romance. Eu dizia que isso nunca dava certo. Não dava certo, porque uma boa ideia de ficção imediatamente indica em qual forma irá existir, mesmo quando está sendo formulada, e seu dever é existir *na forma que deve ter*.

E ainda acredito nisso. Um conto sabe que é um conto e deve funcionar com — e não contra — os limites e expectativas do gênero. Um romance, em contrapartida, logo cedo demonstra sua longa jornada e a necessidade de vasta pesquisa e profundos questionamentos psicológicos.

Essa é a primeira e única vez, em uma longa vida como escritora, que uma de minhas histórias quebrou minhas próprias regras e obstinadamente se transformou em um livro.

Por que eu fiz isso? A resposta apareceu quando reli *"A Game of Cards"* muito tempo depois de ter sido publicado, e fiquei frustrada por ter desperdiçado uma ideia com tanto potencial em algo tão curto e inexplorado.

A Suíça nos anos 1940 — um país aparentemente seguro em sua neutralidade, mas ao mesmo tempo aterrorizado, dia após dia, ano após ano, pela possibilidade de uma invasão alemã — é um cenário muito mais interessante para uma grande ficção do que eu havia percebido. Da mesma forma, as ambiguidades no relacionamento de Gustav e Anton, em que Gustav reconhece a verdadeira natureza de seus sentimentos e Anton passa a vida inteira negando os seus, apresentam um cenário emocional fascinante e pouco explorado na história.

Em seguida há a questão dos judeus, que tanto atormentou o governo suíço, dividido entre a compaixão pelos judeus refugiados fugindo da Alemanha, Áustria e França, e o medo de esmagadoras represálias alemãs contra sua amada nação caso os acolhesse. Nenhum romance que se passa na Europa nessa época pode escapar da sombra do Holocausto, mas eu não conseguia ver, a princípio, como conectar as coisas e manter minha história sobre Gustav e Anton funcionando.

Contudo, eu precisava, de alguma forma, capturar a obscuridade da questão que afetava a vida de todos, e explorar como, em uma época de barbaridade moral, ninguém se sentia seguro.

Eu apresentei esse dilema, junto com minhas novas ideias sobre a personalidade estoica de Gustav, para meu finado e maravilhoso editor, Richard Simon, a quem dediquei o livro. Richard nunca se importou em ser apresentado a ideias inacabadas. Seus autores sempre confiaram nele o suficiente para compartilharem as coisas em fase de formação.

E Richard achou a resposta de súbito: "Faça Anton judeu", disse, "e desenvolva como e onde isso, sutilmente, muda tudo". Imediatamente, eu entendi como essa decisão aplicava um outro nível de risco e paixão para a narrativa. Pouco depois da intervenção de Richard, minhas leituras me levaram ao livro mais recente de Mitya New, *Switzerland Unwrapped* [Suíça revelada], onde encontrei a história verídica de Paul Grüninger, chefe de polícia no cantão de St. Gallen, que desafiou as ordens de Berna sobre não permitir a entrada de judeus depois de agosto de 1938, colocando em risco a carreira que amava, sua família e seu futuro.

Fiquei tão imersa na história de Grüninger que sabia que precisava usá-la de alguma forma. Assim veio minha decisão de levar a segunda parte (ou "segundo movimento") de meu livro para o passado, para explorar o que aconteceu com os pais de Gustav e, acima de tudo, fazer com que o leitor entenda por que sua mãe, Emilie, esposa de Erich Perle (cuja história é muito semelhante à primeira parte da história de Grüninger), é contra a amizade entre Gustav e Anton e por que tem dificuldade em amar o filho.

Somente nesse momento tudo se conectou de um jeito romanesco: a falta de afeição de Emilie para com Gustav, nascido de suas decepções e sofrimentos durante a guerra, transforma-o em um estoico reprimido que luta para se sentir "neutro" em suas interações com Anton. Essa autorrepressão, por sua vez, faz com que Gustav conheça duas verdades sobre si: que a vida só é tolerável quando baseada em consolações aparentemente superficiais, mas de infinito valor; e que sua tolerância, no estado de amor não correspondido, o torna a pessoa ideal para lidar com o temperamento exigente de Anton e, por fim, para guiá-los à estabilidade do compromisso que poderiam ou deveriam ter alcançado há tanto tempo.

O alcance histórico de *A Sonata Perfeita* é vasto, indo desde 1937 até os anos 1990, mas o livro é curto. É assim porque o formato que escolhi para ele (talvez em respeito às suas origens de conto?) é elíptico e limitado, pedindo que o leitor se esforce um pouco para preencher os vazios no tempo e tenha paciência ao suportar os mistérios e as incertezas que persistem. Eu acredito que os leitores respondem muito bem a esse tipo de demanda, principalmente porque ela imita a vida, em todo o seu desenrolar aleatório, e isso faz com que a ficção pareça realidade.

Eu disse para minha editora, Penny Hoare, que o livro deveria ser estruturado "como um relógio suíço", com uma carcaça simples escondendo os trabalhos complexos por baixo, e era isso que tentava aperfeiçoar enquanto escrevia. Sei que alguns leitores se divertirão descobrindo exatamente como as engrenagens giram e interagem, assim como outros ficarão satisfeitos ao ver como a história segue as três partes de uma sonata: *exposição, desenvolvimento* e *recapitulação.*

Mas, para alguns, nada disso importará. Os autores nunca podem estipular como a leitura deve ser feita. Tudo que importa é que o livro tenha vida — mesmo se essa vida tenha começado com outro nome e de um jeito inocentemente pequeno.

Rose Tremain, 2017

ata

feita

AGRADECIMENTOS

Eu reconheço com gratidão quanto devo ao livro de Mitya New, *Switzerland Unwrapped: Exposing the Myths* (I.B. Tauris, Londres, 1997), por me revelar a história de Paul Grüninger, chefe de polícia no cantão de St. Gallen em 1938, narrada por sua filha, Ruth Rhoduner. Alguns detalhes dessa história foram usados na construção da vida inventada do pai de Gustav, Erich Perle.

Também quero agradecer ao pequeno e heroico grupo de "primeiros leitores", cujos comentários e sugestões me ajudaram a aperfeiçoar o livro do primeiro rascunho até o manuscrito final: Vivien Green, Penny Hoare, Clara Farmer, Gaia Banks, Jill Bialosky, Roger Cazalet, Neel Mukherjee, Richard Holmes e, especialmente, Bill Clegg, cuja intervenção perspicaz ajudou a transformar uma abóbora em carruagem.

ROSE TREMAIN nasceu em Londres. Escreveu peças de não ficção sobre o movimento sufragista antes de publicar seu primeiro romance, *Sadler's Birthday*, em 1976. Em seus livros, ela costuma explorar um momento de verdade na vida de personagens solitários, como acontece com Gustav e Anton em *A Sonata Perfeita*. Seus livros e contos já foram publicados em mais de trinta países, e ela ganhou diversos prêmios, entre eles o Ribalow Prize e o National Jewish Book Award por *A Sonata Perfeita*. Saiba mais em rosetremain.co.uk.

DARKLOVE.

"O amor exige tudo e com razão.
Assim, eu estou em você e você em mim."
— LUDWIG VAN BEETHOVEN —

DARKSIDEBOOKS.COM

Forte
Ludwig van Beethoven
sempre legato
cresc.
adagio espressivo.
cresc.
cresc.
Piano Forte
dim.